Krischan Koch
Flucht übers Watt

Kunstdieb Harry Oldenburg flüchtet nach erfolgreichem Coup mit der Fähre nach Amrum. In einer Plastiktüte trägt er vier Gemälde von Emil Nolde bei sich – echte! Damit beginnt eine turbulente Flucht über die nordfriesischen Inseln, bei der es auch zu ein paar unvorhergesehenen Todesfällen kommt.

Krischan Koch wurde 1953 in Hamburg geboren, macht Kabarett und Kurzfilme und schreibt seit vielen Jahren Filmkritiken, u. a. für ›DIE ZEIT‹ und den NDR. Er lebt mit seiner Frau in Hamburg und auf der Nordseeinsel Amrum, wo er mit Blick aufs Watt an seinen Kriminalromanen tüftelt.

Krischan Koch

Flucht übers Watt

Ein Nordsee-Krimi

dtv

Von Krischan Koch
sind im dtv großdruck außerdem erschienen:
Rote Grütze mit Schuss
Mordseekrabben
Rollmopskommando
Dreimal Tote Tante
Backfischalarm
Pannfisch für den Paten
Mörder mögen keine Matjes
Friedhof der Krustentiere
Der weiße Heilbutt
Venedig sehen und stehlen

MIX
Papier | Fördert gute Waldnutzung
FSC® C019821
FSC
www.fsc.org

Ungekürzte Ausgabe 2019
4. Auflage 2025

Tumblingerstraße 21, 80337 München
produktsicherheit@dtv.de
Umschlaggestaltung: Katharina Netolitzky
Gesetzt aus der Stempel Garamond 12,3/15,3·
Gesamtherstellung: Druckerei C.H.Beck, Nördlingen
Printed in Germany · ISBN 978-3-423-25403-8

Für Gaby und die Austernfischer

Die folgende Geschichte von Harry Oldenburg und seinem ersten großen Kunstraub ist frei erfunden. Ähnlichkeiten mit der Wirklichkeit sind also rein zufällig und eigentlich auch höchst unwahrscheinlich. So einfach lässt sich kein Nolde klauen. Eine solche Häufung rätselhafter Todesfälle ist auf den Nordfriesischen Inseln nie vorgekommen. Bei der »Wyker Dampfschiffs-Reederei« gibt es keine unfreundlichen Fährleute, auf Amrum keine hässlichen Gästezimmer und an der Nordsee kein schlechtes Wetter.

I

Viel scheint sich nicht verändert zu haben in den letzten achtzehn Jahren. Auf der »Uthlande« gibt es noch immer dieselben lappigen Fischbrötchen, die von kroatischen Obern in abgetragenen Kellneranzügen mit einem unbeteiligten, aber verblüffend friesisch klingenden »Moin« an den Tisch gebracht werden.

»Aber heute Abend will ich richtigen Fisch. Und Oysters. Versprochen?« Zoe runzelt die Nase unter ihrer Sonnenbrille.

»Wollen mal sehen, was uns erwartet«, sagt Harry. »Damals musste man sich die Austern selbst sammeln.«

Die Resopaltische unter den Bullaugenfenstern im Passagierraum der Fähre und die angestaubten Hydrokulturen zwischen den Sitzecken sind dieselben und auch die Leute: Familien mit Kleinkindern, Ehepaare aus dem Ruhrpott, die seit Jahrzehnten in die Pension »Wattblick« fahren und nach vier Wochen Freikörperkultur wie ihre eigene Ledertasche aussehen, Hamburger Ferienhäusler in Edel-Matrosenshirts von »Hilfiger« und ein paar

Einheimische, die sich auf dem Festland mit neuen Kaffeemaschinen eingedeckt haben oder was man sonst für die Vermietung von Ferienwohnungen so braucht. Zumindest haben die Vogelkundler in den altmodischen Anoraks inzwischen graue Bärte. Und vielleicht ist der Fahrkartenkontrolleur der »Wyker Dampfschiffs-Reederei« etwas freundlicher geworden. Auf den Inseln gibt es neben Aquarellkursen mittlerweile auch Ayurveda. Und die Rentnerinnen haben alle Walkingstöcke dabei. So ganz ist die Zeit an der nordfriesischen Inselwelt dann doch nicht vorübergegangen.

Zum ersten Mal nach seiner dramatischen Flucht über die Nordsee in jenen stürmischen Herbsttagen vor achtzehn Jahren kehrt Harry Oldenburg nach Deutschland zurück. Er will Zoe, die er nach seinem ersten Kunstcoup in New York kennengelernt hat, seine norddeutsche Heimat zeigen: Hamburg, die Inseln und das Nolde-Museum in Seebüll. Er will das Grab eines alten Freundes in Keitum auf Sylt besuchen, das heißt, ein Freund war er eigentlich nicht. Vor allem hofft Harry auf Amrum ein Bild zu finden, von dem er Zoe viel erzählt hat und durch das sie damals überhaupt erst zusammengekommen sind. Und vielleicht gibt es ja auch noch die Stelle im Watt, wo man bei Niedrigwasser wilde Austern sammeln kann.

Ohne jedes Schwanken gleitet die »Uthlande« über die sommerlich glitzernde Nordsee. Zoe ist ganz erstaunt über die Weite und die Ähnlichkeit mit der Atlantikküste in Maryland, wo sie seit ein paar Jahren leben, in einem Leuchtturm an der Chesapeake Bay. Am Horizont ziehen die wie auf das Wasser gesetzten Halligen vorüber. Harry spürt diese Hochstimmung, die er von früheren Nordseeurlauben kennt. Sie ergreift ihn, sobald er sich auf einer Fähre zu den Nordfriesischen Inseln befindet. Ein Schwung, der bald einer müden Schwere weicht. Ein paar Möwen segeln träge vor dem tiefblauen Himmel über dem oberen Sonnendeck, auf dem die beiden jetzt auf einer der Polyesterbänke sitzen.

Zoe wendet ihr Gesicht der Sonne zu und lässt sich die laue Nordseebrise in ihr kurz geschnittenes schwarzes Haar wehen. Harry hat eine deutsche Zeitung aufgeschlagen. Aber er liest nicht, sondern beobachtet die Leute an Deck. Er sieht sich prüfend um, ob er jemanden kennt. Er weiß, wie unsinnig das ist. Aber er muss es tun.

»Aufgeregt, wieder hier zu sein?«, sagt Zoe, die seine Unruhe spürt.

»Na ja – geht so …«, erwidert Harry mit demonstrativer Gelassenheit.

Ein überaktives Kind turnt trotz der von der Mutter schrill über das ganze Deck gerufenen Verbote gefährlich an der Reling herum. Ein kleiner dicker Mann in einer bunt gezackten Trainingsjacke lehnt gegenüber an dem Geländer und verfolgt mit einem Fernglas einen vorüberziehenden Krabbenfischer. Die lang gelassenen Haare, die von einem tief liegenden Scheitel über den kahlen Kopf gelegt sind, wehen ihm immer wieder auf die falsche Seite über den Kragen seiner Jacke. Die Frau mit rotblonden Locken zwei Sitzreihen vor ihnen liest in einem Buch, dessen Titel Harry nicht erkennen kann. Er muss immer wieder hingucken, weil er wissen will, was sie liest.

Vor allem aber behält er den Mann in der blassblauen Sportjacke im Auge. Irgendwie kommt ihm der bleiche Typ mit dem graublonden Bart und der überdimensionalen gelb getönten Stahlrandbrille bekannt vor. Als er mit seiner Digitalkamera herumzufuchteln beginnt, wird Harry unruhig. Der Typ läuft auf dem Deck herum und blinzelt in die Sonne, dass seine schlechten spitzen Zähne zu sehen sind, die ihm zusammen mit dem dünnen hellen Bart etwas Rattenhaftes verleihen.

»Entspann dich«, sagt Zoe und streicht ihm das Haar aus der Stirn.

Wahrscheinlich hat sie recht. Ihm kommen alle möglichen Leute bekannt vor. Das ist ein Tick von ihm. Harry hat lange gezögert, nach Deutschland und gerade auch auf die Nordseeinseln zurückzukehren. Die Geschichte mit den Nolde-Bildern ist verjährt. Das hatte ein befreundeter Anwalt für ihn in Erfahrung gebracht. Aber dann sind da ja noch diese Todesfälle. Harry geht davon aus, dass die Behörden nach so langer Zeit nicht mehr ermitteln. Er hat nicht die leiseste Ahnung, wie weit er damals überhaupt mit den Leichenfunden in Verbindung gebracht worden war. Der Coup im Nolde-Museum war ja alles andere als glatt gelaufen.

Unglaublich jung war er damals gewesen, gerade mal fünfundzwanzig und restlos desillusioniert. Während sein Mitstudent Albrecht Ahlen aus der Malerei-Klasse von Herburger mit riesigen, wilden, surrealen Bildern schon erstaunliche Preise erzielte, war Harry, der ganz ähnlich malte, wenn auch in kleineren

Formaten, am Kunstmarkt bis dahin kläglich gescheitert. Dabei war sein Stil damals eigentlich Mode. Und Harry Oldenburg, das klang doch irgendwie nach amerikanischer Pop-Art. In der Kunsthochschule hatte er streng darauf geachtet, dass sie ihn nicht Harald, sondern Harry nannten, damals noch deutsch ausgesprochen, nicht englisch, wie Zoe es macht. Harald ist kein Name für einen Künstler und für einen Kunstdieb erst recht nicht. Aber inzwischen hat er es durch die Kunst tatsächlich zu einigem Wohlstand gebracht. Wenn auch anders als gedacht. Seine nicht gerade bürgerliche Karriere hat ihm ein durchaus bürgerliches Leben beschert.

Als er jetzt zusammen mit Zoe auf dem Sonnendeck über die wie Silberlametta flirrende See gleitet, fühlt er sich jünger als damals. Sein immer noch volles Haar hat zwar inzwischen einige graue Strähnen bekommen, aber das steht ihm besser als das schmutzige Dunkelblond, das er als Mittzwanziger hatte. Eine längere Tolle, auf der Zoe besteht, fällt ihm immer wieder ins Gesicht, beim Tennis oder beim Hantieren mit den großformatigen Bildern in der kleinen Galerie, die sie mittlerweile in einem kleinen Nest in der Nähe von

Annapolis an der Ostküste betreiben. Die große fleischige Nase, die er früher immer als Makel empfunden hat, ist inzwischen sein Markenzeichen. Und auch mit den verbliebenen Aknenarben hat er sich arrangiert.

Harry hat sich das Rauchen abgewöhnt und außerdem das Stottern, zumindest, wenn er Englisch spricht. Zoe tut ihm gut. Ihre amerikanische Art. Als er sie zum ersten Mal gesehen hatte, in dem Kunsthandel ihres Vaters, war sie ein flippiges achtzehnjähriges New Yorker Mädchen aus dem East Village. Sie trug ein schwarzes Unterhemd, hatte schwarz geschminkte Augen und zottelige lange Haare. Er hatte sich sofort in sie verliebt.

Inzwischen sieht Zoe wie eine richtige Ostküstenamerikanerin aus mit ihren sportlich kurzen Haaren, den wachen graugrünen Augen und den etwas zu großen, ein wenig nach vorn stehenden Schneidezähnen. Harry mag es, dass sie beim Lachen ungeniert ihre Zähne zeigt, selbst beim Kaugummikauen. Ihr metallisch riechendes Parfüm mischt sich dann mit dem Minze-Aroma des Kaugummis. Wenn sie an der Bay zusammen in ihrem alten Volvo-Kombi zu dem Lokal auf dem Bootssteg fahren und Krebse mit Gabel und Hammer essen und Bier in Glaskaraffen dazu trinken, kommt er sich wie ein echter Amerikaner vor. Deutschland, seine missglückte Kindheit und Jugend sind dann in weite Ferne gerückt.

Heute Vormittag aber war Harry das erste Mal seit langer Zeit wieder ein bisschen ins Stottern geraten. Das deutsche Wort »Feriengäste« hatte er nicht gleich herausgebracht: »Fe-feriengäste.«

Aber es war für Harry auch eine böse Überraschung gewesen, die ihn heute Mittag im Nolde-Museum erwartete. Bevor sie in ihrem Golf, den sie am Hamburger Flughafen gemietet hatten, zur Fähre nach Dagebüll fuhren, wollte er Zoe unbedingt das kleine Museum in Seebüll zeigen, vor allem Noldes ›Ungemalte Bilder‹. In seiner Zeit an der Kunsthochschule waren Nolde, Schmidt-Rottluff und die anderen »Brücke«-Maler gerade wiederentdeckt worden von den »Neuen Wilden«, zu denen auch Harry gern gehört hätte. Dabei war ihm Nolde schon vorher vertraut. Seine Großmutter, bei der er aufgewachsen war, hatte in einem Schuhkarton lauter Kunstpostkarten gesammelt, darunter auch etliche Bilder von Emil Nolde: Vor allem Blumenaquarelle, aber auch rot-gelb brennende Wolkengebilde über der Nordsee, ein violett oder türkis leuchtendes Meer, dann wieder schwarzblaue Wellen mit grellweißen Schaumkronen. Das war seine erste Kunsterziehung gewesen.

Die Räume in dem kleinen Museum waren schnell besichtigt. Im Erdgeschoss Noldes ehemaliges Atelier mit dem großen biblischen Triptychon. In den Fluren und den zu kleinen Kabinetten umgebauten Wohnräumen im ersten Stock hingen dicht aneinander die ›Ungemalten Bilder‹, kleinformatige Aquarelle, die Nolde, der während der Nazizeit nicht malen durfte, schnell vor seinen Verfolgern verstecken konnte. Er hatte sich auf Aquarelle verlegt, damit ihn der Geruch von Ölfarbe nicht verraten konnte. Tausenddreihundert dieser Bilder soll Nolde zwischen 1938 und 1945 gemalt haben.

Als sie den letzten verbleibenden Raum betraten, den sogenannten »Bildersaal« mit dem Glasdach, in dem die Gemälde in zwei Reihen übereinandergehängt waren, traf es Harry wie ein Schlag.

»Das ist dein Bild«, zischte Zoe ihm zu.

Das konnte eigentlich nicht sein. Aber dort hingen die ›Feriengäste‹. Und darunter wie schon damals ein Schild: »Leihgabe aus Privatbesitz«. Harry wurde fast etwas schwindelig, sodass er die drei sitzenden Frauen in Sommerkleidern und den Mann mit weißer Schirmmütze in der farbigen norddeutschen Landschaft nur noch flimmernd wahrnahm. Als hätte er zu viel getrunken. Die orange leuchtenden Haare der Frau in dem weißen Kleid begannen vor dem blauen Zaun im Hintergrund kurz zu flirren. Die Gesichter wurden unscharf. Und ihm war, als hätte die Frau in der Mitte, die den Betrachter mit zur Seite geneigtem Kopf ansieht, ihren roten Mund für einen kurzen Augenblick zu einem spöttischen Lächeln verzogen.

Aber dann hatte Harry sich schnell wieder gefasst. Er besah sich das Ölbild von ganz Nahem, insbesondere die weiße Schirmmütze des männlichen Feriengastes.

»Das Bild ist nicht echt«, sagte er schließlich bestimmt und etwas besserwisserisch.

Zoe sah ihn verschwörerisch fragend an und rückte sich die Sonnenbrille, die sie sich ins Haar geschoben hatte, zurecht.

»Are you sure?«, flüsterte sie. »Woran siehst du das so schnell?«

»Die Schirmmütze des Mannes.«

»Schirm-muutze«, wiederholte sie langsam mit ihrem amerikanischen Akzent. »What means Schirmmutze?«

Eigentlich spricht Zoe gut Deutsch. Harry besteht darauf, dass zu Hause regelmäßig deutsch gesprochen wird. Vor allem auch wegen ihrer gemeinsamen Tochter Tippi, die zweisprachig aufwachsen soll. Aber das Wort »Schirmmütze« war offenbar bisher nicht vorgekommen.

»Auf dem Weiß der Schirmmütze muss bei dem Original eine Delle zu sehen sein. Ich kann mir nicht vorstellen, dass man das wieder vollständig restauriert hat.«

»Schirm-mutze?«, flüsterte Zoe etwas flüssiger, aber noch leiser, weil die Museumsaufsicht den Raum betrat. Die Frau sah immer wieder kurz zu den beiden hinüber, während sie betont beiläufig an den Bildern vorüberschlenderte, ohne diese eines Blickes zu würdigen.

»Aber du wirst mir das schon erklären, Darling.« Dabei hatte sich Zoe noch einmal die Sonnenbrille im Haar zurechtgerückt.

Amrum kommt Harry beklemmend vertraut vor, als die Fähre auf den Hafen von Wittdün zusteuert: der breite, im Sonnenlicht strahlende Strand, der rot-weiße Leuchtturm, der aus den Dünen herausguckt und den Harry in gar nicht so guter Erinnerung hat, und der hässliche Hotelkasten mit der Aluminiumfassade aus den Spätsechzigern, der unpassenderweise »Zur Alten Post« heißt. Trotzdem wirkt jetzt in den fast karibischen Farben über dem Wattenmeer alles ganz anders als damals in den stürmischen Tagen und Nächten, als das Licht jede Stunde wechselte.

»Es ist ja wie zu Hause an der Chesapeake Bay«, sagt Zoe.

»Im Augenblick vielleicht. Aber wart mal ab.«

Am liebsten würde Harry seine Spur von damals gleich heute wiederaufnehmen. Aber Zoe besteht darauf, zuerst das Hotel in Norddorf zu beziehen.

»Heute Abend gibt es erst mal Austern und Nordsee-Crabs. Und morgen sehen wir dann vielleicht mal nach deinem Bild. Okay?«

Während die »Uthlande« mit einem metallenen Poltern an der Mole in Wittdün anlegt, drängen die Passagiere in dem schmalen Gang mit den Gepäckfächern dem Ausgang zu. Dem kleinen Dicken ist beim Hantieren mit seinem etwas überdimensionierten quietschegrünen Rollkoffer sein langer Scheitel wieder auf den Kragen gefallen. Und auf einmal glaubt Harry zu wissen, warum ihm der Typ mit dem graublonden Bart und den Mäusezähnen, der jetzt als Erster das Schiff verlässt, bekannt vorkommt.

2

Damals vor achtzehn Jahren war anfangs alles so gelaufen, wie Harry es sich vorgestellt hatte. Das Auto, einen unangemeldeten Kadett, braunmetallic, mit Heckspoiler und falschen Pinneberger Nummernschildern, hatte ihm ein Bekannter seines Mitbewohners besorgt. Diese vorgebliche Kneipenbekanntschaft von Ingo Warncke betrieb auf einem Industriegelände in Eidelstedt einen dubiosen An- und Verkauf von Autos, deren Fahrgestellnummern nicht unbedingt zu den Papieren passten. Den durchgerosteten Opel, dessen Maschine angeblich noch zuverlässig lief und den er am nächsten Tag gleich wieder zurückbringen wollte, hatte er in einem von Buschwerk gesäumten Feldweg abgestellt, etwa einen Kilometer vom Museum in Seebüll entfernt, das völlig einsam in der weiten baumlosen Landschaft stand. Auf einer kleinen Warft gab es einen alten Reetdachhof. Gleich daneben den dunkelroten kubischen Backsteinbau, den Nolde hier Ende der Zwanzigerjahre selbst gebaut und dann auch bewohnt hatte. Bald nach seinem Tode 1956 war das Haus Museum geworden.

Vom Auto war Harry zu Fuß gegangen, ein Stück die Landstraße zwischen Neukirchen und Krakebüll entlang und dann die lange Auffahrt von der Straße zum Museum. Das stürmische Herbstwetter trieb gewaltige Wolkenformationen über den Himmel, wie auf einem Nolde-Bild. Ausgerechnet auf seinem Fußweg gab es einen kurzen Schauer. Hier bei diesem Wetter als Fußgänger unterwegs zu sein, war schon ungewöhnlich. Aber auf der kleinen Allee kamen ihm nur abfahrende Museumsbesucher in einem Auto mit auswärtigem Kennzeichen entgegen. Eigentlich niemand, dem er verdächtig vorkommen musste. Dass die Innentaschen seines Anoraks neben einer Chesterfield-Schachtel zwei kleine Zangen, Schraubenzieher, weiße Baumwollhandschuhe, ein Teppichmesser, Taschenlampe und eine große Neckermann-Plastiktüte verbargen, konnte schließlich niemand erkennen.

Für sein Vorhaben hatte Harry sich dunkle Klamotten besorgt, einen anthrazitblauen Anorak, schwarze Jeans, einen schwarzen Rollkragenpullover und dunkle Sportschuhe. Außerdem hatte er sich in den letzten vierzehn Tagen einen Bart wachsen lassen und seine Frisur verändert, indem er sich die längeren Haare etwas ins Gesicht fallen ließ.

Er trug eine getönte Brille, mit der er sich richtig verkleidet vorkam. Aber gerade das gab ihm die Sicherheit und den Mut, sein unglaubliches Vorhaben in Angriff zu nehmen. Kurz bevor er das Museum betrat, hatte er noch überlegt, die Sonnenbrille abzunehmen und sich die Haare aus dem Gesicht zu streichen, die Ausstellung anzugucken wie ein normaler Besucher und ganz entspannt wieder nach Hause zu fahren. Aber er hatte die Brille aufbehalten, als er seine Eintrittskarte löste.

»Um siebzehn Uhr schließen wir«, rief ihm die Frau an der Kasse gleich triumphierend entgegen, die eine rote Lesebrille an einer Kette und einen grob gewebten Wollponcho mit den Ausmaßen eines Flokatiteppichs trug.

»Ich hab's gesehen«, sagte Harry. »Aber das lohnt sich doch noch, oder?«

»Ich sach's nur«, entgegnete der Wollponcho. »Normaler Erwachsener?«

»Ganz normal«, sagte Harry, dem diese Konversation eigentlich schon viel zu auffällig war.

»Einmal Erwachsener.« Die Frau, die ihre Brille jetzt auf der Nase hatte, schob ihm die Eintrittskarte über den kleinen Kassentisch zu.

Harry ging benommen die einzelnen Ausstellungsräume ab. Neben einem älteren Paar, einer Frau mit grauem Bubikopf und dicker Holzkette um den Hals und einem ständig etwas wirr lächelnden Mann in einem abgetragenen Tweedjackett, war er offenbar der einzige Besucher. Er überzeugte sich, dass das Bild, auf das er es abgesehen hatte, an seinem Platz war. Da hingen sie, in dem sogenannten »Bildersaal« im ersten Stock, an der Wand gegenüber der Tür als drittes Bild von links zwischen der sattroten ›Nordermühle‹ und der berühmten ›Blauen Iris‹: die in sommerlich klaren Farben, mit dickem Ölstrich herrlich lässig hingehauenen drei Frauen in Sommerkleidern und der Mann mit der weißen Schirmmütze, Emil Noldes ›Feriengäste‹ von 1911. Harry blieb wie elektrisiert stehen, nicht vor dem Bild, sondern mitten im Raum, um ja keinen Verdacht zu erregen. Er traute sich kaum, das Bild näher anzusehen.

Auch als Dieb hatte er seine Grundsätze. Für die ›Feriengäste‹ hatte er sich entschieden, weil ihm die Wucht gefiel, mit der Nolde das eigentlich konventionelle Sujet auf den Kopf gestellt hatte. Die danebenhängende ›Blaue Iris‹ war ihm zu gefällig, obwohl sie auf dem Markt sicher mehr Geld gebracht hätte, ein Postkartenmotiv wie viele von Noldes Blumenbildern. Für die ›Feriengäste‹ war ihm außerdem schon ein Abnehmer in Aussicht gestellt worden, ein anonymer Amerikaner, der deutschen Expressionismus sammelte. Der Kontakt sollte über einen etwas dubiosen Galeristen in New York laufen, von dem er bislang lediglich eine Adresse in der Lower East Side hatte.

Wie in Trance irrte Harry durch die Räume. Mehrmals lächelte ihn der Mann in der Tweedjacke unmotiviert an, während seine Frau grimmig wegguckte. Jetzt hätte er gern eine Zigarette geraucht. Aber zum Rauchen das Museum zu verlassen, wäre ihm zu auffällig gewesen. Ab und zu stieß ihm das alte Fett des Schaschliks auf, das er auf dem Weg in einer Imbissbude in der Nähe von Husum gegessen hatte.

Immer wieder sah er auf seine Uhr. Auf die Kunst konnte er sich kaum konzentrieren. Nur die kleinen ›Ungemalten Bilder‹, die ja tatsächlich in jede Aktentasche passten, nahm er noch einmal sehr genau in Augenschein. Spontan entschied er sich für zwei Meer- und Wolkenaquarelle in Kobaltblau, Rotorange und Schwarzviolett, außerdem das Bild ›Seltsames Paar‹, zwei fleckig schemenhafte Fratzen in Blau- und Rottönen, in das er sich bei seinem letzten Besuch gleich verguckt hatte. Wenn er schon einmal hier war, warum sollte er die drei kleinen ›Ungemalten‹ nicht ebenfalls einfach mitnehmen?

Kurz vor siebzehn Uhr konnte er dann endlich das Programm starten, das er in den letzten Tagen immer wieder vor seinem inneren Auge abgespult hatte. Er passierte die Frau mit dem Wollponcho an der Kasse mit einem flüchtig genuschelten »Wiedersehn«.

»Na, haben Sie es ja doch noch geschafft.« Dabei guckte sie ihm kurz über ihre Brille hinterher, während sie damit beschäftigt war, ihre

Kasse abzurechnen und Blöcke mit Eintrittskarten in Schubladen zu verstauen.

»Das WC ist, glaube ich, draußen im Nebengebäude?«, fragte Harry schon halb im Hinuntergehen, obwohl er es natürlich genau wusste.

»Herren, aus der Tür raus, gleich rechts.«

Ohne es benutzt zu haben, betätigte Harry die Spülung des Pissoirs. Er ließ den Wasserhahn für einen kurzen Moment laufen, ohne sich die Hände nass zu machen. Als er sich im Spiegel sah mit der dunklen Brille, dem unregelmäßig, fusselig gewachsenen Bart und den lächerlich ins Gesicht gekämmten Haaren, wurde ihm noch einmal klar, wie unwirklich die ganze Situation war. Es gab immer noch die Chance, die Sache abzublasen und das Museum einfach zu verlassen.

Der Nolde war Harrys erster Coup. Dabei hatte die bildende Kunst ihn schon früher auf Abwege geführt. Es hatte damit begonnen, dass er im Kunstunterricht von den modernen Meistern abkupferte. Besonders perfekt imitierte er damals schon den deutschen Expressionismus. Das hatte ihm etliche gute Zensuren eingebracht, bis der Kunstlehrer ihn bei der Kopie eines bekannten Holzschnittes von Heckel erwischte. Als Abiturient hatte er seinen ersten erfolgreichen Diebstahl begangen. Auf einer Party im Haus einer Blankeneser Kaufmannsfamilie, mit deren Töchtern ein Klassenkamerad befreundet war, entwendete er eine kleine Klee-Grafik, deren sicher viel zu niedriger Erlös bei einem windigen Hehler ihm immerhin zu einem gebrauchten Triumph »Spitfire« mit einem durchgerosteten Unterboden verholfen hatte. Das schöne schlichte Haus des Südfrüchteimporteurs hing von oben bis unten voll mit Kunst des zwanzigsten Jahrhunderts: echte Beckmanns, Kirchners und sogar ein Picasso. Keine großen Ölgemälde, sondern vor allem Grafik. Aber Harry war tief beeindruckt. Zu fortgeschrittener Stunde der wilden Feier, die natürlich in Abwesenheit der Eltern stattfand und bei der ein ständiges Kommen und Gehen herrschte, hatte er im Bügelzimmer die Klee-Radierung, die er sich bei einem früheren Besuch ausgeguckt hatte, mit einer von ihm vorbereiteten Kopie ausgetauscht. Sein Diebstahl war, soweit er wusste, nie aufgefallen. Die Geschichte hatte ihm Mut gemacht.

Harry sah in den Spiegel. Statt die Toilette zu verlassen und unverrichteter Dinge nach Hause zu fahren, strich er sich durchs Haar, damit er nicht mehr ganz so albern aussah. In einer der Kabinen klappte er den Klodeckel herunter, setzte sich und wartete ab.

Vor drei Wochen hatte er das Museum ausführlich inspiziert. Zu dem Zeitpunkt hatte es zahlreiche Besucher gegeben, unter anderem eine Schulklasse, die in den engen Räumen für einigen Trubel sorgte und von ihrer Lehrerin immer wieder zur Ordnung gerufen werden musste. So konnte sich Harry, ohne sonderlich aufzufallen, in aller Ruhe umsehen. Bei diesem Besuch hatte er auch den kleinen Abstellraum entdeckt, in dem Reinigungs- und Renovierungsutensilien, alte Farbdosen, Pappschachteln mit Nägeln, Schrauben und Ösen, Holzleisten und Drahtschnüre zum Aufhängen von Bildern aufbewahrt wurden.

Und er hatte in Erfahrung gebracht, was nach der Schließung des Museums passierte. Pünktlich zum Ende der Öffnungszeit fuhr die Putzfrau des Museums vor dem Nolde-Haus vor. Aus einem türkisfarbenen Polo stieg eine alterslos wirkende kleine Frau mit einer zu großen Brille und einer filzartigen Dauerwelle. Ihr dürrer Körper steckte in einem weiten Pullover, aus dem dunkle Leggings stakten. Kurz darauf verließen die Kassenfrau, vor drei Wochen bei deutlich wärmerem Wetter ohne Wollponcho, und ihre Kollegin von der Postkartentheke das Museum. In einem japanischen Kleinwagen fuhren sie mit aufheulendem Motor, aber langsam, im viel zu hoch ausgefahrenen ersten Gang die Auffahrt zur Landstraße hinunter. Die Tür des Museums blieb währenddessen unverschlossen.

Diesen Ablauf hatte Harry sich die Tage darauf noch einige Male angesehen, ohne das Museum zu besuchen, nur mit dem Fernglas von der nahe gelegenen Weide aus. Der Vorgang war immer derselbe gewesen.

Vorher bei seiner ersten Erkundung hatte er auch mal probehalber die Alarmanlage im Museum ausgelöst. Als die Schulklasse gerade besonders laut durch die Räume tobte, hatte er den schweren Rahmen des Bildes ›Badende mit roten Haaren‹ von 1912 ein Stück von der Wand gezogen. Sofort war ein schrilles Alarmsignal ertönt, worauf die Kinder noch unruhiger geworden waren. Dadurch war der Verdacht auf die Schüler gefallen und nicht auf

Harry, der den Raum mit der ›Badenden‹ sofort verlassen hatte.

»Nee, nee, dat müssen gar nich die Kinder gewesen sein«, beruhigte der Hausmeister, der wenige Minuten später erschienen war und den schrillen Alarmton abgestellt hatte, die auf die Kinder einschimpfende Kassiererin und die sich hektisch verteidigende Lehrerin.

»Dat passiert manchmal wie von selbst.« Sein voluminöser Oberkörper steckte in einem knallblauen Kittel, so blau wie Noldes ›Iris‹. Er hatte einen auffällig kleinen Kopf mit einem Cordhut darauf und einen gutmütigen Gesichtsausdruck.

»Keine Ahnung wieso. Aber wie oft is dat Ding schon nachts losgegangen! Grad in letzter Zeit.«

Das war für Harry ein wichtiger Hinweis. Bei Gelegenheitsjobs als Museumsführer hatte er sich besonders für Alarmanlagen interessiert und vor allem auch dafür, wie nachlässig halbwegs sichere Systeme bedient wurden.

Bis hierhin war wirklich alles so gelaufen, wie er es geplant hatte. Er hatte auf der Herrentoilette gewartet, bis der Wollponcho mit Kollegin das Museum verließ. Er konnte es durch das schmale, einen Spalt weit geöffnete Milchglasfenster über der Pissrinne nur erahnen. Aber er hörte ihre Schritte auf dem Kies, eine Unterhaltung, die er nicht verstehen konnte, und das wieder viel zu weit durchgetretene Gas des Autos. Er hatte den Zeitpunkt abgewartet, an dem die Putzfrau in dem Atelierraum mit Noldes Kreuzigungs-Triptychon den Staubsauger anwarf. In diesem Moment betrat er das eigentliche Nolde-Haus wieder. Er schlich vorsichtig die gefährlich knarzende Holztreppe hinauf zu der ›Badenden mit den roten Haaren‹. Er holte die Handschuhe aus seiner Plastiktüte, streifte sie über und bewegte den Rahmen, wie er es vor drei Wochen gemacht hatte, und während der Alarm losschrillte, verschwand er schnell in dem nahe gelegenen Abstellraum mit den Werkzeugregalen.

»Dat gibt's doch nich. Ich hab doch bloß den Boden gemacht«, hörte Harry die heisere Stimme einer langjährigen Raucherin auf Friesisch sagen. Sonderlich aufgeregt wirkte sie nicht. Sie verließ das Haupthaus und kam nach einigen Minuten mit dem Hausmeister zurück.

»Zu der Alarmanlage sach ich gar nichts mehr«, hörte Harry, der neben zwei Holzböcken und einer Stellwand mit Plakaten früherer Nolde-Ausstellungen lauschend auf dem Boden saß, den Hausmeister.

»Ich hab das denen von der Stiftung immer wieder mitgeteilt. Aber, wie gesacht.« Dabei hatte Harry sofort seinen kleinen Kopf mit dem Cordhut vor Augen.

»Ich weiß sowieso nicht, wer diese Bilder klauen soll«, sagte die Putzfrau. »Hier nebenan, der Jesus mit sein' grünen Kopp. Ich krieg jedes Mal 'n Schreck. Aber sollen ja wohl was wert sein.«

»Grüne Augen, Frau Quarg. Un roode Hoor. Nix für unser Wohnzimmer, was?«, witzelte der Hausmeister.

»Ja, aber is doch so. Die von der Stiftung haben nur ihre Bilder im Kopp. Wie gründlich ich die Ecken mach, dat sehen die gar nich.«

Die Stimmen der beiden waren jetzt ganz nahe gekommen. Und plötzlich wurde die Türklinke von Harrys Abstellkammer runtergedrückt. Schlagartig spürte er das Blut in seinem Kopf pulsieren. Ein Lichtkegel fiel von draußen in den dunklen Raum.

»Auf den Schreck muss ich erst mal eine rauchen«, sagte die Putzfrau, und aus der Nähe klang ihre Stimme noch heiserer.

Aber bitte nicht hier bei mir in der Abstellkammer, dachte Harry.

Für einen kurzen Moment sah er das blaugeflammte Muster einer Kittelschürze und den Kopf der Frau mit der filzigen Dauerwelle im Gegenlicht. Harry hielt hinter seiner Stellwand die Luft an. Er sah ihre Hand, die sich von dem oberen Regal gleich neben der Tür eine »Peer Export«-Schachtel herunternahm, sich eine Zigarette herausholte und die Packung wieder zurücklegte. Nachdem sich die Tür geschlossen hatte, saß Harry wieder im Dunkeln. Jetzt hätte er auch gern eine geraucht. Er war fast versucht, sich auch eine »Peer Export« aus der Schachtel von Frau Quarg zu nehmen.

Nachdem der Hausmeister gegangen war und im Raum mit dem Altarbild der Staubsauger wieder lief, schlich Harry aus seinem Versteck und löste die Alarmanlage zwei weitere Male aus.

Frau Quarg holte den Mann mit dem Cordhut ein zweites und ein drittes Mal. Und der Ton der beiden wurde dabei immer unfreundlicher.

»Ich will hier ja auch langsam mal fertig werden«, motzte sie.

»Ja, was soll ich denn sagen. Ich hab grad 'ne Gulaschsuppe au Herd«, antwortete er. »Aber jetzt is Feierabend.«

Als Harry ein viertes Mal den Rahmen der ›Badenden‹ bewegte, blieb der Alarm aus. Jetzt wollte der Hausmeister offenbar in Ruhe seine Suppe essen und hatte die Anlage ausgestellt. In seinem Versteck horchte er, wie Frau Quarg noch eine Weile im Hause rumhantierte. Er hörte mehrmals einen Metallbügel an einen Wassereimer schlagen und einen Besen oder Schrubber umfallen. Schließlich verließ die Putzfrau über den Kiesweg das Museumsgelände. Im Museum war es jetzt stockdunkel. Nur im Flur brannte eine kleine Sicherheitsleuchte über dem Fußboden. Harry war allein, eingeschlossen im Nolde-Haus. Durch einen schmalen Fensterschlitz im ersten Stock, der sich von innen öffnen ließ, wollte er dann mit den Bildern das Museum verlassen. Ob er durch das Fenster hindurchpasste, hatte er vorher allerdings nicht ausprobieren können.

Doch bis dahin war sein Plan aufgegangen. Harry nahm die ›Feriengäste‹ von der Wand. Der Alarm blieb auch diesmal aus. Mit wenigen sorgfältigen Handgriffen und der Routine eines Malers, der schon etliche Bilder gerahmt und Leinwände bespannt hatte, löste er unter Zuhilfenahme der kleinen Zange das Bild aus dem Holzrahmen. Nur die Baumwollhandschuhe waren ungewohnt. Im Schein der Taschenlampe, die er sich beim Hantieren zwischen die Zähne klemmte, hielt er die auf den inneren Rahmen geheftete Leinwand in den Händen. Das Bild wirkte jetzt kleiner als in dem schweren dunklen Holzrahmen an der Wand. Er ließ den schmalen Lichtkegel kurz über die Sommerkleider der Frauen und den Mann mit der weißen Schirmmütze streifen und verstaute das Bild in der Neckermann-Tüte.

Er hängte den leeren Mahagonirahmen an die Wand zurück und löste dann mit dem Teppichmesser nacheinander die papiernen Rückwände der zwei ›ungemalten‹ Nordsee-Landschaften und des ›Seltsamen Paares‹, die er sich ausgesucht hatte. Es ging ganz leicht. Er konnte die Passepartouts mit den bemalten Japanpapieren ohne Mühe herausziehen. Als er gerade das dritte Bild, das rot-orange-gelb und blau strahlende ›Meer im Abendlicht‹ aus dem Rahmen löste, leuchtete plötzlich gleißend die Deckenbeleuchtung auf, und im selben Moment stand die Putzfrau Quarg in der Tür. Er war wohl so vertieft in seine Arbeit gewesen, dass er sie überhaupt nicht hatte kommen hören.

»Wat machen Sie denn hier noch?« Wie angewurzelt blieb sie in der Tür stehen und guckte Harry durch ihre Brillengläser verblüfft an.

Dass er gerade mehrere Noldes klaute, schien sie noch gar nicht mitbekommen zu haben, obwohl er das Passepartout in der einen und einen Bilderrahmen in der anderen Hand hielt. Weit schlimmer war für sie, dass sich jemand außerhalb der Öffnungszeiten im Museum aufhielt.

»Dat darf doch wohl nicht wahr sein«, brach es aus ihr heraus. »Ich hab hier grad alles sauber!«

Sonderlich verängstigt wirkte sie dabei nicht. Statt der blauen Kittelschürze trug sie jetzt einen weiten Lurex-Pullover mit einem in Schwarz, Violett und Beige gehaltenen und von Silberfäden durchzogenen Gräsermotiv auf der Vorderseite.

Harry war einen Moment wie gelähmt. Am liebsten hätte er sich ergeben und der Putzfrau das ›Meer im Abendlicht‹ einfach ausgehändigt.

»B-b-b-b... Bleiben sie ganz ruhig«, wollte er nur sagen. Aber er brachte keinen weiteren Ton heraus. Stattdessen musste er nach dem Schaschlik aus Husum aufstoßen.

In dem grellen Neonlicht der Deckenbeleuchtung bemerkte er, wie unglaublich fein gekrisselt die Dauerwelle der Frau war und dass die Haare nicht rot waren, sondern ins Violette spielten, passend zu den Gräsern auf ihrem Pullover.

»War'n Sie nicht neulich schon mal hier?«, erkannte die Frau doof glotzend, aber voller Stolz.

Langsam kam wieder Leben in Harry. Und er wurde wütend auf die dämliche Putzfrau mit diesem unglaublichen Gräserpullover und der verbotenen Frisur. Warum musste die dumme Kuh hier unbedingt noch mal aufkreuzen? Und überhaupt: Wie konnte sich jemand seine Haare so zurichten lassen?

Harry Oldenburg überlegte nicht lange. Es gab aus dieser Situation nur einen Ausweg. Er schnappte sich die Neckermann-Tüte und verstaute auch das letzte Bild, das er aus dem Rahmen getrennt hatte, darin. Dann wollte er an der Putzfrau vorbei, die immer noch provozierend gelassen im Durchgang stand, die schmale Holztreppe hinunter aus dem Museum stürmen. Dabei stieß er Frau Quarg, die den Weg einfach nicht freigeben wollte, leider um. Irgendwie ließ sich das nicht vermeiden. Die nordfriesische Putzkraft purzelte vor ihm die Treppe hinunter, polterte mit aller Wucht gegen die Kasse, sodass der darauf stehende Ständer mit Postkarten ins Kippen kam und ein Schwung Karten des Nolde-Bildes ›Vor Sonnenaufgang‹ von 1901 auf ihren plötzlich leblos wirkenden Körper mit dem silbrigen Gräserpullover herunterfiel.

Die Brille mit den dicken Gläsern war ihr von der Nase gerutscht. Ein Bügel hing verbogen in den filzigen Haaren. Eine Blutspur auf dem grünen Teppichläufer unter ihrem Hinterkopf ergab einen farblich unschönen Kontrast zu dem violetten Rot der Dauerwelle. Frau Quarg guckte nicht einmal mehr dämlich. Sie hatte beide Augen geschlossen und blieb stumm. Harry hetzte mit seiner Plastiktüte die Treppe zum Ausgang hinunter. Kurz bevor er die Tür des Nolde-Hauses hinter sich schloss, glaubte er noch ein deutliches »Oah« gehört zu haben, ein Stöhnen, das sich halb wie ein Gähnen anhörte und irgendwie friesisch klang. In dem Moment wusste er nicht recht, ob ihn dieses »Oah« beruhigen oder beunruhigen sollte. Auf keinen Fall konnte er sich jetzt um die Putzfrau kümmern. Er musste sich und vor allem die ›Feriengäste‹ aus der Gefahrenzone bringen.

Harry rannte in die stürmische Nacht hinaus. Die Auffahrt zum Nolde-Museum war durch das Mondlicht hell erleuchtet und durch schnell aufziehende Wolken augenblicklich wieder verdunkelt. Während dieser dramatischen Lichtwechsel eilte er die kleine Allee entlang und blieb immer wieder stehen. Er trug immer noch die weißen Handschuhe, die hier draußen besonders auffielen. Während er sie auszog, überlegte er fieberhaft, ob es so schlau wäre, wie geplant zum Auto zurückzugehen. Falls Putzfrau Quarg wieder zu sich kommen und Hilfe holen sollte, würden über kurz oder lang die Polizei oder ein Unfallwagen anrücken. Mit seinem Auto wäre Harry in dieser einsamen weiten flachen Landschaft sofort auszumachen. Sollte er den Wagen nicht einfach stehen lassen? Der braunmetallicfarbene Kadett war nichts mehr wert und, soweit er wusste, auch nirgends registriert. An dem Schuppen beim Garten des Nolde-

Hauses glaubte er ein Fahrrad gesehen zu haben.

Er lief zurück, packte das Rad, das glücklicherweise nicht angeschlossen war, und schob es erst mal ein Stück. Als er in die Allee einbog und sich auf das Rad schwang, sah er hinter sich im Mondlicht den Hausmeister im blauen Kittel, aber ohne Cordhut, über den Hof zum Haupthaus laufen. Ansonsten war alles menschenleer, die Auffahrt zum Museum und die Straßen. Solange er keine Autos kommen sah, konnte er auf dem Rad immer weiterfahren gegen den Wind unter den schnell dahinziehenden Wolken. Aber wohin eigentlich?

Ursprünglich hatte er heute in der Nacht noch mit dem Auto nach Hamburg zurückfahren wollen. Dann hätte er ein paar Sachen zusammengepackt und den ersten Flug nach New York genommen, zusammen mit den ›Feriengästen‹, eingebaut in einen Hartschalenkoffer.

Mit dem klapprigen Rad aus dem Nolde-Museum würde er Hamburg heute nicht mehr erreichen. Aber zumindest wollte er ein paar Kilometer zwischen sich und das Museum bringen. Am Deich entlang kämpfte er gegen den Wind an, der wie immer beim Radfahren von vorne kam.

Noch bevor er im Sturm die Sirene hören konnte, sah Harry das Blaulicht, das sein Leuchten kilometerweit über die Landschaft warf. Der Wagen kam ihm offensichtlich aus Richtung Niebüll entgegen. In hohem Tempo flog das gespenstische blaue Licht die parallel laufende Landstraße entlang, bis es die Abzweigung zum Nolde-Museum erreichte. Das Martinshorn heulte dabei nur zwei- oder dreimal kurz auf. Harry verfolgte das Blaulicht, das kurz hinter den Bäumen der Auffahrt zum Museum verschwand und schließlich, wieder weithin sichtbar, direkt vor dem Nolde-Haus stehen blieb.

Harry kam kaum voran. Der Wind kam jetzt direkt von vorn. Als ein plötzlicher Schauer einsetzte, der ihm waagerecht kalte Regentropfen ins Gesicht peitschte, suchte er schnell unter dem größeren Dachüberstand eines Schuppens Zuflucht. Vor allem sorgte er sich um die Aquarelle, die natürlich absolut keine Feuchtigkeit vertrugen. Der hohe Schuppen, in dem wahrscheinlich Traktoren und allerlei Gerätschaften Platz fanden, gehörte zu einem Hof, dessen Fenster alle dunkel waren.

Nicht das kleinste Licht brannte. Alles wirkte unbewohnt und verlassen.

Besorgt überprüfte Harry die Bilder. Die Taschenlampe mochte er nicht herausholen. Soweit er es in der Dunkelheit sehen konnte, hatten die Aquarelle den Regen unbeschadet überstanden. Harry steckte die drei ›Ungemalten Bilder‹ zusätzlich in eine zweite dünnere Plastiktüte. Mit einem Taschentuch wischte er vorsichtshalber noch einmal die große Tüte aus, ehe er alles wieder hineinpackte. Er zündete sich eine Chesterfield an. Die Würze des Tabaks überlagerte das alte Bratfett aus Husum, nach dem er noch einmal aufstoßen musste. Von seinem Unterstand aus beobachtete Harry in weiter Ferne ein zweites Auto mit Blaulicht und diesmal auch mit fast durchgehendem Martinshorn, wahrscheinlich ein Krankenwagen. Die Putzfrau mit der feinen Dauerwelle hatte berechtigte Hoffnung, gerettet zu werden. Hinter Harry aber waren sie jetzt her.

Während er sich mühsam vom Tatort entfernte, suchte die Polizei inzwischen ohne Blaulicht die Gegend ab und hatte offensichtlich seinen Kadett entdeckt. In der Nähe des Feldweges, wo er den schrottreifen Opel abgestellt hatte, sah er ein Auto mit aufgeblendeten Scheinwerfern. Er war heilfroh, dass er den Wagen stehen gelassen hatte, sonst wäre er möglicherweise geschnappt worden. Wahrscheinlich gab es bereits Straßenkontrollen rund um Niebüll.

Der Wind hatte sich etwas gelegt. Es regnete nicht mehr. Im Mondlicht entstanden immer wieder andere dramatische Wolkenbilder am Himmel. In dem fahlen Licht leuchteten Schafe als helle Punkte auf dem Deich, an dem Harry, mit leichtem Rückenwind, jetzt auf einmal fast wie von selbst entlangfegte. Die krummen, naturbelassenen Holzpfähle der Weideumzäunung schienen jetzt vorbeizufliegen. Doch plötzlich war er sich unsicher, ob er sich nicht im Kreis bewegte. Die beiden Autos, deren Scheinwerferpaare er immer wieder von fern sah und die offensichtlich nach ihm suchten, veränderten ständig ihre Fahrtrichtung. Irgendwann, er hatte nur lange genug in die Pedale treten müssen, waren sie verschwunden.

Auf halber Strecke zwischen Klanxbüll und Emmelsbüll fand er einen offenen Bauwagen, eine schmutzig graue Bude auf zwei Rädern mit einem gewölbten angerosteten Dach, dem üblichen kleinen Schornstein und einem runden »25-km/h«-Schild am Heck. Der Wagen war nicht verschlossen. Zunächst erschien es ihm zu riskant, dort für ein paar Stunden unterzukriechen und vielleicht schlafend von früh anrückenden Bauarbeitern überrascht zu werden. Als er aber auf dem schmierigen Resopaltisch im Innern des Wagens eine ›Bild‹-Zeitung entdeckte, die etliche Monate alt war, war er sich sicher, dass der Wagen zurzeit nicht benutzt wurde. Ihm war gleich die Schlagzeile »Boris wie ein Donnergott« ins Auge gefallen. Boris Beckers Halbfinalsieg gegen Ivan Lendl in Wimbledon war fast ein halbes Jahr her. Eine Baustelle konnte er in der Nähe auch nicht entdecken.

Er versteckte das Fahrrad in einem trockenen, mit hohen Gräsern zugewachsenen Graben zwischen dem Bauwagen und dem Deich. Drinnen setzte er sich auf eine Holzbank vor den schmalen Tisch, auf dem drei leere Bierflaschen standen, eine mit Wachs auf einem Stück Pappe befestigte Kerze und eine zum Aschenbecher umfunktionierte Konservendose voller Kippen. Es roch muffig. An den Wänden hingen schmutzige Sicherheitswesten, und in einer Ecke standen zwei Blinkleuchten und einige übereinandergestapelte Verkehrshüte. Harry räumte die leere Stanniolverpackung einer Dauerwurst und eine alte Zigarettenschachtel beiseite.

Vorsichtig zog er die Noldes aus der Plastiktüte und begutachtete sie im Schein seiner Taschenlampe. Die Kerze wollte er nicht anzünden, um von außen nicht durch ein erleuchtetes Fenster aufzufallen. Aber seine Stablampe musste er doch kurz anknipsen, um die Bilder anzusehen. Harry kam es gänzlich unwirklich vor. Auf diesem Resopaltisch zwischen stinkenden Kippen und einer alten ›Bild‹-Zeitung lagen vier echte Noldes, die in dem schmuddeligen Bauwagen eine überirdische Leuchtkraft entwickelten. Aber ganz wohl war ihm dabei nicht. Schnell knipste er die Taschenlampe wieder aus.

Harry zündete sich eine Zigarette an. Er musste wieder an die Putzfrau denken. Mein Gott, er hatte nur ein Bild klauen wollen. Aber dabei sollte doch niemand zu Tode kommen. Das Blut auf dem Teppich hatte gefährlich ausgesehen. Hoffentlich bedeutete die Anwesenheit eines Unfallwagens, dass sie noch lebte. Er überlegte fieberhaft, welche Straßen und Bahnhöfe der Umgebung von der Polizei kontrolliert werden würden. Den Kadett konnte er jedenfalls abschreiben. Das Kennzeichen würde die Polizei auf eine falsche Spur locken. Aber irgendwann in den nächsten Tagen müsste er Ingo Warncke wohl mal anrufen, der sich sowieso schon gewundert hatte, was er mit einem nicht zugelassenen Schrottwagen wollte.

Ingo war in seinen Nolde-Coup nicht eingeweiht. Aber so etwas konnte man durchaus mit ihm besprechen, ohne Angst haben zu müssen, dass er ihn gleich auffliegen lassen würde. Seinetwegen, das heißt wegen der üppig gedeihenden Topfpflanzen auf der Fensterbank ihrer gemeinsamen Wohnung, hatten sie immer mal wieder die Polizei im Haus gehabt. Den Beamten auf St. Pauli konnte man Marihuana nicht als harmlose Zimmerpalme verkaufen, wie Ingo das in seiner Jugend in der westfälischen Provinz gemacht hatte.

Seit knapp zwei Jahren teilten sie sich als Zweckwohngemeinschaft eine Dreieinhalbzimmerwohnung in der Taubenstraße, gleich um die Ecke zur Reeperbahn. Aus den beiden vorderen Zimmern guckte man auf die gegenüberliegende Tankstelle, und aus Ingos Fenster war immerhin der Michel zu sehen. Die

Wohnung war geräumig, billig und total versifft. Am schlimmsten war das mit olivgrünen Reliefkacheln geflieste Bad und dort wiederum eine nachträglich hineingestellte Dusche mit einem asthmatisch klingenden Saugmechanismus. Aus dem grünlich korrodierten Duschkopf kam nur ein druckloses Rinnsal, und aus dem Abfluss schwappte, nachdem man den Saugmechanismus abgestellt hatte, mit einem satten Rülpser regelmäßig brackiges Duschwasser mit ein paar Haarresten hoch. Das waren vor allem die Haare von Ingos häufig wechselnden Damenbekanntschaften, da war sich Harry ganz sicher. Vereinzelt dazwischen waren deutlich ein paar von Ingos kurzen orange eingefärbten Stoppeln zu erkennen.

Ingo, der als Gitarrist wechselnder Bands auf den großen Durchbruch wartete und sich derweil mit Gelegenheitsjobs über Wasser hielt, ging Harry zunehmend auf den Wecker. Er weigerte sich strikt, auch mal einen Abwasch zu übernehmen. Stattdessen lief er von morgens bis abends mit seiner umgehängten schwarzen Stratocaster, die dankenswerterweise nicht an einen Verstärker angeschlossen war, in der Wohnung herum. Aber wenn sie ab und zu zusammen soffen, verstanden sie sich gut, zumal sie beide auf gute Weine Wert legten. Wenn sie vorübergehend zu Geld gekommen waren, dinierten sie ausgiebig, gern auch zusammen mit Ingos flüchtigen Freundinnen.

Auf dem nicht besonders appetitlich aussehenden Herd jugoslawischer Bauart kochte Ingo ein sensationelles Cassoulet. Harry besorgte einen dazu passenden schweren südfranzösischen Syrah und war außerdem für das Dessert zuständig. Er verstand sich auf wunderbar leichte Schoko-Soufflés. Damit hatte Harry manche ihrer weiblichen Gäste, die es eigentlich auf den rotblond gefärbten Gitarristen abgesehen hatten, zur Übernachtung in seinem Zimmer ohne Michelblick überreden können.

Der Mietvertrag lief auf den Namen eines der vielen Bekannten von Ingo, den Harry nie zu Gesicht bekommen hatte. Wenn sie Geld brauchten, vermieteten sie das dritte Zimmer zum Hinterhof an Typen aus der Provinz, die auf Montage in Hamburg waren, kurzfristig eine Bleibe benötigten und ohnehin jeden Abend auf dem Kiez unterwegs waren. Im Augenblick war Harry bei Ingo beziehungsweise dessen Bekanntem zwei Mieten im Rückstand. Aber wenn er die beglichen hatte, sollte auch die Sache mit dem braunen Opel kein Problem mehr sein.

Harry sah aus dem Fenster des Bauwagens immer wieder nach draußen. Seit er hier saß, war kein einziges Auto vorbeigefahren. Der Himmel war mittlerweile sternenklar. Durch das kleine Fenster fiel das Mondlicht ins Innere des Wagens. Fast zwanghaft blätterte er immer wieder die Zeitung durch. Es waren nur die äußeren Seiten des ersten Teils. In dem fahlen Licht war alles erstaunlich gut zu lesen.

Dabei war irgendwann passiert, was Harry unbedingt vermeiden wollte. Er war eingenickt. Im frühen Morgengrauen, als der Himmel Richtung Seebüll rötlich zu schimmern begann, schreckte er hoch. Ein quälend langsam lauter werdendes Motorengeräusch hatte ihn geweckt. Nach einigen Minuten fuhr ein Traktor mit einem Gülletank am Fenster des Bauwagens vorbei. Erleichtert döste Harry noch einmal weg.

3

Am Fenster des Fährschiffes zogen Möwen kreischend vorüber. Sie waren kaum zu sehen in dem Regen, den der Wind gegen die dicken abgerundeten Scheiben drückte. Der Horizont bewegte sich auf und ab. Die Nordsee erschien tiefdunkelgrau. Die Wellen bildeten Schaumkronen, die von Windböen immer wieder zerstäubt wurden. Das Schiff rollte und stampfte beachtlich, sodass die Passagiere, sobald sie ihre Sitzplätze verließen, unwillkürlich ins Torkeln gerieten und wie besoffen fast in die Sitzgruppen hineinliefen.

Die Fenstertische mit den eingebauten Bänken waren alle besetzt, wenn auch meist nur von einzelnen Personen. Aber mit seiner Neckermann-Tüte wollte sich Harry nirgendwo dazusetzen. Nach einer Urlaubskonversation war ihm jetzt nicht zumute. So saß er an einem der freien Tische in der Mitte des Passagierdecks, neben sich, immer im Blick, die Tüte mit den ›Feriengästen‹ und den drei ›ungemalten‹ Aquarellen.

Ein Kellner mit einer blonden Dauerwelle hatte den Nebentisch gerade mit lappigen Matjesbrötchen versorgt. Harry wählte das

»Kleine Friesenfrühstück«. Der Unterschied bestand darin, dass er sich die Matjesbrötchen selbst schmieren musste. Sein Appetit hielt sich in Grenzen. Der Fisch war grau und von weicher Konsistenz. Er schmeckte gar nicht mal übertrieben fischig, eher nach nichts. Wahrscheinlich würde er weniger schwer im Magen liegen als das gestrige Husumer Schaschlik. Auch der plörrige Kaffee aus einem Becher mit den Abbildungen verschiedener Seemannsknoten war sicher magenfreundlich.

Das quengelnde Kleinkind, das eben noch den fleckigen Teppichboden durchrobbt hatte, war halb in die Hydrokultur gekippt und selig eingeschlafen. Harry war völlig übernächtigt und trotzdem hellwach. Seine Augen brannten. Ab und zu wurde ihm schwindelig, und er hatte das Bedürfnis, sich die Zähne zu putzen, nach dem »Kleinen Friesenfrühstück« noch mehr als vorher.

Aus Angst, der Polizei ins Netz zu gehen, hatte er sich heute Morgen im Bauwagen entschlossen, dem Festland den Rücken zu kehren und über die Nordsee zu fliehen. Er war im Morgengrauen regelrecht berauscht von dieser Idee gewesen. Statt auf schnellstem Weg nach Hamburg zu kommen, wo vermutlich eher nach dem Täter gefahndet wurde als in Nordfriesland, wollte er eine Weile auf einer der Inseln untertauchen, um dann später über Hamburg möglichst schnell nach New York zu kommen. Er hatte an Föhr gedacht und es als zu nahe liegend verworfen. Auf der kleinen Hallig Hooge wiederum wäre er als Tourist um diese Jahreszeit zu sehr aufgefallen. Und auf Sylt hatte er zuletzt schlechte Erfahrungen gemacht. Er war sich auch nicht ganz sicher, ob ihn da nicht jemand erkennen würde.

Im Sommer vor zwei Jahren hatte er mit seinen Bildern eine Ausstellung in einer kleinen Galerie in Keitum gehabt. Es war seine erste richtige eigene Ausstellung. Vorher hatte er nur mit anderen jungen Malern aus seiner Klasse in den Räumen der Hochschule und dann auch in einem Loft in der Admiralitätsstraße ausgestellt.

»Wenn du als Unbekannter verkaufen willst, musst du nach Pöseldorf gehen oder am besten gleich nach Sylt«, hatte Albrecht Ahlen gesagt, der sich am Kunstmarkt schon etabliert hatte. »Das sind Arschlöcher. Aber die kaufen deine Bilder.«

So hatte Harry versucht, mit zwanzig grellbunten halb abstrakten Ölbildern in mittleren

Formaten den Einstieg in die Sylter Schickeria zu finden.

»Wenn du erst mal zwei Bilder an die beiden entscheidenden Leute verkauft hast, läuft es wie von selbst«, hatte Ahlen gesagt.

Doch die Vernissage war für Harry ausgesprochen deprimierend verlaufen. In seiner öden und blasierten Eröffnungsansprache wusste der Galerist nichts über Harry zu sagen, außer, dass er aus derselben Malereiklasse wie der gefeierte Albrecht Ahlen hervorging. Die Gäste der Vernissage hatten Harry überhaupt nicht zur Kenntnis genommen und seine Bilder erst recht nicht. Die Chefarzttypen in karierten Golfhosen und ihre schlank gehungerten Frauen mit braun gebrannten Eidechsenhälsen hatten eine endlose Küsschenzeremonie abgehalten, sich mit Schampus besoffen und von dem »göttlichen« Ahlen geschwärmt. Dann waren sie in ihren »Targas« wieder ins um die Ecke liegende Kampen abgerauscht, während sich ihre verwöhnten Sprösslinge knutschend in die Dünen verzogen. Die Besprechung im Sylter Lokalblatt war wohlwollend nichtssagend. Schlimmer als ein Verriss.

Wirklich berechtigt war Harrys Sorge also nicht, auf Sylt wiedererkannt zu werden. Aber auf Amrum war er weiter aus der Schusslinie, zumal dort jetzt zum Ende der Saison kaum mehr etwas los war. So hatte er in der Morgendämmerung das Fahrrad neben dem Bauwagen noch etwas tiefer in den Graben geworfen und war zunächst ein Stück zu Fuß gegangen, bis ihn ein Lieferwagen zur Mole nach Dagebüll mitnahm.

Zunächst fand er es riskant, per Anhalter zu fahren. Aber zu Fuß und auch mit dem Fahrrad wäre er noch mehr aufgefallen. Er musste sich immer nervös umgucken, als er die erste Fähre der W. D. R., der »Wyker Dampfschiffs-Reederei« nach Föhr und Amrum bestieg. Die Neckermann-Tüte trug er nicht an dem dafür vorgesehenen Plastikgriff, sondern unter dem Arm, krampfhaft bemüht, dass sich das Obere der Tüte, das er umgeschlagen hatte, nicht öffnete. Er hatte eine ganze Weile im Regen vor der heruntergeklappten Schiffsrampe warten müssen, bis seine Fahrkarte abgerissen wurde. Harry wurde unsicher, als er eine Weile so dastand mit seiner Plastiktüte. Er fühlte sich von den Mitreisenden beobachtet. Es ging nicht weiter, weil der Einweiser der W. D.R in einen lautstarken Streit mit einem Autofahrer verwickelt war.

»Mindestens 'ne halbe Stunde vorher«, blaffte der Mann mit einem hochroten Kopf den freundlich aussehenden Familienvater in dem Ford-Kombi an, dessen Kofferraum bis unter das Dach mit Proviant für den ganzen Urlaub vollgepackt war. »Sonst kommst du normal gar nicht mehr mit.«

Der Einwand des Fahrers, dass das Autodeck nicht einmal halb besetzt war, brachte den Choleriker mit der weißen W. D. R.-Mütze erst richtig in Fahrt.

»Wat is los? Willst du mir hier dumm kommen? Dann kannst du gleich wieder nach Hause fahren.« Dabei gurgelte seine raue Stimme in der Kehle.

»Ja, ist schon gut, kommen Sie.« Der Vater hielt immer noch die Fahrtkarten aus dem heruntergekurbelten Fenster, ohne dass der Fährmann, dessen Gesichtsfarbe noch einen Tick roter wurde, Anstalten machte, ihn abzufertigen.

Laut hörbar zog er durch die Nase den Schleim nach oben: »Grrörrch.« Er spuckte aus.

»Dann geht das gleich wieder ab nach …« Er ging einen Schritt zur Seite, um nach dem Autokennzeichen zu sehen. »Nach … SFA, wat is denn dat überhaupt? Gibt's doch gar nich!«

Darauf wurde jetzt die Frau auf dem Beifahrersitz munter. »Sagen Sie mal, Sie ticken doch wohl nicht ganz richtig«, keifte sie mit schriller Stimme, sich zum Fahrerfenster hinüberbeugend. Die halbwüchsige Tochter mit Kopfhörern in den Ohren auf dem Rücksitz guckte apathisch.

»Lass doch, der Kerl ist offensichtlich nicht ganz ernst zu nehmen«, versuchte der Fahrer zumindest seine Frau zu beruhigen.

»Willst du 'n paar vor'n Kopp haben oder wat«, wurde der Mann mit der weißen W. D. R.-Mütze jetzt deutlicher und stellte sich noch etwas breitbeiniger neben dem Ford auf.

»Geht das hier jetzt langsam mal weiter«, rief sein Kollege ungeduldig vom Autodeck des Schiffs herüber, der dort für das Einweisen der Wagen zuständig war.

»Immer mit der Ruhe!«

Darauf wurde der Kombi aus SFA dann doch abgefertigt und, ohne von dem Kartenkontrolleur eines weiteren Blickes gewürdigt zu werden, mit einer kurzen Handbewegung auf die Rampe gewunken.

»Scheißtouristen«, sagte der Fährmann, als er Harrys Fahrkarte lochte. Dabei guckte er ihn provozierend an und gurgelte halblaut. »Grrörrch.«

Die Überfahrt erschien ihm endlos lang. Der Sturm schüttete den Regen wie aus Eimern immer wieder an die Schiffsfenster. Alles schien in Zeitlupe zu gehen. Das »Moin« des Kellners kam Harry lang gezogen und verlangsamt vor, wie ein Tonband in der falschen Geschwindigkeit. Nach der letzten Nacht, in der er übernervös jede Kleinigkeit registriert hatte, nahm er jetzt alle Geräusche gedämpft wahr, als wären seine Ohren verstopft. Das Friesenfrühstück brauchte ewig, bis der Kellner es endlich wortlos im Schneckentempo servierte. Zunächst hatte Harry sich noch prüfend umgesehen, ob ihn jemand beobachtete. Doch die Familie mit dem Kleinkind am Nebentisch und eine Rentnergruppe in einheitlichen grauen Regenjacken, die in aller Ausführlichkeit die Preise der Nebensaison diskutierten, zeigten wenig Interesse an ihm. Ein paar einheimische Geschäftsleute blätterten und rechneten in Prospekten und Aktenordnern. Harry überfiel eine bleierne Schwere, wie immer nach dem ersten Tag an der Nordsee. Nur diesmal noch heftiger.

»Auf der Hinfahrt ist man immer in einer vollkommen anderen Stimmung als auf der Rückreise«, hörte er eine Frau am Nebentisch noch sagen. Aber ihre Stimme klang schon wie aus weiter Ferne.

Nachdem die Fähre bei ihrer Zwischenstation in Wyk abgelegt hatte, döste er über dem Amrumer Gastgeberverzeichnis ein, bis das Kleinkind am Nebentisch wieder munter wurde und dann, als es sich die braunen Kügelchen der Hydrokultur einverleibte, auch seine Eltern. Als Harry aufwachte, hatte er Durst und einen schlechten Geschmack vom Matjes im Mund. Einer der Rentner erzählte zum wiederholten Mal, dass er an der Costa del Sol auch schon »auf deutsch gesagt, ziemliches Scheißwetter« erlebt hätte. Ein anderer antwortete darauf immer wieder mit dem Witz, dass es kein schlechtes Wetter, sondern nur falsche Kleidung gäbe. Kurz vor Amrum kam der Ober, um in Zeitlupe das »kleine Friesenfrühstück« abzukassieren.

Das Anlegemanöver an der Mole von Wittdün brauchte bei diesem stürmischen Wetter eine ganze Weile. Während Harry auf dem

Autodeck darauf wartete, dass die befahrbare Rampe polternd heruntergeklappt wurde, stand schon wieder der »nette« Fährmann da, diesmal ganz dicht neben ihm. Sein Gesicht war immer noch krebsrot, nicht vor Wut, sondern anscheinend von der Seeluft oder vom Alkohol. Trotz des starken Windes konnte Harry deutlich seine Fahne riechen. Außerdem stank der Typ nach altem Fisch. Unter der schmuddeligen weißen Schiffermütze mit dem schwarzen Schirm und dem Flaggenemblem der W. D. R. schauten gelbliche Haare heraus. Sein Blick aus den himmelblauen, leicht glasigen Augen wirkte auf Harry schon wieder provozierend.

»Mensch, Junge, pass bloß auf, dass dir deine Tüte nicht wegweht«, raunzte er Harry an, der seine Neckermann-Tüte kurz abgestellt hatte, um den Reißverschluss seines Anoraks hochzuziehen.

Während der Fährfahrt hatte er die Bilder in einige herausgerissene Seiten aus dem Amrumer Gastgeberverzeichnis, das auf der Fähre auslag, notdürftig eingeschlagen. Ein kräftiger Windstoß wehte kurz in die auf dem Boden stehende Tüte hinein. Das Gastgeberverzeichnis wehte halb heraus und legte die

›Feriengäste‹ unerwartet frei. Für einen kurzen Moment waren zwei der drei Frauen in Sommerkleidern und der Mann mit der weißen Schirmmütze ganz deutlich zu sehen. Harry reagierte blitzschnell und wollte die Tüte schließen und den Prospekt notdürftig über das Bild legen. In diesem Moment rammte eine hektische Mutter, deren Kind sich gerade mit ausgestreckten Händchen an einer Autostoßstange entlanghangelte, von hinten den leeren Kinderwagen in die Bilder. Die gesamte Tüte wurde gegen ein weiß lackiertes Metallrohr mit einer spakigen Messingkappe gedrückt, das in Bodennähe ein Stück aus der Schiffswand herausstand.

»Wat hast' denn da mit«, sagte der Fährmann mit dem roten Kopf. »Bilder oder wat soll dat sein.«

Dabei glaubte Harry die Andeutung eines abschätzigen Grinsens zu erkennen.

»Maler oder wie?« Er zog Schnodder hoch.

»Jaja«, sagte Harry und hatte schon Probleme, dass überhaupt rauszubringen. Nervös schloss er die Neckermann-Tüte, wobei ihm das Amrumer Gastgeberverzeichnis erneut von den ›Feriengästen‹ herunterrutschte.

4

Nach seiner Ankunft auf Amrum besorgte sich Harry in einer Drogerie in Wittdün Rasierzeug und eine Zahnbürste. Obwohl er noch Bargeld hatte, hob er in der nächsten Bank etwas ab. Solange sein Überziehungskredit nicht ausgeschöpft war, musste er das nutzen.

In den Toilettenräumen des W. D. R. schloss er sich zunächst in einer der WC-Kabinen ein, um nach seinen Bildern zu sehen. Die Aquarelle waren unbeschädigt. Aber die ›Feriengäste‹ hatten eine deutliche Delle bekommen, genau auf der weißen Schirmmütze des in der Landschaft sitzenden Mannes. Vermutlich war das Bild auf der Fähre einmal heftig auf den Metallhahn gestoßen worden. Die Leinwand hatte zwar keinen Riss, aber es war doch ein erheblicher Schaden an dem Bild entstanden. Ob es den Wert des Gemäldes schmälern würde, wusste er nicht. Auf den ersten Blick wirkte es nicht ganz so schlimm. Doch Harry ärgerte sich. In Zukunft musste er besser auf seine ›Feriengäste‹ aufpassen.

Nachdem er die Bilder wieder in die Plastiktüte gepackt hatte, putzte er sich an dem kleinen schmuddeligen Waschbecken die Zähne.

Er seifte sich den Bart mit der Flüssigkeit aus dem Seifenspender ein und rasierte sich mit der Einmalklinge seinen Vierzehntagebart ab. Die Haut war gerötet, besonders an den Aknenarben. Ein Rentner in einer grauen Jacke und mit einer Prinz-Heinrich-Mütze betrat die Toilettenräume. Er musterte Harry kritisch, verschwand eine Weile zum Pinkeln und verließ dann schlurfend und unfreundlich etwas Unverständliches murmelnd das W. D. R.-Klo.

Harry wischte sich mit einem grünen Papiertuch den restlichen Seifenschaum aus dem Gesicht. Er fand, er sah auch nicht besser aus als vor der Rasur. Er war übernächtigt, seine Augen waren gerötet, und er hatte den penetranten Geruch der billigen Flüssigseife in der Nase. Sie roch eigentlich nicht anders als die grünen Spülsteine im Pissoir.

Nachdem er in Wittdün fast eine Stunde auf den Bus gewartet hatte, fuhr er nach Nebel. Er ging den Uasterstigh entlang, vorbei an den geduckten alten Friesenhäusern mit Rosen und Stockrosen neben den farbig bemalten Holztüren. Obwohl er seit vielen Jahren nicht mehr auf Amrum gewesen war, kam ihm dies alles sehr vertraut vor. Als Kind war er oft auf der Insel gewesen. Als er noch bei seiner Mutter wohnte, zusammen mit ständig wechselnden Leuten in einer großen Wohnung in Winterhude mit beängstigend dunklen hohen Räumen und dem Rumpeln der vorbeifahrenden U-Bahn, war er zweimal an die Nordsee verschickt worden.

Diese Verschickungen ins Wittdüner Kinderheim waren ein einziger Albtraum gewesen. Er selbst kam ja auch nicht aus normalen Familienverhältnissen. Aber die größeren Jungs aus Mümmelmannsberg oder dem Märkischen Viertel machten ihm Angst mit ihrem provokant falschen Deutsch und der latenten Gewaltbereitschaft. Er und ein Leidensgenosse hatten regelmäßig die Tage bis zum Ende ihrer langen Wochen im Ferienlager gezählt. Besonders den Pfefferminztee und die glasigen Sagokörnchen in den Nachspeisen aus dicken weißen Schalen verband er immer noch mit dem Gefühl von Heimweh. Danach hatte er abgenommen und erst richtig zu stottern begonnen. Seine Mutter war währenddessen mit dem Rucksack und in roten Pluderhosen quer durch die ganze Welt unterwegs, bis sie dann irgendwann ganz nach Indien entschwand.

Danach hatte er bei seiner Großmutter in der Nähe des Othmarscher Bahnhofs gelebt, wo er statt der U-Bahn die S-Bahn hörte. Auch seine Oma war mit ihm an die Nordsee gefahren, nach Föhr und nach Amrum. Im Gegensatz zu den Kinderverschickungen waren das idyllische Ferien gewesen. Harry hatte sommerliche Lesenachmittage im Strandkorb in Erinnerung, die karierten Gardinen in dem kleinen, durch dickes Reet eingerahmten Gaubenfenster und den Geruch an den Fingern nach endlosem Krabbenpulen.

Es hatte aufgehört zu regnen. Aber der Wind wehte immer noch heftig von Nordwest. Manchmal kam kurz die Sonne durch. Zwischen den Reetdächern hindurch war dann für einen Moment das gleißend leuchtende Wattenmeer vor einem tiefdunklen Himmel über Föhr und den Halligen zu sehen. Auf der Fähre hatte sich Harry aus dem Gastgeberverzeichnis eine hübsche kleine Pension herausgesucht. Das alte Friesenhaus war zumindest ansprechend fotografiert. Aber auch das abgebildete Zimmer mit den hellen Holzmöbeln wirkte recht freundlich, zumindest nicht allzu verplüscht.

»Die Zimmer sind alle weg«, sagte die junge Frau, die ganz anders aussah, als er sich eine Amrumer Pensionswirtin vorstellte. Sie sprach keinen friesischen, nicht einmal einen norddeutschen Dialekt.

»Grade vor fünf Minuten hab ich auch die kleine Ferienwohnung an den Herrn hier vergeben.«

In dem Gast, der sich grußlos an ihnen vorbeizwängte und sein Gepäck die schmale Holztreppe hinaufwuchtete, erkannte er den Mann mit dem exakt geschnittenen Bart und der gelben Brille wieder, der ihm schon auf der Fähre den letzten Fensterplatz weggeschnappt hatte.

»Aber Meret Boysen nebenan müsste noch etwas frei haben.«

Die »Nordseeperle« zwei Häuser weiter war auch ein altes Reetdachhaus, nicht weiß, sondern blutrot gestrichen. Und Frau Boysen sah tatsächlich wie eine Amrumer Pensionswirtin aus. Sie trug eine traditionell blau-weiß karierte Kittelschürze, hatte einen geflochtenen Haarkranz, der akkurat um den eiförmigen Kopf gelegt war, und guckte streng aus ihren wässrig graublauen Augen.

»Für wie lange wollen Sie das Zimmer denn?«

»S-s-soso genau weiß ich es noch nicht«, stotterte Harry. »Aber sicher mehrere Tage.«

»Denn eigentlich vermiete ich nur wochenweise.«

Harry stand etwas unbeholfen mit der Neckermann-Tüte unter dem Arm in dem niedrigen Eingang mit der grau und weiß lackierten Tür neben der verblühten Kletterrose.

»Aber ein Zimmer hätte ich wohl noch. Is dat für eine Person?«

Harry nickte.

»Ich hab aber nur Doppelzimmer«, sagte die Wirtin. »Is 'n schönes Zimmer. Wollen Sie's mal sehen?«

Das Zimmer lag im ersten Stock. Frau Boysen öffnete die mit unlackiertem Holz furnierte Tür, die vermutlich vor gar nicht langer Zeit statt der schiefen alten Tür in das Friesenhaus eingebaut worden war. Alle Türen hatten in Augenhöhe ein kleines Keramikschild mit den Zimmernamen: »Lachmöwe«, »Seeschwalbe«, »Austernfischer«. Harry wurde das Zimmer »Eiderente« zugewiesen. Sofort schlug ihm ein leicht muffiger Geruch entgegen, der sich mit dem Waschmittelduft der Handtücher mischte. Die Tapete hatte ein

Fachwerkmuster. Der Boden war mit einem in verschiedenen Brauntönen gesprenkelten Teppich ausgelegt. An jeder Seite des stattlichen Doppelbettes, das fast den ganzen Raum ausfüllte, lagen darauf noch einmal langhaarige Läufer in Hellbeige. Am Fußende stand eine für das kleine Zimmer gigantisch große Schrankwand in Holzimitation. Das Gaubenfenster im Reetdach war mit gemusterten, gerafften Gardinen halb verhängt. Dahinter ließ sich das Wattenmeer erahnen.

»Schöner Blick«, sagte Harry.

»Sie ham Glück, dass dat Zimmer gemacht ist. Normalerweise kommen die neuen Gäste Sonnabend mit der Nachmittagsfähre.«

Harry lächelte bemüht. Langsam bekam er Zweifel, ob er nicht doch lieber auf dem Festland hätte untertauchen sollen statt in diesem miefigen Pensionszimmer mit den Langhaarläufern.

»Frühstück is denn von acht bis neun.«

Der Blick über mehrere Reetdächer auf das Wattenmeer nach Föhr hinüber war wirklich wunderschön. Aber das Zimmer als solches war grausam. Harry nahm es trotzdem. Er hatte jetzt keine Lust, noch lange herumzusuchen.

Es war schon höchst ärgerlich, dass ihm nebenan von diesem Typen mit dem Bart das letzte Zimmer vor der Nase weggeschnappt worden war. Das Haus hatte wirklich nett ausgesehen. In der »Nordseeperle« dagegen hörte der altfriesische Stil gleich hinter der Haustür auf. Holzböden und Treppe hatten bräunlich geflammten Fliesen weichen müssen. Im Treppenhaus auf der wie in einem griechischen Restaurant rau verspachtelten Wand hingen dicht gedrängt ein verblichener Sonnenuntergang über dem Meer, mehrere Robbenfotos, das Halbrelief eines Krabbenkutters, ein aus Wäscheklammern gebastelter Leuchtturm und eine schmiedeeiserne Möwe im Flug mit integriertem Barometer.

»Sagen Sie mal, haben Sie denn gar kein Gepäck?« Meret Boysen guckte misstrauisch. Harry versuchte seine Unsicherheit zu verbergen.

»Dat hab ich auch noch nie erlebt, dass hier einer nur mit'm, wat is'n dat überhaupt …«, sie starrte auf die Plastiktüte, »mit'n Neckermann-Büdel ankommt.«

Daran hatte Harry nicht gedacht, dass er ohne das übliche Gepäck auffallen würde.

»Meine Tasche is mir auf dem Schiff g-g-geklaut worden«, log er und kam dabei wieder ein wenig ins Stottern.

»Sach mal, dat gibt's doch gar nich. Eigentlich kommt auf der Fähre nichts weg«, sagte Frau Boysen. Und Harry hatte den deutlichen Eindruck, dass sie ihm nicht glaubte.

Besonders wohl fühlte er sich hier nicht. Nicht nur wegen des scheußlichen Zimmers, auch wegen der misstrauischen Wirtin mit dem strengen Haarkranz. Aber wenn er das Zimmer nicht nahm, dachte Harry, machte er sich erst recht verdächtig, und das wollte er auf keinen Fall riskieren.

Zunächst brauchte er ein paar neue Klamotten, Unterhosen und ein Hemd zum Wechseln zumindest. Die Bilder musste er im Zimmer zurücklassen. Er konnte schlecht die ganze Zeit mit seiner Neckermann-Tüte unter dem Arm herumlaufen. Aber wo sollte er die Bilder am besten verstecken? Vorübergehend unter eine der Bettdecken legen? Konnte er sich sicher sein, dass die penible Wirtin nicht noch mal die Betten aufschlug oder neu bezog? Auch die wackelige Rückwand des durchgelegenen Doppelbettes erschien ihm wenig geeignet.

Erst einmal schloss er die Bilder in dem Schrank mit dem »Holzimi«-Furnier ein und nahm den Schlüssel einfach mit. Auch den Zimmerschlüssel mit dem dicken Holzanhänger und der handgemalten Aufschrift »Eiderente« steckte er in seinen Anorak. In die Hosentasche passte der eiförmige Anhänger schlecht, besonders wegen des Gummirings an der dicksten Stelle in der Mitte.

»Kurkarte brauchen Sie wohl nich, Herr ... rähräh?« Die Wirtin guckte aus ihrer Küche heraus, als Harry die Treppe herunterkam und neben dem Möwenbarometer stehen blieb.

»Meinetwegen können wir uns das mit der Kurtaxe sparen. Denn brauchen Sie auch nichts auszufüllen, Herr ... Ich weiß Ihr'n Namen gar nich.«

»H-heide«, stotterte Harry und er wusste gar nicht recht, warum er spontan einen falschen Namen angab. Aber irgendwie glaubte er, seine wahre Identität verheimlichen zu müssen. Vielleicht wollte er ja tatsächlich sein bisheriges Leben hinter sich lassen.

»Heide? Wie die Stadt?«

»Genau«, sagte Harry, und er fand, dass er dabei überzeugend klang. Schließlich hatte er ja einen Städtenamen. Wenn auch einen anderen.

»Wo kann man denn hier am besten Fisch essen?«, fragte Harry, vor allem, um sich ein bisschen locker zu geben.

»Am besten bei mir«, sagte Frau Boysen, ohne irgendeinen Zweifel aufkommen zu lassen und guckte Harry ernst mit großen Augen an.

»Aber den Fisch müssen sie morgens selbst holen am Kutter in Steenodde. Ich komm da morgens nich dazu, wegen Frühstück und so.«

»Frischer Fisch vom Kutter. Das klingt doch gut.« Harry wurde langsam sicherer gegenüber der Wirtin.

»Nehmen Sie Kaffee morgens?«, fragte sie. »Und Wurst essen Sie doch auch, oder.«

Jetzt gelang es Harry sogar, sie nickend anzulächeln.

»Ja, ich frag lieber gleich. Heutzutage muss man das fragen. Ja, is so. Unsere Frau, äh, Scheuermann ... Dings, die isst praktisch gar nichts. Na ja, werden Sie ja noch kennenlernen.«

Harry lieh sich ein Hollandrad mit drei Gängen, von denen nur der dritte funktionierte, und fuhr wieder nach Wittdün. In einem Bekleidungsgeschäft, dessen Angebot fast ausschließlich aus Öljacken und den heruntergesetzten Badehosen des vergangenen Sommers bestand, wurde er wieder mit einem langgezogenen »Moin« begrüßt. Er entdeckte dann doch ein paar T-Shirts, Boxershorts, ein kariertes Sporthemd und einen Troyer, wie er ihn als Jugendlicher einmal getragen hatte. Andere Pullover führte der Laden nicht. Er behielt den dunkelblauen Troyer gleich an und ließ sich seinen schwarzen Rollkragenpullover einpacken, wozu die tranige Verkäuferin eine Ewigkeit brauchte.

Er zog sich den Reißverschluss bis unters Kinn hoch und radelte am Watt zurück. Auf dem Weg kam ihm ein Mann im Fischerhemd mit einem Wassereimer voller Austern entgegen. Im Seezeichenhafen wurde gerade ein Boot eingelagert. Die Segler brachten langsam ihre Jollen vor den Herbststürmen ins Trockene. Als er den kleinen Hafen von Steenodde erreichte, schien die Sonne. Über den Halligen türmte sich ein dunkelvioletter Wolkenberg und ein Stück daneben über Föhr hellrosa von der Sonne beschienene Kondenswölkchen. Am oberen Teil des Steges standen die Dalben im Watt, zum Ende hin wurde das Wasser schnell tiefer. Zwei Segeljollen hatten sich auf die Seite gelegt. Eine Gruppe von vier Austernfischern zog über Harry schrill piepend mehrmals größere Kreise.

Als er den »Klabautermann« betrat, war es vorbei mit der guten Luft. In dem kleinen dunklen Raum roch es nach Bratfett und abgestandenem Rauch. Die Decke war mit einem angestaubten Fischernetz abgehängt, in dem ein Haifischgebiss, ein vertrockneter Hornhecht und allerlei Strandgut lag. Aus der Musikbox tönte Peter Maffay. Die wenigen Gäste, die Stammbesetzung, die Harry hier in den nächsten Tagen noch ein paarmal antreffen sollte, guckten kurz, aber interessiert zu ihm herüber.

An der Theke auf einem der mit dunkelgrünem Kunststoff bezogenen Barhocker saß »Strandkorb-Peter«, vor sich ein Bier und ein leeres Schnapsglas, ein vom Alkohol leicht aufgeschwemmter, aber braungebrannter Typ mit blonden gestuft geschnittenen Haaren, die im Nacken etwas länger über seine Jeansjacke hingen. Er war kein Insulaner, sondern kam vom Festland, aus Dithmarschen. In der Saison war er in Wittdün für die Strandkorbvermietung zuständig. Sie gehörten ihm nicht. Er kassierte vor Ort am Strand nur das Geld von den Badegästen, das heißt, den größten Teil des Tages saß er in seinem Strandkorb, sonnte sich und beschwerte sich bei ein paar Bierchen über das Wetter und die Touristen. Außerhalb der Saison machte er dasselbe, nur nicht mehr im Strandkorb, sondern an der Theke des »Klabautermanns«.

Zwei Hocker weiter saß Elke, eine mittelalte Rheinländerin mit blondierten Haaren, die ihren stattlichen Busen unter einer bunten Ballonseidenjacke versteckte. Elke trank Weizen und Küstennebel, rauchte Kette und bequatschte Fred, den Wirt des Lokals, einen schmächtigen Mann in einem blauen längs gestreiften Fischerhemd mit strähnigem, aber für sein Alter noch vollem schwarzem Haar.

»Fred, sach mal ehrlisch, wat soll isch in Mallorca oder so. Nordsee. Ist doch herrlisch. Schon die Luft.« Dabei klang ihre Stimme, als würde ihr ein bisschen mehr Nordseeluft ganz guttun.

Der dritte Stammplatz an der Theke blieb zu Harrys Glück an diesem Mittag noch unbesetzt.

Er setzte sich an den noch freien Fenstertisch und bestellte ein Bier und Sauerfleisch, nachdem der Wirt ihm mitgeteilt hatte, dass die Küche bereits geschlossen hätte.

»Ja nee, ich hab grad alles sauber«, kam auf Nachfrage von Wirt Fred eine weibliche Stimme aus der Küche. »Fischbrötchen oder Sauerfleisch würd noch gehen. Aber ohne Bratkartoffeln. Nur Brot.«

»Ja, Mittach is vorbei«, brummte der braungebrannte Strandkorbvermieter mehr zu sich selbst.

»Herbst ist die schönste Zeit«, versuchte jetzt die kölsche Blondine ein Gespräch in Gang zu bringen.

»Un' jetzt kommt sogar die Sonne dursch. Herrlisch.« Um unter den schweren Häkelgardinen hindurch einen Blick nach draußen zu erhaschen, reckte sie ihren blondierten Kopf zur Seite, sodass der dunkle Haaransatz zu sehen war.

»Hausgemacht«, sagte Strandkorb-Peter und drehte sich dabei auf seinem Barhocker kurz zu Harry um. Wirt Fred zwängte sich währenddessen mit dem Teller hinter der Bar hindurch und servierte das Sauerfleisch mit Graubrot und Gewürzgurke.

»Guten Appetit«, rief das Rentnerehepaar herüber, das an einem der drei anderen Fenstertische wortlos Schollenfilets mit einem Kartoffelsalat aß, der nicht hausgemacht wirkte, sondern wohl aus dem großen Plastikeimer kam.

Das Sauerfleisch war eiskalt, schmeckte aber besser, als es aussah. Es war nicht das Fischereihafenrestaurant, wo er einmal mit Ingo Warncke getafelt hatte, als sie zu Geld gekommen waren. Aber Harry hatte Appetit.

»Sieht jut aus, dat Sauerfleisch«, sagte die Kölner Blondine.

Harry nickte ihr kurz zu.

»Fred, machst mir noch 'ne Küstennebel«, sagte die Rheinländerin, die leicht zu schunkeln begann, nachdem Strandkorb-Peter noch mal ›Über sieben Brücken musst du gehen‹ gedrückt hatte.

Während er aß, guckte Harry mehrmals unter den Häkelvorhängen und zwischen mehreren Holzmöwen hindurch auf den Anleger. Die Polizei würde ihn hier wohl nicht so schnell vermuten. Aber ganz sicher war er sich doch nicht mehr, ob seine Flucht nach Amrum die richtige Entscheidung gewesen war.

Begleitet vom Schreien der Vögel, radelte er den Weg am Watt zurück nach Nebel. Über Föhr schien noch die Sonne. Aber von Nordwesten wehte ihn schon wieder ein Regenschauer an. Mit jedem Meter wurde sein neuer Troyer immer nasser, zunächst nur auf einer Seite. Als der Weg sich in einer kleinen Biegung vom Watt entfernte, am Haus von Katja Epstein und am Schullandheim vorbei, kam der heftiger werdende Regen dann richtig von vorn.

Zurück in der »Nordseeperle« war er klitschnass. Die schwarze Jeans klebte auf den Oberschenkeln und der Troyer roch feucht und neu nach Chemie. Im Flur kam ihm eine Frau in Gesundheitssandalen und einem irgendwie afrikanisch anmutenden, hüftlangen Gewand entgegen, eine seltsame Erscheinung in dem Flur mit dem Krabbenkutterrelief und der schmiedeeisernen Möwe. Sie grüßte leicht abwesend, aber interessiert.

Eigentlich wollte sich Harry nur ein Stündchen hinlegen und abends noch einmal zum Essen oder auf ein Bier losgehen. Aber Bier, Sauerfleisch und der Nordseeregen hatten ihn müde gemacht. Er überzeugte sich noch, dass seine Bilder wohlbehalten im Schrank lagen.

Dann schlief er sofort ein, nachdem er sich die nassen Klamotten ausgezogen und sie auf das freie Bett geworfen hatte. Er schlief den Abend und die ganze Nacht durch wie ein Stein und wachte erst am nächsten Morgen wieder auf. Am ersten Tag ist jeder vom Reizklima erschlagen, besonders wenn er die Nacht zuvor mit geklauten Bildern unter dem Arm erst vor einer dauergewellten Putzfrau und dann vor der Polizei geflüchtet ist.

5

Im Morgengrauen schreckte Harry aus dem Schlaf hoch und wusste einen Moment nicht, wo er war. Er hatte tief und traumlos geschlafen. Die Sonne war noch nicht aufgegangen. Aber der fast wolkenlose Himmel über dem Wattenmeer war dunkelrot gefärbt. Durch das Gaubenfenster, deren Gardinen er so weit wie möglich zur Seite geschoben hatte, waren am Horizont trotz der Dämmerung ganz klar die Silhouetten von Föhr und den Halligen zu erkennen, und darin einige Lichtpunkte in der Morgendämmerung. Die Klamotten neben ihm auf dem Bett waren immer noch klamm.

Die Ereignisse des Vortages holten Harry sofort wieder ein. Er malte sich die Schlagzeilen der Zeitungen aus, die heute über den Nolde-Raub berichten würden. Schlagzeilen, die schon gedruckt waren, aber die Zeitungen waren sicherlich noch nicht in den Kiosken auf Amrum ausgeliefert.

Harry hängte seine Klamotten über den lauwarmen Heizkörper. In dem erleuchteten Fenster des Reetdachhauses gegenüber stand eine junge Frau in einem weiten Männerunterhemd mit einer wild zerzausten blonden Mähne. Als sie Harry bemerkte, drehte sie sich weg. Er schlich sich zum Klo schräg gegenüber im Flur, das neben der »Eiderente« wohl auch von den Zimmern »Seeschwalbe« und »Austernfischer« benutzt wurde. Zurück im Zimmer sah er kurz nach den Bildern im Schrank. Dann schlief er wieder ein und wurde im Traum von der Putzfrau aus dem Nolde-Museum verfolgt, die ihm mit aufgerissenen Augen hinter ihrer Brille immer wieder im Weg stand und lautstarke Vorhaltungen machte, dass er den gerade gewischten Boden betreten hatte.

Obwohl Harry für seine Verhältnisse recht früh aufgestanden war, erschien er im Frühstückszimmer der »Nordseeperle« als Letzter. Er fühlte sich allein, aber gleichzeitig von allen beobachtet, als würde er eine Bühne betreten. Alle Blicke richteten sich sofort auf ihn, als er sich mit einem gemurmelten »Morgen« an den Tisch mit dem einzelnen noch unbenutzten Gedeck setzte. Es waren ohnehin nur drei Tische besetzt. Auch in der »Nordseeperle« war bereits Nebensaison.

Am Fensterplatz saßen ein unglaublich dicker, alterslos wirkender Mann, der aber wahrscheinlich kaum älter als Harry war, und seine Mutter.

Der Dicke guckte hoch und sagte demonstrativ friesisch: »Moin.«

An dem anderen Tisch, Harry gegenüber, saß die Frau, der er gestern im Flur der Pension begegnet war: Silva Scheuermann-Heinrich. Sie stierte ihn unverfroren durch ihre Brille mit dem irisierend roten Gestell an. Sie war vielleicht zehn Jahre älter als er, auf der dringlichen Suche nach neuen spirituellen Erkenntnissen und wahrscheinlich auch nach einem Mann. Heute Morgen trug sie ein paar Holzperlen im Haar. Ihr buntes wallendes Shirt wirkte jetzt eher karibisch. Oder doch afrikanisch? Sobald Harry hinsah, trafen sich ihre Blicke. Er fragte sich, was die anderen wohl über ihn denken würden. Einer wie er würde doch nicht allein Urlaub in einer Pension wie der »Nordseeperle« machen. Müsste er nicht gleich Verdacht erregen? Aber vielleicht dachten sie auch, dass er grade eine unglückliche Liebesgeschichte hinter sich hatte und für ein paar Tage aus allem herauswollte.

»Hier kommt erst mal Kaffee.« Die Wirtin, Frau Boysen, betrat mit knarzenden Gesundheitsschuhen den Raum.

»Und Sie nehmen doch sicher ein Eichen, Herr äh … äh … Is schon fertig«, sagte sie, ohne Harrys Antwort abzuwarten und stellte ihm einen Eierbecher mit einer kleinen gehäkelten Pudelmütze hin.

»Harry Heide«, dachte er. Komischer Name. Daran musste er sich erst noch gewöhnen.

»Und hat unsere Frau Scheuermann-ähh noch Wasser?«

Die Frau im Karibikshirt trank offensichtlich nur irgendeinen Kräutertee. Sehr zum Unmut von Frau Boysen.

»Das Frühstück ist die wichtigste Mahlzeit am Tag«, sagte die Mutter vom Fenstertisch, die für ihren Sohn Brötchen mit überlappender Jagdwurst belegte und damit kaum nachkam, während der Dicke sie sich in wenigen Bissen einverleibte und mit großen geräuschvollen Schlucken Kaffee hinunterspülte.

Auch aus dem Fenster des Frühstückraumes hatte man vorbei an dem benachbarten Reetdachhaus und dem weiter entfernt liegenden »Haus des Gastes« einen Blick auf das Wattenmeer. Doch durch die Vorhänge war kaum etwas zu erkennen. Vielleicht lag es auch an dem Nebel. Der Raum war überheizt, sodass Harry in seinem dicken Troyer schwitzte. Er behielt ihn trotzdem an. Über der Tür leuchtete ein kleines grünes Schild für den Fluchtweg. An der Wand auf der Grastapete hing ein Reliefbild der »Kaiseryacht Hohenzollern«, wie dem Messingschild darunter zu entnehmen war. Das Schiff vor einem blau gespachtelten Himmel durchpflügte eine impressionistisch getupfte stürmische See. Die maritime Szenerie spielte sich hinter einer Glasscheibe in einem dunkel glänzenden Holzrahmen ab.

Es roch nach Waschmittel und penetrant nach Kaffee. Die pappigen Brötchen quietschten beim Bestreichen auf dem Teller. Harry löffelte sein Ei, das schon fast kalt und viel zu weich war, und versuchte krampfhaft, den Blicken von Silva Scheuermann auszuweichen und stattdessen an dem Dicken vorbei aus dem Fenster zu gucken. Ein satter Klecks Eigelb tropfte ihm auf die blaue Plastiktischdecke mit der weißen Kordelkante. Aus dem aufgeschäumten, wie gehäkelt wirkenden Plastik war das Eigelb mit einer Serviette nicht herauszubekommen.

»Nur Tee und Trockenobst, das kann doch nicht gut sein«, sagte Mutter Wiese und schob ihrem Sohn Hans-Peter die nächste Brötchenhälfte auf seinen Teller.

»Na, Ihnen würde ein bisschen andere Ernährung auch ganz guttun«, konterte die Frau in dem Karibikshirt.

»Er isst, was ihm schmeckt. Was Hans-Peter?«

»Jaja«, mampfte der Dicke und spülte mit einem kräftigen Schluck Kaffee nach. Dabei geriet der Stuhl mit dem Sitzpolster, dessen Muster wie ein verblichener Paul Klee aussah, unter seinem Gewicht gefährlich ins Knarren.

»Ein richtiger Mann braucht was Richtiges zu essen«, sagte Frau Wiese und biss zur Abwechslung mal selbst in ein Wurstbrötchen.

Im Gegensatz zu ihrem Sohn war sie eine halbe Person mit einer Betondauerwelle und einer großen Brille mit Goldrandbügeln, die mit einem Schwung unten an den Gläsern ansetzten, sodass sie wie falsch herum aufgesetzt wirkte.

»Richtiger Mann, pah«, sagte Silva Scheuermann und drehte dabei kurz den Kopf, dass ihr ein paar der im Haar hängenden Holzperlen um die Ohren flogen. Harry sah kurz zu ihr hinüber, worauf sie ihn noch eindringlicher anstarrte.

»Das Wetter sieht gar nicht gut aus«, sagte der dicke Hans-Peter, der jetzt eine ›Bild‹-Zeitung herausgeholt hatte.

Harry wurde nervös angesichts der Zeitung. Gab es Meldungen über den Nolde-Diebstahl? Doch die Zeitung war von gestern, wie er dann gleich an dem Wochentag »Mittwoch« unter dem großen ›Bild‹-Logo auch über den Tisch hinüber erkennen konnte.

»Morgen soll es besser werden. Dann nur noch Schauer, hat er gesacht«, schaltete sich Wirtin Boysen mit der Thermoskanne in der Hand ein.

»Das sind doch fantastische Stimmungen, regelrechte Lichtereignisse am Himmel.« Silva

Scheuermann-Heinrichs Stimme neigte etwas zum Quakigen, wenn sie sich echauffierte.

»Was meinen Sie?«, wandte Harry sich an die Pensionswirtin, »ich wollte es mal mit frischem Fisch am Krabbenkutter versuchen. Würden Sie mir den abends braten?«

»Nu sehen Sie man erst mal, dass Sie was bekommen. Wenn das man nicht schon zu spät is.«

»Ich denk um zehn.«

»Um zehn steht da schon 'ne Schlange.«

»Ach so.«

»Ja. Aber is ja noch nich zehn.«

»Jaja, frische Krabben is was Feines«, sagte Frau Wiese, obwohl ja eigentlich gerade von Fisch die Rede war.

»Jaja, schöne Krabben«, ergänzte ihr Sohn. »Aber das Pulen.«

»Ich bin ja zum Heilfasten hier und zum Spurenlesen im Sand«, steuerte auch Silva Scheuermann ihren Teil bei.

Aus dem Treppenhaus drang jetzt das Geräusch eines Staubsaugers herüber.

Auf seinem Hollandrad radelte Harry im dritten Gang mit dem Wind und ohne Regen nach Steenodde. Den Schlüssel für den Kleiderschrank, in dem sich die Noldes befanden, und auch den Zimmerschlüssel mit dem Holzanhänger hatte er wieder dabei. Die Zeitungsständer vor dem kleinen Laden in dem geduckten alten Reetdachhaus in Nebel waren noch leer.

»Nee, die Zeitungen kommen erst mit der 10-Uhr-Fähre«, raunzte die Frau in dem mit Zeitschriften und Andenken vollgestopften Laden Harry gleich an. Das musste man als Feriengast hier offensichtlich wissen.

Über dem Wattenmeer türmten sich dunkle Wolken, die von oben von der Sonne beleuchtet wurden. Auf dem Anleger vor dem »Steuerhaus«, das man von einem ausrangierten Schiff ausgebaut und als Verkaufsstand auf der Mole installiert hatte, stand tatsächlich schon eine kleine Schlange: Rentner mit Stoffbeuteln und ein hilflos wirkender junger Vater mit Kind. Zwei Frauen, deren Männer in ihren Autos warteten, liefen nervös um das alte, noch unbesetzte Häuschen herum und sahen immer wieder durch die kleinen Fenster. Zwei andere Frauen mit Plastikeimern, offenbar Amrumerinnen, unterhielten sich deutlich gelassener auf nordfriesisch, das Harry nicht verstand. Als Erster in der Reihe stand der Mann mit dem akkurat gestutzten Bart und der überdimensionierten, gelb getönten Brille, der ihm gestern das letzte Zimmer in der Nachbarpension weggeschnappt hatte. Er dozierte über das Laichverhalten von Schellfisch und Knurrhahn.

»Na ja, wir essen eigentlich lieber Scholle«, sagte eine der ungeduldigen Frauen, die sich jetzt in die Schlange eingereiht hatten.

»Die Scholle ist ein Meister der Tarnung. Wussten Sie das?«

»In der Pfanne nützt ihr dat auch nix mehr«, sagte eine der beiden Amrumerinnen. Die andere lachte und die Umstehenden mussten mitlachen.

Auf dem japanischen Pick-up, mit dem die Fischersfrau direkt neben dem Steuerhaus vorfuhr, standen mehrere Plastikkisten, randvoll gefüllt mit Krabben. In einer Kiste lagen ein paar Fische. Hauptsächlich Schollen meinte Harry flüchtig gesehen zu haben, als die blonde Frau in der blauen Windjacke die Kisten in ihr kleines Kabuff hievte. Die Kunden in der Schlange reckten die Hälse, um einen Blick auf den spärlichen Beifang zu erhaschen.

»Na ja, zur Not gibt's Kotelett«, sagte ein Rentner, der sich zu ihm umdrehte. Er hatte auch einen Stoffbeutel dabei mit einem Leuchtturm drauf.

Der Mann mit dem rotblonden Bart hatte seinen Kopf weit in das kleine Fenster gesteckt, durch das der Fisch verkauft wurde. Er blieb eine ganze Weile so stehen. Dann wurde sein Kopf wieder sichtbar, er bekam eine erste Plastiktüte herausgereicht, eine zweite und dritte.

»Na, dann bin ich erst mal für die nächsten Tage versorgt«, sagte er und grinste verkrampft. Dabei waren seine spitzen, schlechten Mäusezähne zu sehen.

Für eine der beiden Amrumerinnen blieben noch ein paar Sandschollen, die in ihrem Eimer ziemlich verloren wirkten. Dann waren die Fische ausverkauft. Harry kaufte zum Trost eine Tüte Krabben. Wenigstens auf ein Brötchen mit selbst gepulten Nordseekrabben konnte er sich heute Abend oder morgen zum Frühstück freuen. Vielleicht machte Frau Boysen ihm dazu ein Rührei.

Es durchfuhr ihn sofort unangenehm, als er den Typ in dem Fischerhemd aus der Nebeler Mühle herauskommen sah. Im ersten Moment war Harry sich gar nicht sicher, ob er es wirklich war: Kieso, sein ehemaliger Kommilitone von der Hamburger Kunsthochschule, den er noch nie recht leiden konnte.

Doch der stürmte sofort auf ihn zu: »Mensch, Alter, was machst du hier?«

»Ja, ich brauchte einfach mal ein bisschen W-wind um die Nase«, stotterte Harry.

»Ich mach hier grad 'ne Ausstellung«, sagte Kieso.

»Ach, du bist der mit den Leuchttürmen«, sagte Harry und versuchte dabei, ein überhebliches Grinsen aufzusetzen.

Er hatte am »Steuerhaus« und auch irgendwo in Nebel ein Plakat gesehen. »Meeresimpressionen« oder so. Am Namen allerdings hatte er ihn nicht erkannt. Denn Kieso nannte sich jetzt offensichtlich Boy Jensen.

»Heute Abend ist Vernissage. Du musst natürlich kommen. Machen wir uns ein bisschen Spaß mit den Spießern hier. Ich leb jetzt drüben auf Sylt.«

Sein früherer Mitstudent hatte sich äußerlich auffällig verändert. Er wirkte regelrecht verkleidet mit dem blaugrau gestreiften Schauermannhemd und der unnatürlich neu wirkenden Schiffermütze. Und dann dieser lächerliche fusselige Bart, der wie angeklebt aussah.

»Bist du allein hier auf der Insel?« Irgendwie hatte Harry das Gefühl, das Kieso sich wunderte, was er hier machte.

»Mein Gott, Harry, ich fasse es nicht. Nach der Vernissage müssen wir einen trinken. Wie geht's dir? Malst du?«

»Ja schon. Aber es ist nicht einfach, etwas zu verkaufen«, sagte Harry, dem die ganze Situation unangenehm war.

Doch Kieso, der ganz mit seiner Ausstellung beschäftigt schien, ging darüber hinweg und zog kurz den Schirm seiner Schiffermütze zurecht.

Vor ein paar Jahren hatte er noch schwarze Rollkragenpullover getragen und in der Oberhafenkantine mit anderen Kunststudenten und Hafenarbeitern Bier aus Knollenflaschen getrunken. Die Oberhafenkantine war eigentlich eine ganz normale Kneipe im Freihafen, in der die Schauerleute nach der Schicht ihr Bier tranken. Von einem Monat zum anderen war sie zum Szenetreffpunkt erklärt worden. Seitdem saßen ganz in Schwarz gekleidete Kunst- und Philosophiestudenten in den unverändert belassenen Räumen vor der Theke unter den mit einer Holsten-Reklame verkleideten Neonröhren und tranken Flaschenbier.

Dazwischen nur noch vereinzelt wie zur Dekoration ein besoffener Malocher.

Bei der Kontaktaufnahme zur Arbeiterklasse war Kieso ganz vorn mit dabei gewesen. Eigentlich hieß er Reinhard Kieseritzky. Im Studium und gleich danach, als er noch schwarze Rollis trug und Gebrauchsgegenstände mit Farbe bekleckerte, hatte er sich Kieso genannt, nicht Reinhard Kieso, einfach nur Kieso. In seinem Peugeot-Kombi verfrachtete er ganze Wagenladungen voll farbiger Eimer, mit derbem Bindfaden verschnürter Altpapierstapel und versiffter Küchenspülen in Barmbeker Fabriklofts. Zusammen mit Albert Ahlen hatte er in einer der Galerien in der Admiralitätsstraße mehrere Käse an die Wand genagelt und untereinander verdrahtet. Ahlen hatte Erfolg mit seinen Objekten wie dem mit Haferflocken beklebten Ford Capri. Während die »Kunstsammlung Nordrhein-Westfalen« in Düsseldorf das erste Ölbild von Ahlen ankaufte, war Kieso auf seinem Käse und den verdreckten Spülen sitzengeblieben und hatte sich als verkannter Künstler gefühlt.

Jetzt hatte sich sein früherer Kommilitone also auf Sylt niedergelassen und malte Leuchttürme und Fischstillleben. Kieso reichte Harry einen der Handzettel zur Ausstellung, die er in einem Pappkarton bei sich trug. »Meeresimpressionen«. Aus Verlegenheit begann Harry sofort darin zu lesen. Kieseritzky machte mit seinem Äußeren einen auf Sailor, und er hatte sich eine entsprechende Biografie zusammengezimmert. Mit Kindheit in Asien, mehrjähriger Fahrt zur See und Vorfahren im Walfang.

»Walfänger, Reinhard, ist das nicht ’n bisschen dicke?«, sagte Harry. Und diesmal, so hatte er das Gefühl, gelang ihm das arrogante Grinsen schon besser.

Doch Kieso beachtete es kaum. Eine Frau fuhr auf dem Fahrrad an ihnen vorbei. Sie trug eine Ballonmütze auf den roten Haaren, einen bunt melierten grobmaschigen Rollkragenpullover und trotz des grauen Wetters eine riesige Sonnenbrille. Sie lachte ihnen zu und sagte »Hallo«.

»War das nicht …?«

»Das war die Katja«, sagte Kieso.

»Katja Epstein, richtig?«

»Echt nett, die Katja.« Reinhard Kieseritzky war offensichtlich schon voll integriert.

»Hier auf Amrum sind das ja nur die Katja und Hermann Prey«, sagte Reinhard und kratzte sich in seinem fusseligen Bart. »Und dann noch Felmy und Peer Schmidt.«

»Peer Schmidt? Die Stimme von Belmondo in ›Außer Atem‹. Oder?«

»Genau. Der lebt den Sommer hier auf Amrum und schneidet seine Ligusterhecke. Bei uns auf Sylt ist da schon mehr los. Da laufen Augstein, Menge, Hajo Friedrichs, die ganze Journaille im Sommer vor der Buhne sechzehn ohne Hosen rum. Das heißt, Augstein behält als Einziger die Shorts an.«

Die dunklen Wolken waren über sie hinweggezogen. Aber erst jetzt, als die Sonne schon wieder herauskam, fing es an zu tröpfeln.

»Ich muss mal weitermachen«, sagte Kieso. »Aber du kommst heute Abend? Versprochen?«

Trotz des leichten Gegenwindes fegte Harry den Uasterstigh durch Nebel hinunter. Inzwischen waren die Zeitungen da. Einzelne Exemplare klemmten in den Zeitungsständern. Harry wurde unruhig, als er sich einige aus den Drahtbügeln herausnahm. Er versorgte sich mit den regionalen Blättern. Sofort sprang ihm in der Überschrift im ›Inselboten‹ das Wort Nolde ins Gesicht. Harry fühlte seinen

Puls hämmern. Doch bevor er weiterlas, zahlte er, verließ den Laden und suchte vor dem stärker werdenden Regen Zuflucht im »Friesencafé«.

Er bestellte einen Kaffee und nahm sich, um Ruhe bemüht, die Zeitungen vor. Der ›Inselbote‹ brachte die Meldung auf der ersten Seite unter der Überschrift: »NOLDES ›FERIENGÄSTE‹ GERAUBT«. Ein Einspalter, der relativ kurz und unkommentiert die Tatsachen lieferte. Die Titel der Bilder wurden genannt, der Zeitpunkt des Raubes und ein knappes Zitat der Putzfrau Quarg. »Brutal« und »irgendwie ausländisch« sollte der Täter ausgesehen haben. Die friesische Reinigungskraft hatte den Treppensturz also überlebt. Harry war erleichtert. Aber irgendwie machte sie ihn auch nervös. Eine nähere Beschreibung von ihm schien sie allerdings nicht abgegeben zu haben. In den ›Husumer Nachrichten‹ stand derselbe Text, etwas gekürzt und anders gesetzt.

Das ›Hamburger Abendblatt‹ fragte unter einem Foto des Nolde-Museums in Seebüll: »Führt die Spur der Kunsträuber nach Hamburg?« In dem Artikel war auch von dem zurückgelassenen Kadett die Rede. Außerdem wurde über eine Kunsträuberbande spekuliert. Während er von dem Nolde-Raub las, fühlte er sich mit seiner Flucht auf die Inseln bestätigt. Es war sicher sinnvoll, auf Amrum abzuwarten, wie sich die Dinge weiterentwickelten.

»Heute bleibt nur Zeitungslesen, was?«

Harry hatte den großen Dicken gleich kommen sehen. Der korpulente Hans-Peter war ja auch kaum zu übersehen, als er, gefolgt von seiner kleinen, in einen violetten Anorak eingepackten Mutter, geräuschvoll in die niedrige Gaststube hereinpolterte. Mutter Wieses verkehrt herum aufgesetzte Brille war vollständig beschlagen, sodass sie Mühe hatte, sich zu orientieren.

»Jaja«, sagte Harry, nur kurz von der Zeitung aufblickend, und der Höflichkeit halber fügte er noch hinzu:

»Hört bestimmt gleich wieder auf mit dem Regen.« Aber das war offensichtlich schon zu viel. Denn jetzt gab es für Mutter Wiese, die sich inzwischen ihre Brille geputzt hatte, kein Halten mehr.

»Eigentlich haben wir hier immer Glück mit dem Wetter. Und wenn es mal schlecht ist, es ändert sich hier an der See ja jeden Augenblick.« Sie schälte sich aus ihrem durchnässten Anorak. »Und schlechtes Wetter gibt es ja sowieso nicht …«

»Jaja«, sagte Harry und widmete sich demonstrativ dem ›Inselboten‹, ohne jedoch eine Zeile aufnehmen zu können.

»In der ›Nordseeperle‹ bei unserer Frau Boysen haben wir es doch gut getroffen«, versuchte sie noch mal ein Gespräch in Gang zu bringen.

»Wir kommen ja nun schon seit fünfundzwanzig Jahren. Früher im Sommer, als Hans-Peter noch klein war und mein Mann noch lebte. War auch schön. Aber der Kuchen war damals noch nich so gut wie jetzt.«

»Mutti, auch Friesentorte?«, fragte der dicke Hans-Peter und wankte, ohne ihre Antwort abzuwarten, zur Kuchentheke.

6

»Vernünftige steigen ab. Den anderen ist das Radfahren verboten.« Mit ratlosem Gesichtsausdruck bleibt Zoe vor dem Schild am Norddorfer Strunwai, der kleinen Geschäftsstraße des Ortes, stehen.

»Honey, was hat das zu bedeuten?«, fragt sie.

Harry grinst breit.

»Ich dachte, ich kann inzwischen ganz gut deutsch.«

»Die Schilder hat es früher schon gegeben«, sagt Harry und versucht ihr den Satz zu erklären.

»Und wehe, du fährst mit dem Fahrrad auf der Promenade, dann beginnen die flanierenden Badegäste zu randalieren.«

Zoe und Harry laufen barfuß mit hochgekrempelten Hosenbeinen ein Stück am Meer entlang. Sie patschen mit den Füßen durch die träge auflaufenden Wellen, die für die Nordsee erstaunlich warm sind, und lassen sich die Fußsohlen massieren von dem waschbrettförmig geriffelten Sand. Das in den Rippelmarken stehende Wasser ist richtig warm.

Am Strand in Norddorf nehmen sie einen Aperitif. Die Sonne steht noch hoch am Himmel, obwohl es schon fast Abend ist.

»Aber Midsummer Nights gibt es hier nicht, oder?«, fragt Zoe. Sie nippt an ihrem Gin Tonic und streicht sich den Sand von ihren rot lackierten Fußnägeln.

»Nein. Aber jeder Kilometer nach Norden macht schon etwas aus. Die Sommernächte sind hier schon deutlich kürzer als in Hamburg.«

Von der Strandbar kann man aufs Meer sehen. Das Wasser glitzert sommerlich zwischen den zahlreichen Strandkörben hindurch. Im Gegenlicht machen ein paar Surfer ihre Wenden. Der Leuchtturm drüben in Hörnum auf Sylt wirkt ganz nah. Familien mit kleinen Kindern schlurfen mit von der Sonne und der Meerluft geröteten Gesichtern und vollgepackt mit bunten Schaufeln und Plastikspielzeug erschöpft über den Sand dem Aufgang nach Norddorf zu. Ein Strandkorbwärter scherzt mit zwei Rentnerinnen, die ein Enkelkind an der Hand halten.

»Entspann dich, Harry, bitte«, sagt Zoe. Bereits zwei Stunden nach ihrer Ankunft sieht sie aus wie eine Amrumer Ferienhausbesitzerin in ihrem grau-grün gestreiften Sweatshirt, den rot lackierten Fingernägeln und den Segeltuchschuhen mit Lederschnürbändern, die sie bei Mark's, dem kleinen Klamottenladen in Annapolis, gekauft hat. Sie hat ihre Brille ins Haar geschoben und küsst Harry auf den Mund. Dabei blinzelt sie in die Sonne.

Harry ist tatsächlich unruhig. Am liebsten will er heute alles gleichzeitig machen: Baden, mit dem Rad ganz Amrum abfahren, Austern sammeln und vor allem nachsehen, ob die Pension »Nordseeperle« noch existiert.

»Lass uns erst mal ankommen.« Zoe ist fest entschlossen, den Amrumaufenthalt und sowieso die ganze Deutschlandreise als Urlaub zu genießen.

Der Umgang mit Bildern, mit echten und vor allem mit gefälschten, war seit vielen Jahren fast zum Beruf geworden. In spektakulären Coups hatten sie einige Bilder geklaut. Zwei Diebstähle hatten sie zusammen durchgezogen. Und sie hatten sich, als sie in Südfrankreich nachts gemeinsam in das Picasso-Museum eingestiegen waren, gegenseitig bewundert für ihre Unbekümmertheit und Extravaganz. Ein bisschen wie Cary Grant und Grace Kelly in ›Über den Dächern von Nizza‹ waren sie sich vorgekommen.

Zugegeben. Es war schon frech gewesen, einfach in das »Château Grimaldi« in Antibes einzubrechen, wo auf engstem Raum die wunderbarsten Picassos hängen. Aber Harry war mittlerweile professioneller geworden. Solche Anfängerfehler wie in Seebüll unterliefen ihm nicht mehr. Er hatte sich intensiver mit Alarmanlagen beschäftigt. Er wusste, welche Bilder man klauen konnte und von welchen man lieber die Finger ließ. Er kannte inzwischen fanatische Kunstsammler und Hehler, die von Kunst keine Ahnung hatten. Er hatte schlampiges Museumspersonal und diskrete Versicherungsleute schätzen gelernt, die für die gestohlenen Objekte erstaunliche Lösegelder zahlten. »Belohnung für Hinweise zur Wiederbeschaffung«, wie sie das so schön nannten.

Zoes Vater, der Harry wie einen Sohn angenommen hatte, führte sie beide in seiner versteckten New Yorker Hinterhofgalerie in die Geheimnisse des illegalen Kunsthandels ein. Von ihrer Karriere als Kunstdiebe war er allerdings überhaupt nicht begeistert. Deshalb hatten sie sich wohl auch europäische Museen ausgesucht. Außerdem waren sie danach schneller wieder aus der Schusslinie. Zurück in den USA glaubten sie sich sicher vor der französischen oder der italienischen Polizei. Und für internationale Ermittlungen waren ihre Diebstähle nicht spektakulär genug. So waren sie bei ihrem Grundsatz geblieben: Niemals allzu berühmte Bilder klauen, die jeder kennt und deshalb schwer verkäuflich sind. Im Picasso-Museum hatten sie sich mit einem Flöte spielenden Faun und einem Keramikteller begnügt.

So war bisher alles reibungslos gelaufen, und Harry und Zoe verlebten eine glückliche Zeit. Vielleicht ist Kunstraub ja die ideale Basis für eine glückliche Ehe. Nach Tippis Geburt hatte Harry sich dann allerdings mehr auf den Handel mit nicht immer echten Bildern verlegt. Das war ein florierendes Geschäft, das ihn zunächst selbst überraschte. Dass rund die Hälfte der im Handel erhältlichen Kunst und auch beträchtliche Teile der Museumsbestände von Experten als Fälschungen eingeschätzt werden, wusste er damals noch nicht.

Die kleine Galerie in der Nähe von Annapolis diente zunächst nur als Tarnung. Das eigentliche Geschäft machten sie mit Fälschungen und geklauter »klassischer Moderne«. Aber inzwischen hatte der legale Kunsthandel immer mehr die Oberhand gewonnen. Vor allem lokale Künstler aus der Chesapeake Area und aus Washington stellten bei ihnen aus, aber auch mal ein New Yorker Maler. Dass Harry und Zoe sich ihre Galerie und das beschauliche Leben mit ihrer Tochter in dem wunderschön gelegenen Leuchtturm mit Kunstdiebstählen und Fälschungen ergaunert hatten, war für ihre Kunden, ihre Freunde und Nachbarn wahrscheinlich unvorstellbar.

An der Nordsee will Zoe erst mal ihre Ruhe haben und nicht gleich wieder den nächsten Kunstcoup abwickeln. So haben die beiden ihr Zimmer bei »Hüttmann« bezogen. Statt in einer miefigen Pension wollten sie dann doch lieber in einem richtigen Hotel wohnen. Und für das erste Haus am Platz ist das »Hüttmann« vergleichsweise unprätentiös, abgesehen von dem Rotarier-Zeichen neben dem Eingang. Das gelbweiß gestrichene Hotel mit der hübschen alten Holzveranda erinnert die beiden an ein flotteres B&B bei ihnen an der Ostküste. So miefig, wie Harry sie ihr beschrieben hat, findet Zoe die Nordsee gar nicht. Und er muss ihr recht geben.

Ihr Zimmer ist hell und freundlich mit geblümten Laura-Ashley-Vorhängen, weiß lackierten Möbeln und Korbstühlen. Auf dem karierten Bettüberwurf liegen ein paar Strandklamotten, ein Nolde-Katalog von heute Nachmittag und eine deutsche Ausgabe des ›Schimmelreiters‹, den Zoe hier an der Nordsee lesen will. Daneben die beiden Schlüssel an dem abgenutzten Holzanhänger mit dem Gummiring und der immer noch gut lesbaren Aufschrift »Eiderente«. Seinen Zimmerschlüssel aus der »Nordseeperle« hatte Harry damals nicht weggeworfen. Er hat ihn all die Jahre über aufbewahrt und jetzt nach Deutschland wieder mitgenommen.

»Wahrscheinlich ist es auf Amrum mittlerweile wie auf Sylt«, sagt Harry. Aber als sie vor dem Essen durch den Ort flanieren, ist er fast beruhigt. Das Café Schult und das nette kleine Inselkino sehen aus wie früher. Aus dem »Rialto« riecht es gefährlich nach verkohlter »Quattro Stagioni«. Auf der Bank vor dem Tourismusbüro sitzt ein Rentner mit einer hellblauen Schiffermütze und einer Frau, die nicht nur Gisela heißt, sondern auch genauso aussieht. Eine Bank weiter hängt ein junger Typ mit Spiegelsonnenbrille und Berliner Akzent und raucht. Neben ihm, verstummt, ein Mädchen in einem grauen T-Shirt mit Sternen, darauf lilametallisch glänzend die Schrift »Rock Angel«.

Harry isst Schollen, und Zoe bekommt ihre Austern und mit Nordseekrabben gefüllte Seezunge. Dazu haben sie eine Flasche deutschen

Riesling bestellt, der deutlich besser ist als in den Staaten.

»Neununddreißig Euro«, sagt Zoe mit Blick auf die paar verlorenen Krabben auf ihrem Teller. »Das sind fast sechzig Dollar. Dafür bekommst du bei uns an der Bay eine ganze Menge Crabs.«

Am Nebentisch sitzen grau melierte Männer in Ralph-Lauren-Pullovern und beklagen sich, dass man zum Golfspielen nach Föhr hinüberfahren muss. Ihre Frauen trinken Schampus und finden die kleine Bedienung mit dem blonden Pferdeschwanz »echt süß«. Ihre dicken BMWs und Geländewagen auf dem Parkplatz mit Seeblick haben NF-Kennzeichen und daneben ein kleines silbriges Abziehbild mit den Umrissen von Amrum, damit sie ja keiner mit einem Bauern aus Bredstedt verwechselt. Zoe ist bester Stimmung. Daran hat auch der Mosel seinen Anteil, den sie zu einem beträchtlichen Teil getrunken hat.

Als sie den Flur zu ihrem Zimmer entlanggehen, kichernd und mehr aus Spaß ein wenig schwankend, schmiegt sie sich an Harry. Sie fasst ihm unter sein Hemd und T-Shirt und küsst ihn auffordernd. Doch in ihrem Zimmer, als er vom Zähneputzen aus dem Bad zurückkommt, ist Zoe selig eingeschlafen. Die Nordseeluft und der Mosel haben sie schlagartig außer Gefecht gesetzt. Und Harry ist kurze Zeit später auch gleich weg und träumt wild.

Achtzehn Jahre hatte sie sich ferngehalten aus seinen Träumen. Jetzt ist sie plötzlich wieder da: Putzfrau Quarg mit der fein gekrisselten rotvioletten Dauerwelle starrt ihn durch die dicken Brillengläser an.

»Dat darf doch wohl nicht wahr sein. Ich hab hier grad alles sauber.«

Ohne Zoe zu wecken, sucht sich Harry am Morgen leise seine Laufsachen aus dem Gepäck heraus und stiehlt sich aus dem Zimmer. Er läuft am Watt nach Nebel, vorbei am Teehaus Burg und an den Betonschüsseln der Kläranlage mit Seeblick. Es ist Niedrigwasser, und das Watt riecht leicht brackig. Der Himmel ist wolkenlos, es ist windstill. Die Pfützen, die das ablaufende Wasser im Watt hinterlassen hat, glitzern im Gegenlicht. Das helle Piepen einer Gruppe von Austernfischern ist das einzige Geräusch an diesem Morgen. Im Moment ist es noch kühl. Aber es verspricht ein warmer Sommerferientag am Meer zu werden.

Das Joggen war mal wieder dran. Aber vor allem treiben ihn die ›Öömrangen‹ aus dem Bett. Er will wenigstens einmal an seiner alten Pension vorbeilaufen. Als er vom Watt in den Fußweg nach Nebel einbiegt, fühlt Harry seinen Puls schneller werden. Und das liegt nicht am Laufen. Eigentlich ist er in Form.

Zunächst läuft er den falschen Weg. Doch dann hat er das geduckte blutrot gestrichene Reetdachhaus gleich wiedererkannt. Vor der »Nordseeperle« steht ein Lieferwagen. Neben dem Eingang liegt verschiedenes Gerümpel. Sofort hat Harry den riesigen Schrank aus Holzimitat vor Augen und das verblichene Bild über dem Bett. Er glaubt sich jetzt auch an den Titel zu erinnern: ›Öömrang wüfen uun Öömrang‹. Was auch immer das heißen mag.

7

Als er die Mühle betrat, winkte Kieseritzky ihm sofort zu. Dadurch drehten sich auch die anderen Gäste der Vernissage nach ihm um.

Schon wieder fühlte Harry sich so, als würde er eine Bühne betreten: Ja, Leute, ihr seht richtig. Ich bin der Mann, der heute in allen Zeitungen steht, dachte er. Harry Oldenburg alias Heide, der gesuchte Kunstdieb. An seine neue Rolle musste er sich erst gewöhnen.

Er verdrückte sich in die Garderobe, um seinen nassen Anorak loszuwerden. Es hatte gar nicht stark geregnet auf dem kurzen Weg von der Pension hierher. Aber durch den Wind waren ihm die Regentropfen wieder fast waagerecht entgegengeprasselt, diesmal von rechts. Die linke Seite der Jacke war tatsächlich fast trocken geblieben. Die ist dann auf dem Rückweg dran, dachte Harry.

Über Tag war es längere Zeit trocken gewesen. Er hatte den Austernsammler in dem Fischerhemd, wie es auch Kieso trug, wieder getroffen und eine Weile mit ihm geredet. Er öffnete Harry eine Auster direkt aus dem Eimer und ließ ihn probieren.

»Aber verrat bloß nicht, wo ich mit den Muscheln aus dem Watt gekommen bin. Das is mein Geheimnis.« Harry wusste nicht recht, wie ernst das gemeint war.

Dann war er am Strand gewesen. Er hatte den Noorderstrunwai, den nördlichen Bohlenweg durch die Dünen, genommen, der auch in der Saison weniger begangen wurde und jetzt im Herbst fast gar nicht mehr. Ein Paar in Öljacken und Gummistiefeln war ihm entgegengekommen. Der auf der Höhe von Nebel fast einen Kilometer breite Strand war durch die vielen Regenfälle überschwemmt, eine Seenlandschaft vor dem Meer, aus der ab und zu ein Sandhügel herausguckte, Büschel von Strandgras und schwammige Flechten von Algen. Ohne Gummistiefel, in seinen dunklen Sportschuhen, wurde sein Spaziergang wie der Weg durch ein Labyrinth. Direkt am Meer entlang konnte man wieder auf halbwegs trockenem Sand laufen. Harry hatte darüber nachgedacht, ob er Ingo Warncke nicht langsam mal anrufen müsste. Aber so recht hätte er gar nicht gewusst, was er ihm sagen sollte. Den Klau der Noldes wollte er ihm dann doch nicht gleich auf die Nase binden.

Auf dem Weg zu Kiesos Ausstellung hatte Harry dann noch einen kurzen Abstecher auf den Leuchtturm gemacht. Vor dem Aufgang zu dem auf einer kleinen Anhöhe gelegenen Turm traf er die Kräuterteetrinkerin aus seiner Pension. Silva Scheuermann-Heinrich guckte ihn wieder intensiv durch ihre rot schillernde

Brille an. Sie musste unbedingt loswerden, dass sie gerade von einer »Beauty-Massage« kam.

»Ich hab mir fest vorgenommen, mir etwas Gutes zu tun.« Sie lächelte leicht weggetreten und bemüht lasziv, als plante sie schon die nächste Massage mit Harry zusammen. »Herrlich. Und dann das Aroma der verschiedenen Öle. Das müssen Sie unbedingt auch probieren.«

Dann machte sie noch eine abfällige Bemerkung über Nordseeurlauber, die sich offensichtlich auf Mutter Wiese und ihren dicken Sohn bezog. Harry flüchtete den Weg zum Leuchtfeuer hinauf. Er stürmte die Steintreppe im unteren Teil und dann oben die Stahlstufen hinauf. Als er auf den umlaufenden Aussichtsbalkon direkt unter den Glasprismen hinaustrat, hörte er hinter sich die Schritte auf den Eisenstufen hallen. Silva Scheuermann-Heinrich war ihm auf den Fersen. Es dämmerte bereits. Der Sonnenuntergang war hinter den etwas helleren Wolkentürmen über dem Meer nur zu erahnen. Von Sylt, Langeneß und von Norddorf warfen die Leuchtfeuer ihre Lichter mit der unterschiedlichen Kennung herüber.

Kieseritzky begrüßte ihn, als wären sie dicke Freunde. Harry bekam gleich ein Sektglas in die Hand gedrückt. Das Zeug war warm und schal. Aber er kippte es trotzdem hastig hinunter und gleich ein zweites hinterher. Die Geräuschkulisse in der Mühle bestand aus gedämpftem Gemurmel und norddeutscher Folklore mit Gitarre und Panflöte, wie es das Fernsehen als Untermalung für Heimatkundliches benutzte.

Es waren bestimmt vierzig Leute zu Kiesos Vernissage gekommen. Keine Sylter Galerieschnösel, sondern ein paar Amrumer Ferienhausbesitzer. Eine für diese Jahreszeit noch erstaunlich braun gebrannte Mittfünfzigerin, die zu ihren engen Jeans nur einen ausgeschnittenen kamelhaarfarbenen Kaschmirpullover und eine auffällige Goldkette trug, prostete Kieso mit dem Sektglas zu. Vor allem aber waren es Herbsturlauber, die sich für zu Hause eine Erinnerung mitnehmen wollten. Pensionäre in unförmigen Karottenjeans, mittelalte Volkshochschulbesucherinnen in gewalkten Lodenjacken und Kunstlehrerinnentypen mit hennaroten Dauerwellen und Lesebrille an einer Kette.

Auch die Frau mit der blonden Afromähne,

die Harry frühmorgens gegenüber aus seinem Fenster beobachtet hatte, war da. Sie trug ein Oberteil mit nur einem Träger, das eine Schulter frei ließ. Sie wiegte sich gelangweilt zu dem maritimen Panflötengesäusel. Ein schlaksiger Rentner in einer viel zu weiten Wolljacke begutachtete die Bilder aus wenigen Zentimetern Abstand, eines nach dem anderen. Dabei musste er sich wegen seiner Größe etwas bücken und gleichzeitig wegen seiner halben Lesebrille in einer vogelartigen Verrenkung den Kopf in den Nacken werfen.

Kieseritzkys, das heißt vielmehr Boy Jensens Ausstellung in der Nebeler Mühle bestand sicher aus fünfzig Bildern. Ein paar reichlich konventionelle Strandaquarelle, die dann auch noch ›Odde im Abendlicht‹ oder ›Wattläufer‹ hießen. Mindestens ein Dutzend rotweiß gestreifte Leuchttürme, in Wittdün, in Hörnum, List, Wyk oder sonst wo. Tuschezeichnungen, die anschließend hübsch koloriert waren, und zweimal Meeresbrandung, kleinformatig, in effektheischend dick gespachteltem Öl. Dagegen waren die Noldes, die Harry in seinem Kleiderschrank unter Verschluss hatte, die reine Avantgarde.

Ausgerechnet auf den schlechteren Bildern klebten schon rote Punkte. Fast die Hälfte von Boy Jensens ›Meeresimpressionen‹ waren offensichtlich verkauft.

»Harry, ich weiß, es sind keine Noldes. Aber du siehst ja selbst.«

Bei dem Namen »Nolde« durchfuhr es Harry wie bei einem Stromschlag, aber er war bemüht, sich nichts anmerken zu lassen.

»Es ist auch etwas ganz anderes als deine Käse-Installation in der Admiralitätsstraße«, sagte Harry. Aber er merkte selbst, dass sein Grinsen dabei misslang.

»Hast du gehört, in Seebüll sind mehrere Noldes geklaut worden. Vorgestern, glaube ich. Das wär was – ein paar Nolde-Bilder zu besitzen! Die sind was wert.«

Bildete sich Harry das nur ein oder hatte Kieso ihn dabei tatsächlich vielsagend angeguckt?

»Wunderschön, wie Sie die Stimmung hier an der Nordsee wieder getroffen haben«, sagte eine grauhaarige Frau mit freundlichem Lächeln in einem selbst gestrickten Wollpullover.

»Vielen Dank«, sagte Kieseritzky alias Boy Jensen, der auch hier drinnen seine Schiffermütze aufbehalten hatte. »Haben Sie sich denn schon etwas Hübsches ausgesucht?«

»Was meinen Sie wohl? Das ›Friesenhaus im Schnee‹! Die Nummer dreiundzwanzig.«

»Gute Wahl. Das hätte ich eigentlich selbst gern behalten«, schleimte Kieso und lachte künstlich. Harry war das unangenehm.

»Die Nordsee im Winter«, sagte die Grauhaarige, »das ist ja sowieso ein Geheimtipp.«

Kieso war blendender Laune. Die vielen roten Punkte auf seinen Bildern hatten ihn schon ziemlich angeturnt und vor allem dann ein unauffällig gedrehter Joint, von dem er Harry ein paar Züge abgab. Mit großer Geste spielte Kieseritzky hier den Künstler und weit gereisten Weltenbummler von der Waterkant. Lautstark schwärmte er den Handarbeitslehrerinnen von Schiffspartien und Künstlerjahren in der Südsee vor, von einmalig schönen Leuchttürmen in Australien.

»Von schlichter Schönheit. Ganz einfach nur ein weißer Turm, umspült von der Brandung«, schwelgte Kieso pathetisch und strich sich selbstverliebt durch seinen albernen Bart.

Ist ja wirklich widerlich, dachte Harry.

Kieseritzky stellte ihn allen möglichen Leuten als seinen Hamburger Malerfreund vor und versuchte, ihn ins Gespräch zu bringen. Harry war das zunächst unangenehm. Vor allem hatte er auch Angst, Kieso könnte seinen Nachnamen nennen. Denn seit gestern Morgen hieß er nicht mehr Oldenburg, sondern Heide. Aber mit jedem Sekt mehr machte er sich weniger Sorgen. Von dem lauwarmen Zeug hatte er reichlich einen im Tee. Und dann noch das Gras. Harry fühlte sich beschwingt. Die Noldes im Schrank der »Nordseeperle« belasteten ihn auf einmal nicht mehr.

Der Schleimer Kieso wurde ihm nicht sympathischer, aber er fühlte sich ihm überlegen. Erstmals. Denn Reinhard Kieseritzky hatte ihm damals auch noch seine Freundin Maja ausgespannt, mit der er heute auf Sylt zusammenlebte. Maja, die schöne Architekturstudentin mit den widerspenstigen dunklen Haaren und den unglaublich strahlenden Augen. Harry hatte sie auf einer HFBK-Party kennengelernt. Zu mehreren hatten sie an der Bar gestanden, und sein Blick war immer wieder an ihr hängengeblieben, sodass er dem Gespräch über die Marotten ihres Malereiprofessors Herburger am Ende gar nicht mehr gefolgt war. »Ich hab sofort gesehen, dass ihr zusammenkommt«, hatte ihre portugiesische Freundin gesagt.

Am nächsten Morgen waren sie zusammen frühstücken gegangen in einem Café im Univiertel und dann um die herbstliche Alster gelaufen. Danach waren sie für einen Winter, in dem die Alster wochenlang zugefroren war, ein Paar gewesen. Bis zu dieser durchsoffenen Nacht in der Schanzenstraße. Vielleicht sah Kieseritzky besser aus als Harry, ein weicher Typ, mit langen Wimpern und immer etwas fettigen Haaren, die ihm an der Stirn klebten. Aber das war es gar nicht. Vor allem hatten ihr seine bekleckerten Küchenspülen und die an die Wand genagelten Käse imponiert.

»Alter, nimm 's nicht so tragisch«, hatte Kieso gesagt. Nach einer wilden Feier in einer WG in der Schanze war er morgens aus dem Zimmer, in dem er die Nacht mit Maja verbracht hatte, in die Küche gestolpert, bekleidet nur mit einer knapp sitzenden schwarzen Unterhose, und hatte versucht, Harry am Arm zu fassen.

»Wenn du von ihr schon nicht die Finger lassen kannst, bleib mir wenigstens mit deinen widerlichen Griffeln vom Leibe!«, hatte Harry geschrien, so laut, dass aus dem Nebenraum jemand »Ruhe« rief. Fast hätte er Kieso eine reingehauen.

Heute war ihm das egal. Wer war schon Kieso oder Boy Jensen, dieser lächerliche Typ im Fischerhemd mit seinen kunstgewerblichen Leuchtturmbildern. Gegen ihn, Harry Heide, der die Frechheit besaß, einfach vier Noldes aus dem Museum mitzunehmen, den mysteriösen Kunstdieb, der in ein paar Tagen vielleicht schon in einem Café in Greenwich Village saß.

Die Blonde mit der wilden Mähne und der freien Schulter machte angedeutete Tanzbewegungen zu dem Shantypop. In ihrem getigerten Oberteil erinnerte sie Harry an Wilma Feuerstein. Harry bot ihr eine seiner Chesterfields an.

»Was sind das denn für welche?«, sagte Wilma, die in Wirklichkeit Anke hieß.

»Chesterfield«, antwortete Harry. »Die hat Humphrey Bogart geraucht und auch James Dean.«

»Echt? Stark.« Sie ließ sich von ihm Feuer geben. Und blies ihm provozierend den Rauch des ersten Zuges ins Gesicht.

Die Zigarette in der abgespreizten Hand, summte Wilma die Melodie mit. Dabei wiegte sie sich mit den Schultern, dass ihr der Träger herunterglitt und damit das ganze Leopardenshirt gefährlich ins Rutschen geriet. Und sie ließ sich reichlich Zeit, den Träger auf die Schulter zurückzuziehen. Die erotische Wirkung auf Harry allerdings hielt sich angesichts des Panflötensounds in Grenzen. Kieseritzky, der mit der braungebrannten Ferienhäuslerin und einer hennaroten Volkshochschülerin zusammenstand, guckte zu Harry herüber. Er zog grinsend die Augenbrauen hoch und schob sich die Schiffermütze in den Nacken. Lachhaft, diese Sailormasche, dachte Harry.

»Du bist auch Maler? Oder?«, sagte Wilma. »Was malst du denn so?«

»Na ja. Also keine Leuchttürme.« Harry grinste und nahm ebenfalls einen Zug. Er prostete ihr mit dem halbvollen Glas zu.

Was war los mit ihm? Harry war wirklich erstaunlich gut drauf. Der lauwarme »Söhnlein Brillant« hatte ihn in Fahrt gebracht.

Anke arbeitete als Bedienung in der »Blauen Maus«, die berühmt ist für ihre unglaubliche Auswahl an Whiskysorten. Sie hatte heute Tresendienst, und so rauschte sie irgendwann in ihrem roten rostigen R4 ab.

»Guck doch mal vorbei«, verabschiedete sie sich von Harry. »Ich spendier dir auch ’n Drink.«

Dabei strich sie sich die blonde Lockenpracht über den Kragen der Lederjacke, die sie jetzt über ihrem Steinzeitshirt trug, und fasste ihm mit ihren perlmuttern lackierten Fingernägeln kurz an den Oberarm.

»Ich hab einen total sauren Magen nach dem ganzen Zeug«, sagte Harry.

Der warme Sekt hatte ihm schwer zugesetzt. Eine kleine Tüte Erdnüsse war offenbar keine ausreichende Grundlage für die unzähligen »Söhnleins«. Denn außer dem Frühstück in der Pension und einem Stück Friesentorte hatte Harry heute noch nichts zu essen bekommen. Zu den frischen Krabben, die er morgens erstanden hatte und die im Kühlschrank der »Nordseeperle« auf ihn warteten, war er gar nicht gekommen.

»Ich brauch unbedingt noch was zu essen.«

»Da bleibt nur der ›Klabautermann‹«, grinste Kieseritzky leicht lallend. »Mein Kutter liegt ja eh in Steenodde.«

Also radelten die beiden durch die auf einmal sternenklare Nacht am Watt entlang. Kieseritzky hatte immer ein Fahrrad auf seinem alten kleinen Kutter, der »Elsa«, mit dem er zwischen den Inseln hin und her schipperte. Der Leuchtturm warf seine kreisenden Lichtkegel über die ganze Insel durch die Dunkelheit, dass die beiden alle paar Sekunden immer wieder geblendet wurden. Dazwischen funkelten der Mond und die Sterne. Die Milchstraße zog sich in einem satt leuchtenden Bogen, wie man es in der Stadt nie zu sehen bekommt, über den Himmel. Dazwischen warf das Süddorfer Leuchtfeuer sein rotes, dann für eine Weile ins Weiße und schließlich ins Grüne wechselnde Licht. Es war trocken. Aber die Nacht war kalt. Harry fühlte sich mit dem Rückenwind über die Insel schweben.

»Mann, Harry, das solltest du dir auch überlegen. Die Idioten reißen dir diesen Leuchtturmscheiß aus den Händen. Hast es ja gesehen«, schrie Kieso gegen den Wind und streckte freihändig fahrend kurz beide Arme zur Seite.

Harry zog während der Fahrt den Reißverschluss seines Troyers bis über das Kinn. Das letzte leicht abschüssige Stück rasten sie, wenigstens kam es Harry so vor, den Sandweg zu dem kleinen Hafen hinunter. Er musste sich ganz auf die Schlaglöcher konzentrieren. Dabei kam ihm ab und zu der in Schlangenlinien fahrende Kieseritzky in die Quere. Immer wieder tauchte sein Kopf mit der Schiffermütze als Silhouette vor dem mondbeschienenen Wattenmeer kurz neben ihm auf. Auf einmal musste er wieder an seine Noldes im Schrank denken. Waren die Bilder sicher? Müsste er nicht mal nach ihnen sehen, statt hier betrunken durch die Mondnacht zu segeln?

Nachts wirkte der »Klabautermann« vergleichsweise gemütlich. Der Staub in dem Fischernetz war bei dem schummrigen Licht nicht zu sehen. Die Häkelgardinen fielen nicht mehr auf. Durch die Fenster war ohnehin kaum etwas zu erkennen außer dem durch mehrere Peitschenlaternen ausgeleuchteten Anleger von Steenodde. Auch der Geruch des Bratfettes war jetzt etwas dezenter. Und nach dem Sekt hätte Harry bei Peter Maffay fast mitgesungen.

»Wie sieht's mit 'ner Kleinigkeit zu essen aus?«, fragte er übermütig den Wirt, dessen Haar heute Abend noch strähniger wirkte.

»Sach ma, ihr habt vielleicht Nerven«, blaffte der übel gelaunte Fred zurück. »Wisst ihr, wie spät dat is?« Er trug dasselbe Fischerhemd wie gestern. Wie es auch Kieso anhatte. Albern, dachte Harry. Sie sahen aus, als wären sie im selben Shantychor oder so.

»Gestern gab es noch Sauerfleisch«, gab Harry zu bedenken.

»Jaja, Sauerfleisch«, stöhnte der Wirt. »Mann, Mann, Mann. Swantje, machst noch mal Sauerfleisch«, rief er in die Küche. »Zweimal?«

Kieseritzky wollte auch Sauerfleisch und sagte bemüht norddeutsch »Jo«.

Im Klabautermann saßen, abgesehen von dem Rentnerpaar, dieselben Gäste wie gestern. Rheinländerin Elke mit dem dicken Busen auf demselben Platz an der Theke, diesmal nicht in Ballonseidenjacke, sondern in einem luftigeren schwarzen Sweatshirt mit neongelbem Fledermausmuster. Weizen und Küstennebel hatten ihr offenbar genügend eingeheizt. Sie wirkte sichtlich erfreut, als sie Harry wiedererkannte. Drei Barhocker weiter saß Strandkorb-Peter. Er rauchte, strich sich immer wieder seine längeren dauergewellten Nackenhaare unter der angeschmuddelten Jeansjacke hervor und ließ sich ansonsten nichts anmerken.

Und dann stockte Harry der Atem. Auf dem Barhocker neben Strandkorb-Peter saß mit hochrotem Kopf, noch roter als gestern Morgen bei der Überfahrt: der Fährmann. Besonders scharf war er nicht darauf, den Typ wiederzusehen.

Die Mütze der »Wyker Dampfschiffs-Reederei« war ihm leicht in den Nacken gerutscht. Er hatte Harry zunächst auch nicht gesehen. Aus der Musikbox kamen die Schlussakkorde von ›Über sieben Brücken musst du gehen‹. Danach war es für einen Moment ganz still im »Klabautermann«. Jetzt fixierte der Fährmann Harry – mit glasigem, aber wissendem Blick. Oder bildete er sich das alles nur ein? Hatte er wirklich den Nolde auf der Fähre erkannt, als das Gastgeberverzeichnis von dem Bild kurz heruntergeweht war? Bestimmt hatte er in den Zeitungen über den Kunstraub gelesen und sich dann seinen Reim darauf gemacht. Oder ging das Geschehen an diesem aufgedunsenen Typ vielleicht auch einfach vorbei? Der W. D. R.-Mann widmete sich unüberhörbar wieder seinem Pils. Er gehörte zu den geräuschvollen Trinkern.

»Das ist ein richtiger Arsch«, sagte Kieso. »Fast hätten die mal mit ihrer Scheißfähre vor Wittdün meine ›Elsa‹ gerammt. Ich hätte dabei glatt ersaufen können. Und anschließend hat mich diese Pfeife noch angepöbelt.«

»Irgendwie ein unangenehmer Typ«, flüsterte Harry mehr zu sich selbst.

»Von dem kann ich dir Geschichten erzählen«, sagte Kieseritzky. »Ein Freund von mir, ein schwuler Sylter Galerist, ist von dem mal böse vermöbelt worden. Krankenhausreif. Ohne Grund. Nur, weil er ihm ein bisschen arrogant gekommen ist. Der Prolet sucht jede Schlägerei.«

Das Sauerfleisch war wieder eiskalt, kälter als das Bier. Und irgendwie hatte Harry es besser in Erinnerung.

»Na, schmeckt dat Sauerfleisch?«, fragte Strandkorb-Peter. »Ich kann das Zeug ja nich mehr sehen.«

»Ja, ist in Ordnung«, sagte Harry und versuchte, vor den Blicken des W. D. R.-Mannes in Deckung zu gehen.

»Peter mag dat Gelee nisch, wat Fred«, schaltete die Kölnerin sich ein. »Sieht aber jut aus. Juten Appetit.«

Aus der Musikbox kam statt Peter Maffay jetzt ›Nights in White Satin‹. Die dicke Elke begann zu schunkeln und verdrehte die Augen.

»Fred, machst mir noch 'ne Küstennebel.«

Harry kämpfte mit dem Sauerfleisch und spülte mit Flensburger nach. Kieseritzky drückte in der Musikbox für mehrere Fünfmarkstücke ›Nights in White Satin‹, um eine Weile Ruhe vor Peter Maffay zu haben.

»Super Nummer«, sagte Strandkorb-Peter und warf mit einem kurzen Zucken seinen blonden Nackenspoiler nach hinten.

»Letters are written – Never meaning to send«, summte Harry vor dem Pissoir stehend. Er musste einen kleinen Schritt zur Seite machen, um ein leichtes Schwanken aufzufangen.

Es stank penetrant nach Spülstein. Während er summend und pinkelnd auf die schmutzig gelben Kacheln starrte und den notdürftig von der Wand abgewaschenen Spruch zu entziffern versuchte, stellte sich jemand an das benachbarte Pissbecken. Harry musste nicht zur Seite sehen. Er wusste sofort, wer neben ihm stand. Auch wenn er ihn nicht sah. Er hatte den unangenehmen Geruch gleich in der Nase und die hochrote aufgedunsene Visage mitsamt der schmutzig weißen W. D. R.-Mütze vor Augen. Der Fährmann zog gurgelnd den Schnodder hoch. Anschließend spuckte er nicht aus, sondern rülpste laut.

»Pass auf, Meister«, begann er das Gespräch, und dabei gurgelte seine Stimme hinten in der Kehle.

Harry fühlte seine schlimmsten Befürchtungen bestätigt. Die Flucht nach Amrum war eine Schnapsidee gewesen. Jetzt saß er in der Falle.

»Alles klar auf der A-A-Andrea Doria«, versuchte er es auf die witzige Art, was angesichts des Stotterns gründlich misslang. Er wollte an dem Schiffer vorbei zur Toilettentür.

»Nee, nee, Meister, hiergeblieben«, wurde der Fährmann jetzt deutlicher, zog unverrichteter Dinge seinen Reißverschluss wieder nach oben und stellte sich ihm in den Weg. Er war fast einen Kopf kleiner als Harry, aber er wirkte umso breiter. Sein Gesicht war puterrot, der Blick glasig. Aber Harry glaubte darin ein bedrohliches Funkeln zu erkennen.

»Wat, großer Malermeister.« Er grinste breit und schubste Harry ein kleines Stück in Richtung Pissoir. »Von wegen!«

»Jetzt trinken wir erst mal noch ’n schönes kleines Bi-Bierchen.« Harry bemühte sich um eine größtmögliche Unschuldsmiene.

»Da-da-dat können wir gern machen«, äffte der W. D. R.-Schipper ihn nach und drückte ihm seinen wurstigen Zeigefinger auf die Brust. »Aber vorher haben wir noch wat zu beschnacken.«

»Ich wüsste nicht, was wir zu beschnacken hätten«, sagte Harry. Wie sollte er nur wieder aus dieser Situation herauskommen?

»Wir können dat alles unter uns regeln. Ich hab kein Interesse, die Bullen da reinzuziehen. Aber dat Bild soll ja wohl über Hunderttausend wert sein. Ham sie geschrieben.«

Darauf war Harry überhaupt nicht vorbereitet. Er trat einen Schritt zurück, sodass der Fährmann mit seinem Finger leicht schwankend ins Leere zeigte.

»Kannst mir nix erzählen. Dat is dat Bild aus ’m Museum.«

Wieder versuchte er Harry zu fixieren, womit er aber Mühe hatte. Offensichtlich war er noch betrunkener, als Harry geglaubt hatte. Darin sah er seine Chance. Er täuschte den Fährmann kurz an, als ob er links an ihm vorbei wollte, um dann im letzten Moment auf der rechten Seite zwischen ihm und dem Kondomautomat vorbeizuschlüpfen wie ein Fußballspieler bei einem Dribbling.

»Reinhard, lass uns sehen, dass wir hier Land gewinnen«, sagte Harry, als er etwas kurzatmig wieder oben an der Theke stand. Kieseritzky war gerade damit beschäftigt, die letzten Zwiebelringe aus dem Aspik zu pulen.

»Zahlen«, sagte Harry und legte eilig einen Zwanzigmarkschein auf den Tresen.

»Nu mal ganz ruhig!« Kieso wischte sich mit der Papierserviette ein Stück Gelee aus seinem Fusselbart.

»Ich muss hier schnell raus«, zischte Harry ihm zu. »Möglichst bevor der Käpt'n wieder hochkommt. Der ist mir eben im Klo auf die Pelle gerückt.«

»Was hast du denn mit dem Blödmann am Hut?« Kieseritzky guckte zunächst verständnislos. Aber als Harry ihn an seinem Fischerhemd zog, trennte er sich bereitwillig von den Resten seines Sauerfleisches. Im Aufstehen nahm er noch einen kräftigen Schluck aus seinem Pilsglas.

8

Als die beiden mit ihren Fahrrädern in Steenodde auf die Mole schoben, hörten sie den Fährmann hinter sich herbrüllen.

»Moment, großer Meister. Hiergeblieben.« Seine krakeelende Stimme war trotz des Sturmes deutlich zu verstehen. Es hatte wieder zu regnen begonnen und es war Hochwasser. Wellen schlugen in kurzen Abständen gegen die dicken Holzdalben des Anlegers. Vom nahen Wittdün leuchtete der Fähranleger im Dunst herüber.

»Was hast du Knallkopf denn für Probleme?«, schrie Kieseritzky mit deutlich dünnerer Stimme zurück. »Sieh man zu, dass du an deinen Tresen zurückkommst.«

»Mit euch halben Portionen vom Festland werd ich noch lange fertig.«

Erstaunlich schnell und nur wenig schwankend kam der W. D. R.-Mann hinter ihnen her auf den in gelbes Licht getauchten Anleger.

»Du hältst dich da raus!«

Jetzt ging er mit seinem dicken Zeigefinger auf Kieso los. »Ich hab hier wat mit deinem Kumpel zu beschnacken.«

Röhrend und gurgelnd zog er Schnodder nach oben. »Grrörrch.« Kieseritzky schlug seinen Arm mit dem ausgestreckten Finger beiseite. »Jetzt tickst du wohl völlig aus.«

Der W.D.R.-Mann schubste Kieso ein Stück weg und wandte sich Harry zu. Er kam ihm mit seinem Gesicht, das nicht mehr ganz so tiefrot wirkte, ganz nah. Er stank aus dem Mund penetrant nach Bier und fünf Tage alten Schollen.

»Grrörrl«, kam es unter der Schiffermütze hervor. Das Gesicht war kaum zu erkennen, nur die stahlblauen Augen.

»Zehntausend. Dat muss drin sein.«

Er versuchte Harry am Anorak zu fassen. Der konnte seinem Griff ausweichen. Harry gab ihm einen kleinen Schubs. Der Fährmann geriet ins Stolpern, konnte sich aber auf den Beinen halten.

»Ihr seid doch Verbrecher«, schrie er jetzt. »Ich weiß genau Bescheid. Wenn ihr mich nicht beteiligt, schick ich euch Hark auf 'n Hals.«

Zwei- bis dreimal schubsten die beiden ihn noch zwischen sich hin und her, ein paar Meter den Anleger hinunter am Steuerhaus des Krabbenkutters vorbei.

»Wat weißt du Bescheid?«, rief Kieseritzky. »Wat fantasierst du da für Zeugs zusammen? Hast wohl 'n paar Bier zu viel gehabt.«

»Frag deinen Kumpel, ich hab dat Bild gleich erkannt«, brüllte der Fährmann. Und jetzt war sein Gesicht wieder purpurrot.

»Grrörrl, chrörr.« Er zog den Schleim die Nase hoch und spuckte auf den Asphalt aus.

»Ich würd mal sagen, jetzt geht das mit unserem Sailor langsam ab in die Kajüte.«

Dabei grinste Kieso Harry kurz zu. Aber genau das war ein Riesenfehler. Denn der untersetzte Fährmann holte weit aus zu einem schwungvollen Schlag, halb Backpfeife, halb Schwinger, der Kieseritzky unvorbereitet am Kopf traf. Harry sah kurz seinen erstaunten Gesichtsausdruck. Dann flog Kiesos fabrikneue Schiffermütze im grellen Gegenlicht der Laterne wie in Zeitlupe im hohen Bogen auf den Asphalt der Mole. Und Reinhard Kieseritzky flog mit unverändert erstauntem Ausdruck in deutlich kleinerem Bogen und irgendwie zügiger hinterher. Er blieb regungslos auf dem Teer liegen. Harry wurde panisch. Denn jetzt ging der Schiffer genüsslich gurgelnd auf ihn los. Sein ursprüngliches Vorhaben, mit ihm etwas zu »beschnacken«, hatte er offensichtlich aus den Augen verloren. Harry versuchte vergeblich, sich seinen kräftigen Griffen zu entziehen. Dabei kam er dem Rand der Mole immer näher. Jetzt hielt ihn der Fährmann mit einer Hand fest am Anorak, mit der anderen am Kragen des Troyers.

»Ich mach euch fertig, ihr arroganten Fatzkes!«

Er zog den Troyerkragen eng um seinen Hals, dass Harry nach Luft japsen musste. Er spürte seine rauen Hände an Kinn und Mund. Harry griff, um irgendwie Halt zu finden, seinerseits in den derben Stoff der Seemannsjacke. Aber er musste seinen Griff sofort wieder lockern. Am Reißverschluss des Pullovers zog der W.D.R.-Mann ihn zu sich herunter, sodass Harry seine Bartstoppeln am Ohr spürte und vom Gestank nach altem Fisch fast betäubt wurde. Zu Harrys Überraschung ließ der Kerl ihn plötzlich mit einer Hand los, aber nur, um seine schwere Faust mit einem gewaltigen Schlag auf seinem Kinn landen zu lassen.

In Harrys Blickfeld drehte sich auf einmal die waagerechte Kante des Anlegers mit den Pollern und dem Steuerhaus nach unten weg. Er sah kurz das scheußliche gelbe Licht einer der Bogenlampen über sich hinwegziehen.

Und dann sah er gar nichts mehr. Alles war tiefschwarz und vollkommen still. Kein Gurgeln des Fährmanns, keine Wellen, die an die Dalben schlugen, und kein Kieseritzky. Für einen kurzen Moment hatte er den Geschmack von Blut auf der Zunge – zusammen mit dem von Sauerfleisch, irgendwie trocken, aber ganz intensiv nach sauren Zwiebeln.

»Scheiße, das war's«, dachte Harry noch.

Und dann zog nicht sein bisheriges Leben an ihm vorüber. Nein, das letzte Bild, das er vor Augen hatte, war die schmiedeeiserne Möwe im Flug mit integriertem Barometer in der »Nordseeperle«. Seltsam.

Lange konnte er nicht weg gewesen sein. Als er zu sich kam, roch er gleich wieder den Gestank von alten Schollen und hörte direkt über sich das röhrende Gurgeln des W. D. R.-Mannes.

»Ja, großer Meister, schön wieder aufwachen. Jetzt nich hier einen auf toten Mann machen.« Der Schiffer klapste ihm mit seiner rauen Hand auf die Wangen.

Es regnete nicht mehr, und der kreisrunde Mond schien kalkweiß zwischen zwei dramatisch beleuchteten Wolken hervor. Ein paar

Austernfischer piepten schrill. Im Gegenlicht strahlte der obere Rand der W. D. R.-Mütze und ein paar gelbe Haare. Harry sah nur die Umrisse des untersetzten Fährmanns, der über ihm hockte. Ihm war kotzübel.

»Verdammte Scheiße«, zischte er kaum hörbar.

»Bevor du hier wegkippst, wird erst noch bezahlt.« Mit jedem Satz pustete er Harry eine neue Ladung Schollenmief ins Gesicht. Unter sich, beängstigend nahe, hörte er die Wellen an den Ponton schlagen.

»Ich hab kein Geld, verdammt noch mal. Wie stellst du dir das vor.«

»Versuch bloß nich, mich zu verarschen. Mit euch Scheißtouristen werd ich noch lange fertig.«

Der Fährmann wurde wieder richtig sauer. Er packte Harry jetzt am Kragen seines Troyers und drückte seinen Hals und Kopf auf den harten und nasskalten Asphalt. Am Hinterkopf glaubte Harry das eiskalte Metall eines Pollers zu spüren.

»Wir können sofort Hark Bescheid sagen«, brüllte er.

Harry bekam keine Luft. Aber das Röcheln, das er hörte, stammte nicht von ihm.

»Scheiße. Wer ist Hark?«, japste Harry.

»Grrörrrchrr.«

Der Schiffer, der jetzt immer wütender wurde, zog ihn am Kragen ein Stück zu sich hoch. Eine Windbö heulte laut auf und brachte das Metall der Peitschenlampen zum Klappern. Hinter ihm sah Harry plötzlich die leicht schwankende Gestalt von Kieseritzky. Erst kurz vom gelben Neonlicht der Hafenlaterne beleuchtet, dann als Umriss erkennbar, kam er mit langsam wiegenden Schritten näher. In den Händen hielt er einen großen Ruderriemen. Bei dem Sturm und seinem eigenen lauten Gegurgel bemerkte der Fährmann den von hinten sich nähernden Kieso nicht.

Reinhard fasste den Riemen mit beiden Händen am Griffende. Wie zur Probe machte er eine halbe Ausholbewegung. Dann fasste er mit einer Hand noch einmal nach. Um richtig Schwung zu holen, drehte er sich wie ein Hammerwerfer mit dem Ruder einmal um die eigene Achse. Bei der zweiten Drehung machte Kieseritzky einen Schritt nach vorn. Der durch die Luft kreisende Riemen schlug mit einem dumpfen Krachen seitlich auf den massigen Kopf des Fährmanns. Es war nicht mal laut. Aber es hörte sich bedenklich an. Die Schiffermütze rutschte ihm halb vom Kopf.

Er riss ärgerlich seinen Mund auf, als wollte er zu einer erneuten Schimpftirade ansetzen. Aber er gurgelte nur kurz: »Grrörrl.« Und dann sackte er schwer nach vorne über und schlug mit dem Kopf auf den Eisenpoller. Fast wäre er mit seinem halb geöffneten Mund direkt auf Harrys Gesicht gelandet. Aber der konnte sich im letzten Moment zur Seite drehen. Der Schollengestank war trotzdem infernalisch. Harry wurde es speiübel. Während er mit dem Brechreiz kämpfte, nahm er für einen Moment all seine Kräfte zusammen und stemmte den bulligen Körper von sich herunter zur Seite.

»Hark Tadsen«, sagte Kieseritzky, der das schwere Holzruder noch fest umklammert hielt.

»Hark Tadsen?«

»Das ist der Dorfbulle in Nebel.«

»Ach so, Hark.«

Harry versuchte, mit dem Oberkörper langsam nach oben zu kommen. Ein stechender Schmerz durchschoss seinen Kopf.

»Mein Gott, den hast du erwischt«, sagte er

zu Reinhard, während er langsam auf die Beine zu kommen versuchte.

»Wolltest du warten, bis das Arschloch uns alle macht.« Kieso griff Harry helfend unter die Achseln. »Alles klar mit dir?«

»Scheiße. Ist der wirklich nur ohnmächtig?«

Aus dem Ohr, an dem die schmale Kante des Ruderblattes ihn getroffen hatte, lief dick und grellrot das Blut. Sobald es auf den Asphalt tropfte, verdünnte sich das satte Rot in zarte Schlieren auf einer Pfütze, über die sich bei jeder Bö stoßartig immer wieder flüchtige kleine Waschbrettmuster hinwegkräuselten.

Kieso, der inzwischen seine Schiffermütze wieder auf dem Kopf hatte, stieß den Fährmann mit der Kappe seiner derben Arbeitsschuhe in die Seite. Um zu prüfen, ob er noch ein Lebenszeichen von sich gibt.

»Grrörrrl. Chrrur.« Der Idiot wurde wieder munter.

Harry, der noch etwas krumm dastand, beugte sich wieder zu ihm hinunter. Er hielt ihm die Hand vor den offenen Mund, um zu fühlen, ob er noch atmete. Kieseritzky stieß ihm währenddessen noch einmal seinen Schuh in dic Rippen, worauf er prompt mit einem Gurgler antwortete. Sein eines Bein rutschte dabei über die Kante des Anlegers, dass es halb über dem Wasser hing.

»Er scheint noch zu leben«, sagte Harry. »Verdammte Sch-scheiße, Kieseritzky. Was m-ma-machen wir jetzt mit ihm?«

Seine Augen waren ein hellblauer Kreis mit einem schwarzen Punkt darin. Im Mondlicht leuchteten sie eisig stahlblau. Sie sahen Harry erstaunt an.

»Chrrrr«, röchelte er ihn fast etwas flehend an.

»Was sollen wir schon machen mit dem Riesenarschloch.« Kieso stupste ihn noch einmal mit dem Fuß in die Rippen.

»Verdammt, wo sind wir da reingeschlittert.« Je mehr Harry zur Besinnung kam, desto panischer wurde er. Der pochende Kopfschmerz wurde immer heftiger. »Was sollen wir denn jetzt machen? Das ist doch alles eine große Scheiße hier!«

Da trat Kieseritzky plötzlich an den Körper des röchelnden Fährmanns heran und beförderte ihn mit einem lässigen Fußtritt von der Molenkante hinunter in die Wellen. Im Fallen fasste eine der groben Hände hilflos nach dem angerosteten Eisenring, der an dem Anleger befestigt war. Aber durch den Sturz wurde der

Arm von dem Betonrand gleich weggeschlagen. Trotz des Sturmes war das Plumpsen, mit dem der Fährmann ins Wasser fiel, deutlich zu hören.

»So sieht die Sache schon sehr viel besser aus.« Kieso versuchte ein dreckiges Grinsen. »Ahoi, du Arsch!«

Der massige Körper, der kurz untergetaucht war, schwappte mit einem mächtigen Auftrieb wieder an die Wasseroberfläche. Der Fährmann schnappte mit aufgerissenen Augen nach Luft. Ein letztes kurzes »Grörl« war gegen die Brandung zu hören.

»Bist du wahnsinnig? – Scheiße, der ersäuft!«, rief Harry.

»Hat doch selbst Schuld.« Höhnisch warf Kieso ihm, als könne er sich damit retten, den Holzriemen hinterher. Und mit dem Fuß kickte er seine Mütze in die Wellen.

Vom Wasser kamen schrille Vogelschreie. Für einen Moment schwamm der Körper noch wie aufgebahrt auf der Wasseroberfläche. Dann tauchte er urplötzlich wie durch einen Strudel gezogen nach unten weg. Nur die weiße Stoffkappe der W. D. R.-Mütze schwebte ein Stück weiter auf den Wellen. Harry starrte noch einen Moment auf die Stelle im

Wasser, wo der Körper untergegangen war. Alles erschien ihm so unwirklich. Was zum Teufel machte er hier nur? Sie hatten gerade einen Menschen getötet. Nein, Kieseritzky hatte ihn getötet. Und vielleicht hatte Kieso auch recht: Der Typ war selbst schuld.

»Alter, wir sollten hier langsam abhauen.« Reinhard griff sich sein Rad.

»Und mit dem Nolde, das kriegen wir zusammen schon gedreht. Da solltest du meine Hilfe annehmen.« Kieseritzky grinste vielsagend. Dann drehte er sich um und schob die Mole hinunter in Richtung seines Kutters.

»Scheiße, Scheiße – Oberscheiße«, dachte Harry. In seinem Kopf pochte es dumpf.

Als Harry mit dem Fahrrad auf den Sandweg am Watt nach Nebel einbog, tuckerte die »Elsa« ohne die obligatorischen Positionsleuchten hinaus ins Wattenmeer. Auf der anderen Seite öffnete sich die Tür des »Klabautermanns«. Im Gegenlicht stand eine schwankende Gestalt, die Harry im Wegfahren nicht erkennen konnte. Vermutlich Strandkorb-Peter. Aus der Kneipe heraus wehten für einen Moment ein paar Akkorde von ›Nights in White Satin‹ durch den nächtlichen Nordseeregen.

9

»Zoe, da steht der Umzugswagen vor der Tür.«

Nachdem er morgens an seiner alten Pension vorbeigelaufen ist, fehlt Harry die Ruhe, gemütlich zu frühstücken. Zoe macht sich währenddessen gut gelaunt in aller Ausführlichkeit über zwei gebratene Eier mit Speck her und Brötchen mit Krabbensalat.

Der freundliche Essraum ist lichtdurchflutet. Die farbigen Blumenstillleben, die Zoe »funny« findet und Harry an der Grenze zum Kaufhauskitsch, leuchten tomatenrot und kornblumenblau. Die anderen Gäste sind bereits für einen sonnigen Tag am Meer gerüstet, in Shorts und farbigen Sporthemden, in denen noch eine Bügelfalte steckt. Es soll wie gestern ein heißer Sommertag an der See werden, sagen der Wetterbericht und Nicole an der Rezeption. Harry kennt dieses warme Klima eigentlich nur vom Atlantik in North Carolina, wohin sie öfter zum Baden fahren. Oder früher aus Südfrankreich. Aber nicht von der Nordsee.

»I love these crabs«, sagt Zoe und leckt sich einen Mayonnaisclecks von ihren frisch geschminkten roten Lippen.

Sie hat sich die Sonnenbrille schon ins Haar gesteckt und trägt eine taillierte weiße Bluse, die sie einen Knopf weiter als sonst geöffnet hat. Harry ist das sofort aufgefallen. Fast ist er ein wenig genervt angesichts ihrer entspannten Urlaubsstimmung. Der grau melierte Bankertyp mit dem leichten Bauchansatz unter seinem Poloshirt guckt vom Nachbartisch interessiert herüber, als er das Englisch hört. Mit ihrem kosmopolitischen Ostküstenakzent bringt Zoe gleich etwas internationale Atmosphäre in den Frühstücksraum. Ausländer scheint es auf Amrum immer noch wenig zu geben. Das hat sich nicht geändert. Nur ein paar Satzfetzen Schwyzerdütsch meint er gestern gehört zu haben.

»Dieser Salat ist nichts gegen die frischen Krabben vom Kutter«, sagt Harry und kommt sich, noch während er das sagt, irgendwie deutsch vor.

Er rührt einigermaßen lustlos in einem Müsli mit undefinierbarem Trockenobst herum. Auch das Körnerbrötchen ist ziemlich pappig. Dabei hatte er Zoe von dem deutschen Brot vorgeschwärmt.

»Darling, wie viele von diesen Krabbenbrötchen willst du eigentlich noch essen?«

Zoe muss lachen. Auf ihren vorstehenden Schneidezähnen klebt eine Krabbe. Sie guckt sich albern zum Nebentisch um und hält sich kichernd die Serviette vor den Mund.

»Komm, lass uns los. Wir holen uns selbst welche vom Krabbenkutter und sammeln Austern. Wenn es noch welche gibt.«

»Ha, Krabben. Du willst nur zu deiner … Wie heißt das? ›Nordseeperle‹?«

»Ja, klar will ich da hin«, sagt Harry ärgerlich. Und dann zischt er: »Zoe, es geht immerhin um einen echten Nolde.«

»Come on. Du hast achtzehn Jahre gewartet. Was ist jetzt eine Stunde?«

»Vielleicht ist es ja nur ein Zufall. Aber da steht ein Lastwagen vor der Pension. Ich habe es heute Morgen gesehen. Da wird gerade ausgeräumt.« Je länger sie darüber reden, desto mehr glaubt Harry, dass die Zeit ihm davonläuft.

Am Nebentisch telefoniert die Frau des Bankers laut mit ihren Kindern. »Chérie, wir haben ein Traumwetter. Wir haben gestern Abend draußen gegessen. Und heute Mittag kommen Rademachers mit dem ›Adler‹ von Sylt herüber.«

Während sie spricht, so laut, dass es der

halbe Saal hören muss, nestelt sie mit übertriebener Geste immer wieder an ihren dünnen blondierten Haaren. In den Staaten fände Harry das wahrscheinlich sogar amüsant. Heute Morgen geht ihm die selbstgefällige Telefoniererei auf die Nerven. Er findet die joviale Großspurigkeit abstoßend, mit der das gut erhaltene Frührentnerpaar – der Banker muss bestimmt nicht mehr arbeiten – das junge Mädchen vom Service mit irgendwelchen Sonderwünschen immer wieder in die Küche laufen lässt.

Schon im Frühstücksraum hat Harry den Geruch von Sonnencreme in der Nase, wie er ihn nur aus Deutschland kennt. Für einen kurzen Moment ist seine Kindheit wieder präsent: die Erinnerung an lichte Sommernachmittage, an denen er sein kleines Flugzeug mit den rotierenden blauen Plastikflügeln steigen ließ, an eine Klassenreise nach Sylt, wo die Jungs die Mädchen erstmals im Bikini sahen. Aber er riecht auch die traumatische Verschickung an die See, in den Wittdüner Betonbunker, wenn die Kindergärtnerin ihnen rabiat die Nasen mit dieser Sonnencreme einrieb. Erstmals seit Jahren hat Harry wieder Angst, er könne ins Stottern kommen.

Irgendwie hat er das Gefühl, die weltgewandte Zoe sieht ihn auf einmal anders. Nach so langer Zeit zurück in seiner Heimat verhält er sich auf einmal deutsch. So wie die deutschen Touristen, die er in Venedig so verachtet hatte, als sie beide ins »Guggenheim«-Museum eingebrochen waren. Es war ihr zweiter gemeinsamer Kunstcoup. Sie hatten sich vorher mehrere Wochen gleich um die Ecke in der Nähe der Accademia unter falschem Namen ein Appartement genommen. Venedig war ideal für einen Kunstdiebstahl. Die Sicherheitsvorkehrungen waren schlampig. Und die Stadt war voller Touristen, sodass zwei junge Kunstinteressierte nicht weiter auffielen, auch wenn sie sich mehrmals an verschiedenen Tagen im Museum umsahen.

Sie hatten auf dem Balkon mit Blick auf den Kanal gesessen, »Spritz« getrunken und dabei minutiös ihren Einbruch vorbereitet. »Wir sind jetzt richtige Kunstdiebe«, hatte Zoe gesagt und Harry geküsst. In den frühen Morgenstunden, bevor es hell wurde, waren sie vom Canal Grande aus in die »Peggy Guggenheim Foundation« eingestiegen. Danach hatten sie ein Vaporetto genommen und waren mit einem Miró im Handgepäck in den nächsten Zug nach Mailand gestiegen. Es war ganz einfach gewesen. Viel einfacher als ein paar Jahre vorher in Seebüll. Ohne Zwischenfälle, ohne unerwartete Vorkommnisse, elegant, souverän, sicher.

Sie hatten sich damals wie amerikanische Künstler der Nachkriegszeit gefühlt, die in Europa die Zeit totschlugen, ein bisschen malten und tranken, Bilder klauten und sich ihre eigene Moral erfanden. Mit den deutschen Oberlehrern jedenfalls, die im Restaurant den Kellnern ihre Sprachkenntnisse aus dem Italienischkurs aufdrängten, wollte Harry nichts zu tun haben.

Und seit er in den USA lebt, benimmt er sich, wie alle ausgewanderten Deutschen, amerikanischer als jeder Amerikaner. Aber alle Thanksgiving-Turkeys und die lässigen Jokes mit den Nachbarn in all den Jahren haben nichts daran geändert, dass er in Wahrheit ein verbissener Deutscher ist. So kommt es ihm plötzlich vor. Er hasst sich dafür. Und das ist erst recht deutsch, denkt Harry.

Gegen Zoes Urlaubslaune ist nicht anzukommen. Der direkte Weg zur »Nordseeperle« mit dem Rad kommt für sie nicht infrage. Sie besteht darauf, am Meer nach Nebel zu gehen, mit ihren rot lackierten Fußnägeln im Wasser. Die Sonne steht hoch über der See in einem hellblauen wolkenlosen Himmel. Die Luft flimmert. Der Hörnumer Leuchtturm auf Sylt liegt leicht im Dunst. Mitten auf dem breiten Strand ist es so heiß, dass die Fußsohlen fast schmerzen. Die Wellen, die diesen Namen kaum verdienen, schwappen müde ans Ufer. Sie versickern halb und hinterlassen Schaumflocken auf dem Sand. Zwei Kinder graben ein kleines Staubecken, in dem sich das ablaufende Wasser fängt. Ein kleines Sportflugzeug brummt Richtung Sylt über Zoe und Harry hinweg.

Nachdem sie den Norddorfer Strand mit seinen bunten Strandkörben hinter sich gelassen haben, sind sie fast allein. Die Hosenränder ihrer Shorts werden beim Durchqueren eines kleinen Priels nass. Aber nach einigen Minuten sind sie fast schon wieder getrocknet. Über die Dünen guckt die Spitze des Norddorfer Leuchtfeuers herüber. Harry kann sich gar nicht mehr vorstellen, dass er genau an dieser Stelle vor achtzehn Jahren fast ertrunken wäre. In der linken Tasche seiner weiten Shorts schlenkert der Zimmerschlüssel von damals mit dem dicken Holzanhänger. Er hat ihn auf jeden Fall mal mitgenommen. Vielleicht gibt es eine Gelegenheit, denkt er.

Ein Stück vor Nebel staken meterlange Holzstangen mit Schoten, Fahnen und grellbunten Plastikkugeln in den Himmel. Es ist eine Skulptur des Amrumer Künstlers Pancho, der hier in den Dünen ein Objekt aus Strandgut, aus angeschwemmten Benzinkanistern und Muschelketten installiert hat. Es sieht aus wie ein in den Dünen gestrandetes altes großes Segelschiff. Von Strandpiraten gekapert.

Die Friesenhäuser im alten Ortskern von Nebel wirken alle wie gerade frisch gestrichen. Mehrere neue Reetdachhäuser sind gerade im Bau, im traditionellen Stil, wie auf den Schildern vor der Baustelle zu sehen ist, mit Offerten für die entstehenden Eigentumswohnungen. Der Uasterstigh ist verstopft von Fahrradfahrern mit Kinderanhängern, von Touristen mit hoch gehaltenen Digitalkameras und Bollerwagen. Vor dem kleinen Zeitungsladen, in dem Harry damals die ersten Meldungen über seinen Raub gelesen hatte, ist ein regelrechtes Knäuel von Fahrradgestängen,

Plastikspielzeug und menschlichen Körperteilen in Freizeitkleidung entstanden.

Fast wird Harry von einem Rennrad erfasst. Es huscht nur kurz vorüber. Und durch den bläulich schillernden Fahrradhelm ist sein Fahrer gut getarnt. Doch im Vorbeifahren bemerkt Harry ganz plötzlich die spitzen Zähne in dem ergrauten rotblonden Bart. Und er hat das Gefühl, dass der Fahrradfahrer, der sich kurz umdreht und dann wegen des Verkehrs wieder nach vorn sehen muss, auch ihn erkennt. Noch als das Rennrad längst in einer der kleinen Seitenstraßen verschwunden ist, hat Harry das Rattenhafte des Mannes vor Augen. Und war da nicht auch eine Tüte auf dem Gepäckträger, prall gefüllt mit Sandschollen oder Steinbutt und Krabben?

Vor der »Nordseeperle« steht noch immer der Lieferwagen, den Harry morgens schon gesehen hat. Die aufgestellte, am Rand angerostete Hecktür mit einem NF-Kennzeichen steht ein Stück in den kleinen Sandweg hinein. Im Wagen steht allerlei Hausrat. Das alte Friesenhaus hat noch immer dasselbe Ochsenblutrot wie damals. Vermutlich noch derselbe Anstrich, denkt Harry. An mehreren Stellen blättert die Farbe blasig ab. Vor der Tür stehen zwei der Stühle mit dem Paul-Klee-Muster, an das er sich sofort erinnert. Außerdem ein altes Fahrrad und anderer Hausrat, der sich mit allerlei Baugerät mischt: Holzböcke, in Folie eingeschweißte Isolierwolle, Zementsäcke und ein Mischer. Aus dem Haus hört man Hämmern.

»Das ist das Haus«, sagt Harry.

»Aber im Augenblick ist es wahrscheinlich nicht ganz so günstig.« Zoe verzieht amüsiert die Mundwinkel und blinzelt ihm über ihre Sonnenbrille hinweg zu.

»Ich geb's ja zu. Aber dann heute Abend.« Mehr aus Witz zieht er kurz den Holzanhänger mit dem Schriftzug »Eiderente« aus der Hosentasche.

Dass er mit seinem alten Zimmerschlüssel einfach so in die »Nordseeperle« hineinspazieren könnte, damit hatte er ohnehin nicht gerechnet. Aber er würde es einfach gern ausprobieren, ob der Schlüssel passt.

»Bei Dunkelheit ist es sowieso besser. Wir sollten noch eine Taschenlampe besorgen.«

»Aber wir müssen jetzt nicht den ganzen Tag hier vor der Tür warten. Okay?«

»Wir gehen heute Abend in Nebel essen.

Und ich nehme den Schlüssel einfach mal mit.«

Mit einer Reservierung in der »Seekiste« sind die beiden nicht sonderlich erfolgreich. Nach längerem Studium eines Tischplans bietet der Kellner ihnen zwei Plätze von 18 bis 20 Uhr an.

»Das ist schade. Um diese Zeit trinken wir gerade unseren Aperitif«, sagt Zoe amüsiert arrogant in ihrem amerikanischen Akzent.

Und auf dem Weg nach draußen durch das Glashaus dann ein bisschen giftiger: »Sie sind schon speziell, deine Friesen. Ist das hier üblich, dass man dir sagt, wann du Dinner haben sollst?«

Harry muss schmunzeln. So viel hat sich tatsächlich nicht verändert auf Amrum, denkt er.

Nachmittags gehen sie bei Niedrigwasser Austern sammeln. Im Fischladen in Nebel bekommen sie Zitrone und ein Austernmesser und in der Post, die gleichzeitig als Weinladen dient, einen Muscadet von der Loire und zwei kleine Gläser. Harry ist ganz euphorisch. Sie müssen gar nicht lange suchen an der Stelle, wo er vor achtzehn Jahren den Austernsammler getroffen hat. Da liegen sie halb im Schlick. Auf den meisten haften unzählige Muscheln, dass die beiden sich vorsehen müssen, sich nicht zu schneiden.

»Ich hab noch nie so große Austern gesehen«, sagt Zoe begeistert.

Die Füße der beiden sind pechschwarz vom Schlick. Nur Zoes Nagellack blitzt mit ein paar roten Punkten durch den Dreck hindurch. Als sie die richtige Stelle gefunden haben, sammeln sie in kürzester Zeit jeder ein Dutzend. Die eigentliche Arbeit aber ist das Öffnen. Gleich bei der dritten Auster rutscht Harry mit dem Messer von der Schale ab und schneidet sich in die Hand.

»Attention, Harry!« Zoe kramt in ihren Sachen nach einem Papiertaschentuch. Er merkt kaum etwas, obwohl es ziemlich blutet.

»Man muss nur schnell ein Glas Muscadet trinken«, sagt Harry.

Sie sitzen in den Dünen, trinken Wein und schlürfen die Austern, nachdem sie sie mit einem Spritzer Zitronensaft zum Zucken gebracht haben. Vom Strand kommen ein paar Surfer zurück und die letzten Badenden mit Salz in den Haaren und der Sonne des Sommertages auf der Haut. Das Strandgras steht wie mit Bleistift gestrichelt in den Dünen. Und der geriffelte Sand am Ufer sieht im Gegenlicht aus wie ein einziges riesiges Waschbrett. Das Wasser in den tieferen Furchen funkelt. Die Sonne an dem wolkenlosen Himmel steht noch ein ganzes Stück über dem Meer. Doch immer wenn Harry hinsieht, ist sie dem Horizont merklich näher gekommen. Das Licht färbt den Sand schon leicht rosa. Nach dem Austernessen ziehen sich beide aus und gehen zusammen mit der untergehenden Sonne baden.

Von einem Dutzend Austern wird man nicht satt. Nach dem Baden hat Zoe einen unbändigen Appetit. Und um diese Zeit finden sie in der »Seekiste« doch noch einen Platz an der Bar. Es gibt ein »Bratkartoffelverhältnis« für Zoe, eine Pfanne mit verschiedenen Bratfischen, und für Harry eine friesische Bouillabaisse, die wirklich ausgezeichnet ist.

»Die Fische aus der Nordsee sind ganz bestimmt nicht schlechter als die aus dem Mittelmeer«, sagt Harry.

»Nein, sie sind besser«, findet Zoe, als er sie probieren lässt. »And I like that Aioli.«

Die kleinen Straßen zwischen den alten Friesenhäusern in Nebel sind menschenleer, als sie aus dem Lokal kommen. Einzelne Fenster sind erleuchtet. Aber in der »Nordseeperle« ist alles stockdunkel, wie damals in den Nächten, als Harry mehrmals spät nach Hause kam. Im Nachbarhaus brennt Licht. Durch das Sprossenfenster sieht er einen Mann vor dem Fernseher sitzen. Auch bei dem anderen Nachbar brennt Licht hinter den zugezogenen Gardinen.

Harry greift nach dem Holzanhänger in seiner Hosentasche.

»Ich versuch mal, ob er passt. Und du stehst Schmiere. Okay?«

»And who drives the getaway car?« Zoe grinst breit.

Harry ist auch nicht ganz klar, was sie machen soll, während er sich in der »Nordseeperle« umguckt. Er will jetzt nicht lange diskutieren, sondern endlich nach seinem Bild sehen.

»Am besten, du hältst denjenigen einfach auf, falls jemand kommt und in das Haus will. Aber wer soll schon kommen. Ich bin sowieso gleich wieder da. Mit oder ohne Bild.«

»Sei vorsichtig, Honey«, sagt sie. »Überzeug dich erst, dass wirklich niemand im Haus ist.«

Während Zoe auf dem kleinen Sandweg wartet, geht Harry an dem Betonmischer und den ausrangierten Stühlen vorbei auf das Haus zu. Vorsichtig guckt er sich immer wieder um und auch zur Seite, um sich zu vergewissern, dass er nicht beobachtet wird. Gleichzeitig bemüht er sich, so zu tun, als gehörte er zum Haus. Der Eingang ist durch eine Straßenlaterne recht hell erleuchtet. Die Friesentür ist noch dieselbe wie damals. Da ist er sich sicher.

Harry führt den kleineren der beiden Schlüssel ins Schloss. Er passt. Als er den Schlüssel dreht, bewegt sich spürbar der Riegel. Harry öffnet die Tür. Unglaublich, denkt er. Eigentlich hatte er nicht damit gerechnet, dass seine Schlüssel immer noch passten. Wie gut, dass er das hässliche Holzei mit dem brüchigen Gummiring all die Jahre in der Schublade seines Sekretärs aufbewahrt hatte. Bislang war das eher ein Souvenir gewesen, ein Erinnerungsstück an seinen ersten Coup.

Bevor er hineingeht, dreht er sich noch einmal um. Zoe schlendert gerade den Weg ein Stück weiter. Harry zieht die Tür hinter sich zu. Dabei gibt es ein schrilles Schaben, das durch die Nacht hallt. Zwischen Tür und Boden klemmen offenbar Sand und Steine. Denn als er mit der Taschenlampe den Boden des Flurs entlangleuchtet, sieht er überall Reste von Bauschutt.

Er schaltet die kleine Taschenlampe wieder aus und horcht aufmerksam. Eine Weile bleibt er am unteren Treppenabsatz stehen, um sicherzugehen, dass er allein im Haus ist. Aber es wirkt nicht so, als sei die »Nordseeperle« zurzeit bewohnt. Es sieht alles nach einer Baustelle aus. Aber wer weiß? Vielleicht übernachtet ein Saisonarbeiter vom Festland in einem der Zimmer, während er mit der Renovierung beschäftigt ist. Zu hören ist nichts.

Als er die Treppe hinaufleuchtet, hat er sofort das schmiedeeiserne Möwenbarometer im Kegel seiner Taschenlampe und auch den Leuchtturm aus Wäscheklammern. Unfassbar, denkt Harry, all die Jahre hängt das hier unverändert. Auch wenn die Wäscheklammern durch die Bauarbeiten jetzt böse eingestaubt sind. Wahre Kunst überlebt ihre Zeit, sagt er sich. So ist er auf einmal ganz zuversichtlich, dass er oben in dem Zimmer »Eiderente« fündig wird. Er spürt seine Aufregung.

Vorsichtig steigt er Schritt für Schritt die Treppe hinauf. Die braun geflammten Fliesen sind mit einer feinen hellen Staubschicht überpudert, sodass sich Fußspuren gar nicht vermeiden lassen. Auch oben wirkt alles unverändert. Die Keramikschilder mit den Zimmernamen hängen noch an den Türen: »Seeschwalbe«, »Lachmöwe« und »Eiderente«. Es gab noch einen anderen Zimmernamen. Er kommt nicht drauf. Aber das ist jetzt egal.

Er drückt die Klinke der Tür mit der Eiderente. Sie ist unverschlossen. Den Schlüssel kann er wieder einstecken. Harry hat Herzklopfen. Er glaubt sich kurz vor seinem Ziel. Doch dann, als er das Zimmer betritt, den schwachen Lichtkegel seiner Taschenlampe auf den Boden gerichtet, folgt sofort die Ernüchterung. Im selben Moment wirft der Leuchtturm kurz sein Licht in den Raum. In ein leeres Zimmer. Kein einziges Möbel, kein Teppich und vor allem: kein Bild. Absolut nichts. Die »Eiderente« ist vollständig leergeräumt.

»Verdammte Scheiße«, sagt er laut, ohne Rücksicht, dass er vielleicht zu hören ist. Falls sich doch jemand im Haus befindet.

Nur ein einsamer Zementsack steht mitten

im Raum und in dem Erker eine ganze Batterie eingestaubter leerer Bierflaschen. Der Leuchtturm blinkt alle paar Sekunden durch das Fenster. Er hört ein Geräusch, nicht von unten, sondern eher aus einem der anderen Gästezimmer. Harry hält inne und lauscht. Es bleibt still. Er sieht aus dem Fenster nach draußen. Auf dem Sandweg in Höhe des Nachbarhauses sieht er Zoe stehen, im Gespräch mit einer anderen Frau, die einen Schäferhund dabeihat. Was hat denn das zu bedeuten? Aber dann geht die Frau mit dem Hund weiter.

»Shit, ich hätte früher kommen sollen«, flüstert er jetzt leiser zu sich selbst. Harry ist sich sicher, dass der Raum erst vor Kurzem entrümpelt wurde. An der Stelle, wo das Bild an der Wand hing, ist die Tapete heller. Das ist auch im schwachen Licht seiner Taschenlampe zu sehen.

Dieser Scheißleuchtturm aus beschissenen Wäscheklammern hängt da noch im Flur, denkt er. Warum sind ausgerechnet die Sachen aus dem blöden »Eiderente«-Zimmer weg?

Harry guckt auch noch mal in die anderen Räume. »Austernfischer« hieß das vierte Zimmer. Auf einmal fällt es ihm wieder ein. Auch die anderen Räumlichkeiten sind leer. In einer Ecke steht ein auseinandergenommenes altes Bett. Außer ihm ist niemand im Haus. Da ist er sich jetzt sicher. Aber das Bild mit den Amrumerinnen ist nirgends zu sehen.

Als er die alte Friesentür hinter sich schließt, möglichst langsam, um das laute Schaben zu vermeiden, ist er sich nicht mehr sicher, ob die Tür einmal abgeschlossen war oder zweimal. Während er den Schlüssel aus dem Schloss zieht, hört er hinter sich das Hecheln eines Hundes. Der Schäferhund, den er eben aus dem Fenster beobachtet hatte, steht hinter der Gartenpforte und guckt interessiert mit schief gelegtem Kopf. Harry wählt die andere Richtung. Er läuft am Haus entlang in den hinteren Garten. Ohne zu überlegen wechselt er auf das Nachbargrundstück. Im Dunkeln stolpert er dabei fast über einen kleinen Wall, der mit wilden Nordseerosen bepflanzt ist. Er läuft noch ein Stück weiter bis zu einer Einfahrt. Kaum erreicht er an einer hohen Hecke entlang den Sandweg, steht der interessierte Hund direkt vor ihm, diesmal zusammen mit seinem Frauchen.

»'n Abend«, sagt Harry, möglichst selbstverständlich.

Ein Stück weiter Richtung Watt sieht er Zoe stehen.

»Es ist nicht zu fassen«, sagt sie. »Du warst kaum in dem Haus, schon ist hier die halbe Insel vorbeigekommen. Vor allem dieser deutsche Hund, der wollte überhaupt nicht wieder gehen.«

10

Wie Rauch aus einem Schornstein zog sich ein Wolkenband quer über den Himmel. Die Dalben des Steges in Steenodde, an denen sich in der letzten Nacht die Wellen gebrochen hatten, standen jetzt im Trockenen. Das Wasser hatte sich vielleicht hundert Meter zurückgezogen. Auf dem Watt standen nur noch Pfützen. Es regnete an diesem Morgen nicht mehr. Hinter den Wolken über den Halligen ließ sich sogar die Sonne erahnen.

Harry war gleich nach dem Frühstück losgefahren. Heute wollte er wenigstens ein paar kleine Sandschollen ergattern. »Bloß nicht wieder Sauerfleisch!«, hatte er zu Frau Boysen gesagt.

»Ja, und dann lassen Sie die Krabben den

ganzen Tag im Kühlschrank liegen«, hielt die Pensionswirtin ihm vorwurfsvoll entgegen.

»Na ja, schmecken doch auch heute Morgen noch«, hatte Harry gesagt und den anderen Gästen von seinen Krabben angeboten. Der dicke Hans-Peter hatte bereitwillig zugegriffen, während Silva Scheuermann ihn nur sehr intensiv angeguckt und mit ihren Holzperlen im Haar geklimpert hatte.

Mehr als der frische Fisch interessierte Harry aber, ob etwas von dem toten Fährmann zu sehen war. Auf dem Weg mit dem Rad nach Steenodde hatte er in seiner Fantasie einen Polizeiwagen mit rotierendem Blaulicht vor Augen und mehrere Beamte, die eine Wasserleiche auf den Steg hievten. Harry hatte eine unruhige Nacht hinter sich. In einem Albtraum waren ihm der W. D. R.-Mann Arm in Arm mit der Putzfrau aus dem Nolde-Museum entgegengekommen. Dabei grölten sie einen Shanty. Der Schiffer benutzte den Wischmopp der Putzfrau wie einen Spazierstock, und im Traum war es nicht Kieseritzky, sondern die Reinmachefrau, die den Ruderriemen über ihrer violett leuchtenden Dauerwelle schwang. Dazu hatten die beiden blöd lachend ›Blow, boys, blow‹ gesungen und waren immer näher gekommen.

Heute ergatterte Harry einen der vorderen Plätze in der Schlange vor dem Steuerhaus. Es waren zum großen Teil wieder die Leute von gestern, als Erster natürlich der Typ mit dem rotblonden Bart und der großen gelb getönten Brille. Heute dozierte er über das Laichverhalten des Steinbutts und danach auf einmal über die Malerei von Emil Nolde. Das war schon seltsam. Harry hatte es gar nicht richtig mitbekommen, weil der Rentner von gestern mit dem Stoffbeutel ihn ansprach.

Während sie auf den Fisch warteten, suchte Harry immer wieder nervös das Watt und auch das Wasser ab. Zu lange und intensiv mochte er auch nicht gucken. Die Leute sollten sein Interesse auf keinen Fall mitbekommen. Vom Fährmann war offenbar nichts zu sehen. Aber dann bemerkte Harry ein ganzes Stück weit draußen, noch im Watt, das schon fast wieder überspült wurde, einen verdächtigen weißen Fleck. Er war sich nicht ganz sicher, aber das musste die weiße W. D. R.-Mütze sein.

Als die Fischersfrau mit ihrem Pick-up vorfuhr, machte sich eine Möwe an dem weißen Fleck zu schaffen. Harry musste sich zwingen, nicht immer wieder hinzusehen. Für einen kurzen Moment kam die Sonne heraus. Der Typ mit der gelben Brille blinzelte. Inmitten seines akkurat gestutzten Bartes waren kurz seine spitzen Zähne zu sehen. Harry kam es vor, als ob er jetzt ebenfalls den verdächtigen weißen Fleck beobachtete und ihm, Harry, dann einen misstrauischen Blick zuwarf. Aber was sollte der Typ mit den Rattenzähnen schon wissen? Die Möwe schien auf die Schiffermütze einzuhacken, als wollte sie dem Fährmann den Rest geben. Doch jetzt forderten die Plastikkisten der Fischersfrau glücklicherweise die ganze Aufmerksamkeit der wartenden Kundschaft.

»Fisch ist heute nicht«, rief sie den Leuten zu, während sie drei blaue Kisten mit Krabben in ihr kleines Kabuff hievte. »Er war wegen des Wetters gar nicht richtig draußen.« Und dann zog sie an dem Mast erst mal die Flagge hoch, das Zeichen, dass das Steuerhaus besetzt war.

So tragisch fand Harry es gar nicht, dass es nicht einmal Schollen gab. Der enttäuschte Blick der »Ratte« mit der gelben Brille, die beleidigt den Verkaufsstand sofort wieder verließ, entschädigte ihn für den entgangenen Fisch.

»Gibt es eben wieder Kotelett«, wiederholte der Rentner mit dem Leuchtturm-Stoffbeutel seinen Spruch von gestern noch mal.

Das wäre immerhin eine Alternative zum Sauerfleisch, dachte Harry. Er nahm wieder ein paar Krabben und bestieg sein Rad. Die W. D. R.-Mütze dümpelte inzwischen im auflaufenden Wasser. Vom Fährmann weiterhin keine Spur.

Von einer Telefonzelle in Nebel rief er bei sich zu Hause an. Er musste Ingo Warncke jetzt wohl doch mal verständigen, dass er seinen alten Kadett erst mal abschreiben konnte. Harry hörte das Freizeichen und hatte Herzklopfen. Er war nervös. So recht wusste er nicht, wie er Ingo die Geschichte beibringen sollte. Deshalb war er ganz froh, dass niemand abnahm und auch der Anrufbeantworter nicht ansprang.

Ein komisches Gefühl hatte Harry schon, Maja jetzt auf Sylt wiederzusehen. Aber das war schnell verflogen. Sie kam ihm lächelnd, aber auch etwas erstaunt entgegen. Hatte Kieseritzky ihr denn gar nicht erzählt, dass er ihn getroffen hatte?

»Du hast deine Haare immer noch wie früher«, sagte sie.

Sie hatte dasselbe Strahlen in den Augen wie damals, inzwischen mit ein paar Falten drum herum. Und sie trug ihre widerspenstigen schwarzen Haare ein Stück kürzer. Nur eines irritierte Harry. Dass sie so braungebrannt war wie all diese Sylter Frauen, die den Sommer in ihren Ferienhäusern in Kampen verbrachten. In dem Winter mit ihm hatte sie damals eine blasse Haut gehabt. Ihr Gesicht war fast weiß gewesen gegen die schwarzen Haare und die vollen dunklen Lippen. Ihr ganzer Körper hatte weiß geleuchtet, wenn sie nachts nach dem Sex nackt über die knarrenden Dielen in der Altbauwohnung im Karolinenviertel lief, um aus der Küche etwas zu trinken zu holen. Auch Harry war in diesem Winter überall weiß gewesen. Sie waren beide kalkweiß und hatten beide zu große Nasen, die sich beim Küssen manchmal in die Quere kamen.

Kieso hatte Harry nachmittags mit seinem Kutter abgeholt zu einer Party auf Sylt. »Konerding hat eine Klinik in Hamburg und ein dickes Haus in Kampen. Auf seinen Herbstpartys trifft sich zum Abschluss der Saison noch mal die ganze Insel. Meist gibt es auch ein paar Prominente zu begucken, Hajo Friedrichs oder Klaus Schwarzkopf«, hatte Kieseritzky gesagt. »Vor zwei Jahren war Oswalt Kolle da. Echt netter Typ. Das ist nicht so steif, wie es klingt. Da werden erst ein paar Bilder verkauft und dann wird gerockt. Und ich schwör's dir, die Frauen dort stehen auf Künstler.«

Harry hatte sich gestern dazu überreden lassen, als er betrunken war und zu allem aufgelegt. Heute hatte er eigentlich keine Lust mehr. Vor allem befürchtete er, von Kieseritzky auf die Noldes angesprochen zu werden. Aber die Aussicht auf Sauerfleisch im »Klabautermann« oder einen Abend auf dem Zimmer in der »Nordseeperle« ließen Harry dann doch bereitwillig an Bord der »Elsa« gehen. Reinhard holte ihn mit seinem Fischkutter direkt im Hafen in Steenodde ab.

»Hier, 'n Kleinen aus der Buddel«, sagte Kieso und hielt ihm einen Flachmann aus Blech mit Hochprozentigem hin.

»Im Augenblick nicht.« Harry hielt sich an einer Stahlkante in dem engen Steuerhaus fest, um das Schaukeln des Kutters auszugleichen.

In der Fahrrinne aus dem Hafen heraus schob das kleine Stahlschiff die Bugwelle noch unbeeindruckt vor sich her. Doch als die »Elsa« für eine Weile aus dem Schatten der Insel herausfuhr, kam das Schiff gewaltig ins Stampfen und Rollen. Harry musste sich wechselseitig abstützen und festhalten, je nachdem, ob sie sich zur Backbordseite neigten oder noch stärker nach Steuerbord.

Kieseritzky schob seine Mütze in den Nacken und setzte den Flachmann an. »Ich brauch das, bei dem Seegang.« Das klang wie die Ausrede eines Alkoholikers. Aber Käpt'n Kieso hatte offenbar auch Probleme mit dem Seegang.

»Na, hast' dich erholt von gestern Nacht?«, fragte er grinsend und schraubte die kleine Flasche wieder zu.

»Ein komisches Gefühl hab ich schon dabei.«

»Komm, das war ein Arschloch. Überall, wo der auftauchte, hat es Ärger gegeben.«

»Vielleicht hätten wir ihn nicht gleich ins Wasser schmeißen müssen.« Harry sagte »wir«. Dabei wussten beide ganz genau, dass Kieseritzky es war, der den Fährmann von der Mole gestoßen hatte.

»Mein Lieber, damit wärst du ihn nicht los gewesen. Da kannst du mir dankbar sein.« Für einen Moment guckte er richtig ärgerlich. »Ich sag's dir, der Typ hätte dir noch eine Menge Probleme gemacht.«

Der Leuchtturm in Hörnum strahlte in der Sonne vor einer dunklen Wolkenformation, die wie ein schwarz-violetter Tuschfleck über den Halligen hing. An den unteren Enden franste die Tusche aus.

»Siehst du das? Auf Langeneß schüttet es. Aber hallo«, sagte Kieseritzky, die eine Hand am Steuerrad, die andere mit dem Flachmann an einem Griff neben dem Fenster. Reinhard machte hier wieder mächtig einen auf Sailor. Nur, dass er bei diesem Wetter offensichtlich leicht seekrank wurde, passte nicht so recht ins Bild. Harry hatte auf einmal das Gefühl, er hätte nach dem Tod des Fährmanns abreisen sollen. Einfach seine Bilder schnappen und von der Insel abhauen. Aber dafür war es jetzt zu spät.

Die Party fand in einem dieser großen Sylter Friesenhäuser statt, die in den Sechzigerjahren am Rande der Dünen gebaut worden waren, in rotem Backstein unter gewaltigen Reetdächern mit großen geschwungenen Gauben darin, Kampener Stil. Vor dem Haus standen die üblichen Autos, fast dieselben wie vor ein paar Jahren bei Harrys misslungener Vernissage: Mercedes-Sportwagen und nagelneue »Targas«. Aber auch ein wunderschöner alter silberner Porsche und ein MG-Cabrio in englischem Dunkelgrün.

Die Tür war offen. Die geräumigen Zimmer, die ineinander übergingen, waren voller Menschen. Kieseritzky und Maja begrüßten gleich etliche Leute. Küsschen hier und Küsschen da. Die Gesellschaft war bunt gemischt: Die unvermeidlichen Chefarzttypen, einer hatte tatsächlich grau melierte Haare, die anderen gar keine mehr. Ihre blondierten Frauen mit der in etlichen Sylter Sommern vorzeitig gealterten Haut. Deren biederkesse Töchter mit Perlenohrringen und Söhne mit seidenem Einstecktuch und Poppertolle. Aber es gab auch Mädchen in verrückten Klamotten, eine Blonde, die auf Brigitte Bardot machte, ein paar junge Schreiber mit zerzausten Haaren und Künstler, die in dieser Szene auf den großen Durchbruch hofften.

Die hellen Räume waren sparsam eingerichtet. Die Möbel waren fast alle weiß, die

Ledergarnitur, ein weißes Sideboard mit runden Ecken, Metallleuchten von Arne Jacobsen und weiße Kunststoff-Schalenstühle. Die darin liegenden orangen Kissen waren die einzigen Farbtupfer in den beiden Räumen. Auch bei der Kunst gab es kaum Farben. An den Wänden hing ein Horst Janssen; außerdem ein Rahmen, aus dem sich wie ein Kissen eine weiße elastische runde Form herauswölbte; und eine Nagelplastik von Günther Uecker, einfach Nägel, weiß gestrichen auf einem Brett. Ein ganzes Haus in Schwarz-Weiß.

Im Hintergrund spielte Herbie Hancock. Ein Mädchen im Zigeunerlook schnippte dazu beiläufig mit den Fingern. Sie stand mitten im Raum und hielt einen Joint in der Hand wie eine ganz normale Zigarette. Auf dem Plexiglastisch vor der kubischen weißen Ledergarnitur stapelten sich Kunstzeitschriften, daneben ein überquellender Aschenbecher, der an einer Ecke dezent vor sich hin kokelte, und eine ganze Batterie halb ausgetrunkener Schampusgläser. Auf Sylt gab es keinen warmen »Söhnlein«. Hier stand in der weißen Küche eine riesige Platte mit Austern aus List, über die sich gerade ein Typ in einem weißen

Anzug mit getönter Brille und längeren Haaren hermachte.

»Na, Jackie, leckere Austern«, begrüßte Kieseritzky ihn.

»Mann, ich steh voll drauf«, sagte er, wobei sein Gesichtsausdruck auf die getönte Brille und den Dreitagebart reduziert war.

Dazu gab es Champagner, der zu diesem Zeitpunkt noch richtig kalt war. Oder auch Gin Tonic aus Einwegbechern.

»Gin Tonic aus Pappbechern, ist das nicht lustig?«, rief eine der blondierten Ladys, die Maja Harry kurz darauf als Dame des Hauses vorstellte.

Zunächst stand er eine Weile mit Maja zusammen, während Kieseritzky die Runde bei den Leuten machte. Sie aßen Lachsröllchen und schlürften ihre Drinks.

»Was machst du?«, fragte Maja. »Malst du?«

»Ja, na ja.« Er nahm aus Verlegenheit einen Schluck aus dem Pappbecher. »Und du?«

»Auch so: na ja.« Maja strahlte. Dabei waren ihre makellosen Zähne zu sehen. Alle Peinlichkeit war sofort verflogen.

Sie trug eine weite schwarze Baumwollhose und über einem engen schwarzen Shirt ein Jackett aus demselben Stoff. Sie war dünner geworden. Maja ganz in Schwarz sah gut aus in den weißen Räumen. Sie redeten über die HFBK-Zeiten, über Hamburg und die Leute in Majas WG im Karoviertel.

Sonderlich wohl hatte Harry sich da nie gefühlt. Von den anderen beiden Mädchen, einer Lehramtsstudentin und einer Krankenschwester, fühlte er sich als spinnerter Künstler belächelt. Aber am schlimmsten war Sven, der Psycho-Pascha. Er studierte tatsächlich Psychologie und gab allen das Gefühl, sie befänden sich in einer Therapiesitzung bei ihm. Wenn Psycho-Sven auf dem Sofa saß, dann immer Arm in Arm mit einem der Mädchen aus der WG oder seiner Freundin, einer eigentlich freundlichen Krankengymnastin, die nicht dort wohnte. Dabei hatte er selbstsicher gegrinst, womit er Harry in Verlegenheit brachte.

Wusste Maja von den Noldes? Zuerst wirkte es so, als hätte Kieseritzky nicht einmal von ihm erzählt. Und jetzt hatte Harry den Eindruck, dass Maja sogar von den Nolde-Bildern wusste. Flirtete sie deshalb mit ihm? Flirtete sie überhaupt mit ihm? Oder kam ihm das nur so vor?

Maja begrüßte einen Bärtigen mit Pilotensonnenbrille, der mit dem Brigitte-Bardot-Double zusammenstand.

»Kann ich dich mal allein lassen?«

»Ich komm schon klar.« Er versuchte ein lockeres Grinsen.

Harry fiel ein, dass er Ingo Warncke noch anrufen wollte. »Ist es wohl möglich, mal kurz zu telefonieren?«, fragte er etwas unsicher die Hausherrin, die gerade mit einem Sektglas vorbeilief.

»Aber natürlich! Da müssen Sie doch gar nicht fragen«, rief sie laut und überschwänglich, als würde Harry hier täglich ein und aus gehen. »Ach, was sage ich denn. Sie wissen ja gar nicht, wo es einen Apparat gibt. Am besten gehen Sie nach oben in eines der Gästezimmer. Da können Sie in Ruhe sprechen.«

Sie führte Harry eine rot geflieste Treppe hinauf in den ersten Stock und öffnete ihm ein Zimmer. Das Telefon stand auf dem Nachttisch neben dem französischen Bett. Darüber hing hinter einer Glasplatte ohne Rahmen ein Schwarz-Weiß-Foto der Schauspielerin Andrea Jonasson, nur in einem schwarzen Pullover in den Dünen. Auch in diesem Raum war alles schwarz-weiß. Harry wählte seine eigene Hamburger Nummer.

Nach etlichen Klingelzeichen wurde diesmal abgenommen. »Ja?«, meldete sich eine unbekannte Frauenstimme.

»Wer ist denn da?«, fragte Harry.

»Ja … hier ist die Francesca.«

Im ersten Moment glaubte er sich verwählt zu haben. Aber dann dachte er sich schon, dass es sich um eine neue Bekanntschaft von Ingo handelte.

»Ist Ingo auch da?«, fragte er.

»Nee, der Ingo ist noch mal weg. Und der andere, also sein Freund, ist auch nicht da.« Sie klang, als hätte er sie geweckt.

»Soso«, sagte Harry. Er überlegte kurz, ob er Ingo etwas ausrichten lassen wollte. Aber das ließ er lieber. »Ich versuch es später noch mal.«

Die Francesca nölte ein langgezogenes »Okay« und danach ein ebenso langes »Ciao«.

Er legte auf und sah sich für einen Moment das Bild von Andrea Jonasson an. Es musste ein Foto aus den späten Sechzigern sein. Zu der Zeit war er immer mit seiner Großmutter an der Nordsee gewesen.

Harry setzte sich mit Lachsbrötchen und Pappbecher auf das weiße Ledersofa neben das Mädchen im Zigeunerlook mit einem grellbunten lila-roten Tuch um den Kopf. Überall war sie mit Metallschmuck behängt, an den Ohren, um Hals und Armgelenke. Bei jeder Bewegung klapperte es. Sie trug ein grobmaschiges Häkelkleid und darunter ein enges weißes Shirt.

»Hallo«, sagte sie und guckte ihm tief in die Augen. Etwas übertrieben ernst, fand Harry.

»Ich arbeite mit Metall«, erklärte ihm das Gypsy-Girl ohne Umschweife, während Harry voll damit beschäftigt war, den Lachs, der sich kaum durchbeißen ließ, nicht auf das weiße Ledersofa fallen zu lassen. Der Basset, der zu einem kleinen Dicken mit Minipli gehörte, guckte erwartungsfroh zwischen ihm und dem Mädchen hin und her.

»Lachsröllchen sind, glaub ich, nichts für dich«, sagte Harry.

Von der Sitzecke aus konnte man die beiden ineinandergehenden Räume überblicken. Durch eine große Terrassentür mit Sprossenfenstern hatte man einen Blick nach draußen auf eine nachgemachte antike Laterne, die als Gartenbeleuchtung diente. Dahinter lag im Dunkeln ein benachbartes Haus und ein Stück Dünenlandschaft. Von dem überstehenden Reet, auf das man von unten guckte, strömte der Regen und prasselte auf das Kopfsteinpflaster, mit dem das Haus rundherum eingefasst war. Immer wieder, wenn Herbie Hancock grad eine Pause machte, hörte man eine Windbö an den Fenstern rütteln.

Einige der anwesenden Typen bemühten sich etwas aufdringlich, hip zu wirken. Aber daneben gab es auch junge Frauen mit toupierten Pudelfrisuren und Schulterpolstern in ihren weiten currygelben Jacketts. Freundliche Typen mit Haarschnitt wie Andy Brehme, in gestreiften Pullovern und weißen Jeans. Es war eine recht bunte Partygesellschaft. Harry hatte sich die Leute älter vorgestellt. Nach Sylter Schnöseln sahen die wenigsten aus, nur die Hausherrin und ihre Clique. Die Prominenten allerdings, die Kieseritzky ihm versprochen hatte, waren nicht da. Kein Werner Höfer, Wolfgang Menge oder Klaus Schwarzkopf, den Harry tatsächlich gern mal von Nahem gesehen hätte. Dafür wurde über sie geredet.

»Nein, wie der Augstein neulich auf der Hochzeit von Böhnisch mit Eva Scholl-Latour diesen Tanz aufgeführt hat. Immer in Schlips und Kragen, und dann diese komischen Verdrehungen. Herrlich«, rief eine mittelalte Blonde mit Föhnwelle durch den ganzen Raum, obwohl die Hausherrin Helga Konerding direkt neben ihr stand.

Während das Gypsy-Girl neben ihm auf dem Sofa mit rauchiger Stimme über die Aura des Metalls philosophierte, war Harry mit einem Ohr bei dem Sylt-Tratsch. Kieso, der hier natürlich Boy Jensen hieß und jetzt bei der Hausherrin und ihrer Freundin stand, winkte Harry grinsend heran. In den weißen Räumen neben den beiden Sylter Ladys wirkte Kieseritzky mit seinem Schauermannhemd und der Schiffermütze, die er auf der Party natürlich aufbehielt, noch verkleideter als sonst.

Von Nahem sahen die beiden Frauen ziemlich verwelkt aus. Die unzähligen »Bloody Marys« im »Gogärtchen« hatten über die Jahre ihre Spuren hinterlassen. Aber bei Helga Konerding war noch zu erkennen, dass sie einmal richtig gut ausgesehen haben musste. In den Sechzigern war sie in Kampen bestimmt der Feger, dachte Harry. Mit ihren Augen wie Romy Schneider.

»Man hört, Sie sind auch Künstler«, wandte sie sich an Harry.

»Dann müssen Sie unbedingt mal hier auf der Insel etwas von Ihren Arbeiten zeigen«, fiel ihr die Föhnwelle gleich wieder ins Wort.

»Was malen Sie denn?«, fragte die Hausherrin. »Doch nicht auch Leuchttürme. Da sind wir ja durch Boy schon bestens versorgt.« Sie lächelte süffisant. »Nein, Boy, ich find das sehr hübsch, was du machst.«

»Du hast doch schon mal in Keitum ausgestellt«, sagte Kieseritzky.

Harry ging nicht weiter darauf ein. In seinem Pappbecher war jetzt mehr Gin als Tonic, nachdem Jackie im weißen Anzug mit einer »Gordon's«-Flasche herumgegangen war.

Statt Herbie Hancock hatte irgendjemand Neue Deutsche Welle aufgelegt.

»Ich düse, düse, düse, düse im Sauseschritt«, trällerte einer der gut gelaunten Andy Brehmes. »Und bring die Liebe mit. Von meinem Himmelsritt«, flötete ein Mädchen mit Pudelfrisur und Karottenjeans zurück und machte dabei leichte Tanzbewegungen.

»Ist ja echt der Hammer, die Mucke«, sagte der Bärtige mit der Pilotenbrille im Vorbeigehen.

Auf der weißen Ledersitzecke kreiste mittlerweile ein Joint. Das Gypsy-Girl inhalierte und klapperte mit den Ohrringen. Sie reichte den Joint an Harry weiter. Ein anderer Andy Brehme präparierte währenddessen schon die nächste Tüte. Harry konnte sie nur durch die Farbe ihrer Pullover auseinanderhalten. Dieser trug einen postgelben, und für einen Kiffer waren seine Vorbereitungen eine Spur zu pedantisch. Das sah eher danach aus, als wollte er ein Papierflugzeug bauen.

»Heller Marokkaner«, sagte er mit einstudiertem Kennerblick.

Helga guckte etwas pikiert, sagte aber nichts. Und die Föhnfrisur, die jetzt Jackie und den grau melierten Chefarzttyp im Tennishemd bequatschte, blieb bei ihren Zigaretten mit Goldfilter.

»Hallo, Freunde, ich will auch 'nen Zug«, sagte Kieseritzky und legte dabei leutselig den Arm um die neben ihm stehende Jurastudentin mit Perlenkettchen. Der Gin Tonic hatte ihm offensichtlich schon ziemlich zugesetzt. »Schweppes« war inzwischen alle. Jetzt wurde der »Gordon's« pur aus den Pappbechern getrunken.

»Na? Was gibt's denn da zu gucken«, blaffte Kieso den kritisch guckenden Chefarzt an.

»Scheiße, Reinhard, du bist ja schon wieder hackedicht«, sagte Maja.

»Is ja gut. Krieg ich nun die Tüte oder was?«

Gypsy-Girl, die reichlich weggetreten aus ihren schwarz geschminkten Augen guckte, holte den süßlichen Rauch aus den untersten Winkeln ihrer Lunge und blies ihn kraftvoll in die Runde.

»Warum nennt sie Boy eigentlich Reinhard?«, fragte die blonde Sylterin und schüttelte ihre Föhnwelle.

An der Terrassentür schwamm jetzt, vom Sturm gegen das Fenster gedrückt, der Regen herunter. Gedanken an seine Rückfahrt nach Amrum, an die Bilder im Kleiderschrank verwarf Harry gleich wieder. Er nahm noch einen Zug aus dem Joint, den Gypsy ihm hinhielt. Dann zündete er sich zur Abwechslung eine seiner »Chesterfields« an.

Irgendwann stand das Zigeunermädchen, das so weggetreten wirkte, als hätte sie noch etwas anderes genommen als Gin und Haschisch, mitten in dem großen Raum.

»Ich will mich drehen«, verkündete sie laut und trotzdem säuselnd. »Wir brauchen Musik. Aber irgendwas Abgefahrenes. Nicht solch Gedudel.«

»Du hast absolut recht. Absolut. Nicht wieder diesen Spießerjazz!«, grölte Kieseritzky und verdrehte die Augen unter seinen langen Wimpern. »Wir sind ja sooo kultiviert.«

Gypsy-Girl versuchte, Harry eines ihrer Metallgehänge ans Ohr zu klemmen.

»Steht dir gut«, sagte sie rauchig und guckte dabei völlig ernst. Harry musste kichern. Das Gras zeigte Wirkung.

»Du musst mir unbedingt deine Bilder zeigen.« Gypsy-Girl löste ihr Kopftuch und fuhr sich mit den beringten Fingern durch die üppigen Haare. Dabei gab es ein sattes Klappern der dicken metallenen Armreifen.

Die Verständigung wurde schwieriger. Jemand hatte »Supertramp« aufgelegt und voll aufgedreht. Die Zigeunerin schwebte zwischen mehreren Tanzenden durch den Raum.

»Was ist denn das schon wieder für 'ne Mucke«, beschwerte sich der Bärtige. Die Pilotenbrille trug Brigitte Bardot inzwischen.

Als ›Rikki don't lose that Number‹ von Steely Dan spielte, zog Maja den bekifften Harry aus dem weißen Sofa hoch. Gypsy guckte weggetreten. Und Maja sang, ohne Harry richtig anzugucken, den Anfang des Songs mit:

». . . I thought our little wild time had just begun ...«

Es war so etwas wie ihr gemeinsamer Song gewesen vor ein paar Jahren. Auf der Party in Majas WG in der Karolinenstraße, ein paar Tage nachdem sie sich auf der HFBK-Fete kennengelernt hatten. Der Sound von Steely Dan passte irgendwie zu den gravitätischen Drehungen der beiden großen Tonbandspulen auf dem senkrecht stehenden Tonbandgerät im Gemeinschaftszimmer der WG. Auf dieser Party wurde auf Majas Wunsch immer wieder ›Rikki don't lose that Number‹ gespielt. Aber das erste Mal geküsst hatten sie sich erst eine Verabredung später, in der ersten Reihe, seitlich rechts, direkt vor der Leinwand im »Abaton«. Unter den verzerrten Gesichtern von Isabella Rossellini und Dennis Hopper. Die schlechte Sicht war Harry und Maja beim Küssen egal gewesen.

Eine Strophe tanzten sie getrennt. Harry hatte zunächst Mühe, seine Bewegungen zu koordinieren. Einmal schwebte die Zigeunerin mit geschlossenen Augen zwischen ihnen hindurch. Neben ihnen tanzten der Bärtige und die Blondine, nein, sie standen nur und küssten sich so ausgiebig, als wären sie allein.

Die Pilotenbrille hatte sie sich ins Haar gesteckt, und mit Brigitte Bardot hatte sie beim exzessiven Küssen keine Ähnlichkeit mehr. Hinter ihnen bemühte sich der penetrant grinsende Chefarzt, einer der jungen Pudelfrisuren mit zackigen Tanzbewegungen seine Jugendlichkeit zu beweisen.

»Rikki don't lose that number. You don't wanna call nobody else.« Maja sang den Refrain mit, dicht an seinem Ohr und leicht daneben. Sie tanzten eng umschlungen. Ihr Leinenjackett hatte sie ausgezogen. Sie trug nur ihr schwarzes enges Shirt. Auf seinen Handflächen spürte er die unterschiedlichen Strukturen der Stoffe. Die glatte weite Hose unter dem Gürtel, und mit der anderen Hand darüber das gröbere, leicht geriffelte Shirt. Ihr süßlich volles, etwas muffiges Parfüm mischte sich mit Schweißgeruch. Und wenn er jetzt seinen Kopf zurücknähme? Harry war sich nicht sicher, ob er Maja wirklich küssen wollte.

»Was soll denn das hier werden, wenn's fertig ist«, pöbelte Kieseritzky. »Romantisches Revival, oder was?«

Er stand auf einmal leicht schwankend vor ihnen und schubste die beiden Tanzenden, dass auch sie ins Schwanken gerieten. Harry und Maja lösten sich aus ihrer Umarmung.

»Komm, Kieseritzky, alles easy«, sagte Harry. Er löste sich von Maja, die immer noch einen Arm um ihn gelegt hatte.

»Nee, nä, Reinhard«, sagte sie. »Du hast ja mal wieder fast gar nichts getrunken. Ich hab das langsam satt. Echt.«

»Ja, und dir ist wohl gar nichts peinlich.« Kieso machte eine fahrige Handbewegung durch die Luft und setzte dabei sein dämlichstes Grinsen auf. »Harry hat es doch an der HFBK schon nicht gebracht.«

»Du bist so was von krank«, giftete Maja zurück.

»Du hattest damals doch nichts Eiligeres vor, als ihn zu verlassen.«

»D-d-deine Leuchttürme und die F-f-f-f-. … scheiße – deine Scheiß-F-Friesenhäuser mach ich dir mit links.« Warum, verdammt noch mal, musste Harry in den unpassendsten Momenten stottern.

»F-f-f-f«, ahmte Kieseritzky ihn nach und guckte angriffslustig.

Schlagartig stieg in Harry die Wut auf. Das Stottern machte ihn immer wütend. Er holte aus und langte ihm voll eine. Damals auf dieser Fete, als Kieso ihm Maja ausgespannt hatte, wollte er ihm schon eine scheuern. Diesmal überlegte er keine Sekunde. Er langte einmal kurz mit der flachen Hand in diese überheblich grinsende Fresse mit dem Fusselbart. Er war selbst ganz erstaunt. Und auch Kieseritzky hatte er noch nie so verdutzt gucken sehen, für einen kurzen Moment. Dann wollte er auf Harry losgehen. Aber Maja ging sofort dazwischen.

»Komm, sei du mal ganz vorsichtig.« Reinhard zeigte mit dem ausgestreckten Zeigefinger auf Harry. »Wir haben sowieso noch was zu bereden. Das ist dir klar. Oder?«

Kieseritzky war seine Schiffermütze in den Nacken gerutscht. Er guckte jetzt wirklich aggressiv, aggressiver noch als gestern bei der Schlägerei mit dem Fährmann von der W. D. R.

Bitte nicht, dachte Harry, nicht schon wieder eine Schlägerei. Er spürte von gestern noch immer sein Kinn, wo ihn die Faust des Fährmanns getroffen hatte.

»Reinhard, nicht jetzt«, sagte er.

»Was gibt es denn da zu glotzen«, pöbelte Kieseritzky den Chefarzt und seinen Pudel an. »Ihr habt doch keine Ahnung. Ihr blickt doch überhaupt nichts, ihr Schnösel. Aber auch gar nichts.«

Als der nächste Song einsetzte, zog Maja Harry ein Stück weg, um weiterzutanzen. Zunächst umarmte sie ihn nicht ganz so eng.

»Wir reden noch«, sagte Kieseritzky und schob mit seiner Bierflasche hinter dem weißen Anzug von Jackie her in Richtung Küche.

»Jaja, piekfeine Gesellschaft hier«, schimpfte er im Hinausgehen noch mal.

Als er verschwunden war, schmiegte sich Maja wieder an Harry und kreuzte die Arme hinter seinem Nacken. So tanzten sie schweigend eine ganze Weile. Die anderen Leute nahm er überhaupt nicht mehr wahr. Irgendjemand hatte die Lampe bei der Sitzgruppe ausgeschaltet, sodass nur aus dem Raum nebenan etwas Licht hereinfiel und von draußen durch die Gartenbeleuchtung. Der Andy Brehme in dem postgelben Pullover war nach dem hellen Marokkaner selig eingenickt. An die Fenster prasselten unaufhörlich dicke Regentropfen. Und dann schoben sie tanzend in einen kleinen, noch dunkleren Nebenraum. Eigentlich war es nur eine Arbeitsecke, die durch eine Bücherwand von dem anderen Zimmer abgetrennt war.

»Du bleibst heute hier«, flüsterte Maja ihm ins Ohr. »Oder?«

»Na ja, kann schon sein.«

»Bei dem Wetter?« Sie verzog ihre dunklen Lippen zu einem doppeldeutigen Lächeln.

Und dann war sich Harry nicht ganz sicher, ob sie ihn, bevor sie ihn fester an sich zog, ganz leicht aufs Ohr geküsst hatte. Er war jetzt erregt und erwiderte ihre Umarmung. Er fuhr ihr am Rücken unter das eng anliegende Shirt und spürte ihre Haut. Bei ihren Tanzbewegungen, die für die Musik jetzt viel zu langsam waren, rieben sich ihre Oberschenkel aneinander. Vorsichtig, aber unmissverständlich. Und dann küssten sie sich.

»Harry«, sagte sie. »Ist das wahr?« Er war auf alles vorbereitet. Nur darauf nicht.

»Ist was wahr?«

»Na, was wohl?« Sie reckte sich mit ihrem Mund ganz nahe an sein Ohr, dass es Harry vorkam, als schrie sie ihm ins Ohr. »Die Noldes … Warst du das? Echt?«

Es traf ihn wie ein Schlag. Er fühlte sich auf einmal stocknüchtern. Mit seiner Erregung war es abrupt vorbei. Doch automatisch machte er mit Maja im Arm weiter die wiegenden Tanzbewegungen. Er zog seine Hand unter ihrem Hemd heraus. In seinen Handflächen brach ihm der Schweiß aus. Er sagte nichts. Er wusste einfach nicht, was er sagen sollte. Aber sein Blick musste panisch sein.

»Du musst keine Angst haben. Was denkst du denn?« Statt des Verführerischen bekam ihre Stimme jetzt etwas Mütterliches, etwas zum Kotzen Mütterliches. »Wir können dir bestimmt helfen, die Bilder loszuwerden.« Sie löste ihre Umarmung etwas.

»Vor allem müssen wir sie erst mal in Sicherheit bringen. Wo hast du sie überhaupt?«

Was bildete Maja sich eigentlich ein? Erwartete sie, dass er ihr sagte »Ja, die liegen in meiner Pension in Nebel in dem Schrank mit dem Holzimitat. Lass sie uns doch jetzt einfach gemeinsam holen und verkloppen.« Warum hatte er sich nicht schon nach einem besseren Versteck umgesehen? Sonst würden sie bald entdeckt werden. Von Maja, von Kieseritzky, von seiner neugierigen Zimmerwirtin oder dieser aufdringlichen Silva Scheuermann. Er wollte jetzt möglichst schnell zurück nach Amrum. Aber wie sollte er das hier mit Maja und Kieso regeln?

Er konnte überhaupt nicht richtig denken. Sollte er Maja die Wahrheit sagen? Wie viel wusste sie überhaupt? Er entschied sich dafür, erst mal nur zuzugeben, dass er auf Amrum unter falschem Namen abgestiegen war. Er nannte ihr auch seinen neuen Namen, Harry Heide. Aber ohne es auszusprechen, hatte er damit den Nolde-Diebstahl eigentlich zugegeben.

Ein großer Teil der Partygäste, die Sylter Clique, war schon abgerauscht in ihren NF-Porsches. In der Küche mit den Einbauschränken im blau-weißen Friesenstil hingen die Rauchschwaden. Auf der Arbeitsplatte vor der Mikrowelle saß das Gypsy-Girl mit Pupillen so groß wie LPs. Die Föhnwelle der Blonden war etwas aus der Form geraten. Dezent lallend erklärte sie Jackie, wo es an der Côte d'Azur die beste Bouillabaisse gibt.

»Ach was, lieber 'ne schöne Seezunge bei Jörg Müller in Westerland«, polterte der Chefarzt dazwischen, der auf der Suche nach einem Korkenzieher war.

Harry hatte wenig Lust, mit Kieseritzky zu reden. Aber ohne ihn würde er heute Nacht nicht nach Amrum zurückkommen. Er ließ sich von ihm ein Bier reichen und zündete sich die letzte zerbeulte »Chesterfield« an, die er noch in der zerknitterten Packung hatte. Maja guckte kurz in die Küche und machte sofort wieder kehrt.

»Sag mal, kriegst du deine ›Elsa‹ noch in Gang? Oder bist du zu voll?«, fragte Harry eher unfreundlich.

»Alter, du hast absolut recht. Wir müssen hier raus aus diesem Spießerladen. Absolut«, lallte Kieso.

Harry bekam leichte Bedenken. Sonderlich fahrtüchtig wirkte Kieseritzky nicht mehr. Aber mit seinem alten Kutter, das sollte er doch noch hinbekommen.

»Ja, glotzt nicht so doof. Komm, Jackie, du bist doch auch 'n Spießer in deinem blöden ›Miami-Vice‹-Anzug.«

»Er meint das nicht so«, sagte Harry.

Das Zigeunermädchen vor der Mikrowelle setzte ein weggetretenes Lächeln auf. Jackie machte Anstalten, im Stehen einzuschlafen. Er schien zu müde, um einfach wegzugehen. So war er den Bouillabaisse-Geschichten der Föhnwelle hilflos ausgeliefert.

»Wirklich fantastisch!«, gähnte er immer wieder.

Gypsy-Girl ließ sich gemächlich von der Arbeitsplatte heruntergleiten. Ein Ohrring hing ihr in den Haaren. Selbst das Klimpern des Metallschmucks klang müder.

»Oh Lord, bin ich stoned«, sagte sie und schwebte aus der Küche heraus.

11

Die Wellen waren immer erst im letzten Moment zu sehen. Wenn sie schon da waren. Immer wieder wurde der Kutter auf einen Wellenberg gehoben, um dann mit einem Krachen in den nächsten herannahenden Brecher hineinzustürzen: Guschhh.

Die Stahlwanten ächzten mit jeder Bewegung des Schiffes. Sturmböen trieben den Regen in heftigen Schauern über das fleckig gestrichene Deck der Berg-und-Tal-fahrenden »Elsa«.

Ein Horizont war nicht auszumachen. Meer und Himmel waren eins. Das Wasser war tiefschwarz. Nicht einmal eine hellere Gischt war zu sehen. Der Leuchtturm von Hörnum, der sein Licht über sie hinwegwarf, war ganz nah. Nicht so weit entfernt gab es ein anderes Leuchtfeuer. Das musste der gedrungene Turm in den Dünen bei Norddorf sein. Und dann, auch durch die Regenwolken deutlich zu erkennen, die kreisenden Lichtkegel des Wittdüner Leuchtturms, die im Auf und Ab des Bootes über den Himmel schwankten. Die verrosteten Metallbeschläge, die die Wanten in dem Schiffsrumpf hielten, quietschten gegen den Sturm an. Kein Vogelgeschrei, nur das knarzende Metall, das vom Motorengeräusch unterlegte Wimmern der Sturmböen und das Aufschlagen des Kutters auf die Wellen. Guschhh.

Vielleicht hätten sie diese Nacht doch lieber auf Sylt bleiben sollen. Aber nachdem er ihn gefragt hatte, war Kieseritzky ganz wild darauf, in den Sturm rauszufahren.

»Übernimm mal das Ruder«, schrie Kieso und stupste einmal lässig den kleinen Metallhebel für das Gas nach vorn. Der Motor tourte etwas niedriger. »Ich muss mal kurz unten nach der Maschine gucken. Einfach nur den Kurs halten.«

»Wohin denn?« Harry wusste überhaupt nicht, woran er sich orientieren sollte.

»Meine Güte, einfach Steuer festhalten.« Reinhard grinste mitleidig und verschwand für eine Weile in dem kleinen Niedergang nach unten.

Die offene Holztür wurde durch den Sturm immer wieder gegen den Rahmen geschlagen. Aus dem Inneren der »Elsa« drang ein metallenes, leicht rachitisches Tuckern nach draußen. Ganz gesund klang das nicht. Immer wenn die Tür zum Unterdeck weiter aufschlug, wurde das Geräusch lauter.

Harry stierte gebannt durch die kleinen Scheiben des engen Steuerhauses, als könnte er irgendetwas erkennen. Nicht einmal der Bug der »Elsa« war richtig zu sehen, nur auf dem Deck vor ihm allerlei Krempel. Taue, ein Plastikeimer und Rettungsringe, über die ab und zu eine Gischt spritzte. Der Wind peitschte riesige Regentropfen gegen die abgerundeten Fenster und zwischendurch immer wieder ganze Wasserfontänen, die an den Scheiben herunterliefen, dass die Dunkelheit in Schlieren verschwamm. Das kleine Steuerhaus bot etwas Schutz. Aber beruhigend fand Harry das nicht.

»Alles klar«, brüllte Kieseritzky. Er übernahm das Ruder. Bestens gelaunt. Nur seine Gesichtsfarbe sah gar nicht gut aus.

»Ich hab mir Folgendes gedacht«, begann er, ohne Harry anzusehen und betätigte den Motorhebel, worauf das Tuckern schneller wurde. Der Kutter nahm nicht unbedingt mehr Fahrt auf, sondern klatschte nur heftiger auf die Wellen.

»Wir bringen die Bilder erst mal zu mir rüber in mein Atelier nach Rantum.«

»Von welchen Bildern redest du?« Harry wusste natürlich sofort, worum es ging.

Kieseritzky grinste. Seine Gesichtsfarbe ging leicht ins Grünliche.

»Die Sache muss sich erst mal beruhigen. Im Augenblick bist du in allen Zeitungen.«

Der Kutter stürzte in ein tiefes Wellental: Guschhh.

»Wenn keiner mehr davon redet, suchen wir in aller Ruhe einen guten Käufer. Ich hab mich mal informiert, was so ein Nolde jetzt wert ist. Das Ölbild dürfte bei einer guten Viertelmillion liegen. Hast du nicht irgendwelche Kontakte? Du hast doch mal einen falschen Ahlen verkauft. Damals.«

Er hatte nicht nur einen, er hatte mehrere Ahlen gefälscht und an einen Hehler verkauft. Es war am Ende ihres Studiums gewesen, und Albrecht Ahlen hatte ihn provoziert. In der Büroetage, in der Ahlen mit mehreren Leuten wohnte, wurde irgendein Geburtstag gefeiert.

Das Wohnatelier lag im alten Teil der Hamburger Innenstadt in einem der traditionellen Kontorhäuser mit riesigen Fensterfronten, ein großer und vor allem hoher Raum von zwei- oder dreihundert Quadratmetern. Es gab keine richtigen Wände. Die einzelnen Zimmer waren nur durch Stellwände abgetrennt, die oben offen waren. Hier hörte jeder alles, vor allem die Worte des großen Albrecht Ahlen. In der Küche, einem Raum mit hohen Fenstern zur Straße hin, stand verloren ein versiffter Herd, und in einer Ecke hing ein zu kleiner vergilbter Spülstein. An dem großen Holztisch mit billigen alten Küchenstühlen gab es eine lätschige Lasagne und Dosenbier von Aldi. Unter dem Beifall mehrerer seiner Jünger, Kieso war dabei und ein Galerist aus der Admiralitätsstraße, schwadronierte Ahlen über das Leben und erklärte den Schunkelhit ›Polonaise Blankenese‹ zur wahren Kunst.

»Hier fliegen gleich die Löcher aus'm Käse … Genial. Das ist der wahre Punk«, feixte er immer wieder. »Nur Harry hat es noch nicht mitbekommen. Was hörst du denn so? Keith Jarrett?«

Ahlen guckte überheblich. Und dann präsentierte er das neuste seiner wüsten, mehrere Meter hohen Bilder.

»Na, was sagst du?« Und dann zu den anderen: »Das kriegt Harald schon nicht hin, weil es nicht in seine Zweizimmerwohnung passt.«

Die Geburtstagsgesellschaft konnte sich vor Lachen über diesen müden Gag gar nicht wieder einkriegen. Kieseritzky, damals noch in schwarzem Rollkragenpullover und schwarzer Lederjacke, hatte besonders laut gelacht. Am schlimmsten war, dass Ahlen »Harald« gesagt hatte. Danach hatte Harry wütend auf die Schnelle gleich zwei Ahlen in seiner damaligen Phase gemalt und – die Farbe war kaum trocken – auch prompt verkauft. Der Zeitpunkt war günstig. Über Ahlen waren die ersten Kritiken in den großen Feuilletons erschienen, und Bilder von ihm waren knapp. Harry hätte einfach so weitermachen können. Aber er hatte dann doch Angst gehabt, ertappt zu werden. Und außerdem wollte er seine eigenen Bilder malen.

Kieso ließ das Steuerrad durch die Hände gleiten. Die »Elsa« drehte sich ein Stück quer. Das Schiff schnitt die Wellen jetzt an und kam vom Rollen in ein leichtes Stampfen.

»Das ist unsere große Chance«, schrie Kieseritzky gegen den peitschenden Regen an.

Was bildete dieses Arschloch sich eigentlich ein? Die ganze Geschichte nahm eine ungute Entwicklung, fand Harry.

»Wir verkloppen die Noldes. Und dann machen wir was Schnuckeliges in Kampen auf. Kleine Kneipe mit Galerie. Wir können malen, Harry. Und Maja brät uns frische Schollen. Ihr scheint euch doch immer noch ganz gut zu verstehen.«

Kieso drehte sich zu Harry um. Sein Grinsen erstarrte jetzt zu einer Fratze. »Übernimm du noch mal«, rief er und überließ Harry das Steuer. »Ich muss mal Vorpiek lenzen.«

»Bitte?«

»Pinkeln! Aber pass auf, dass wir die Wellen nicht zu sehr längsseits nehmen.«

Harry verstand kein Wort. Seine kaltgefrorenen Hände klammerten sich um das gedrechselte Holz des Steuerrades. Reinhard wankte nach draußen. Bei dem Seegang hatte er Mühe, sich auf den Beinen zu halten. Eine Hand an einer der Wanten, beugte er sich über die Reling. Draußen hatte er sich offensichtlich anders entschieden. Er schien über Bord zu kotzen. So genau konnte Harry das nicht sehen. Einen Moment stand er noch breitbeinig vor der Reling und stierte in die Wellen. Dann schwankte er zurück ins Steuerhaus. Kieseritzkys Gesicht hatte jetzt die Farbe von Entengrütze angenommen. Wie die der grellgrünen Flechten, die bei feuchtem Wetter zwischen Dünengürtel und Strand auf dem Kniepsand vor sich hin dümpelten. Eine Seite seines Kopfes war klitschnass. Der Fusselbart sah jetzt aus wie umgebunden. Darin hingen kleine rote Stücke von Erbrochenem, nicht rosa, sondern richtig rot. Nach Räucherlachs sah das eigentlich nicht aus.

»Scheiße, immer wieder Paprika«, stöhnte Kieso. »Egal, was du gegessen hast, beim Reihern kommt immer nur Paprika.«

Er stützte sich erschöpft auf einen kleinen Vorsprung neben dem Steuer und atmete heftig. »Diese Scheißseekrankheit! Das kann einem wirklich den ganzen Spaß verderben.«

Dann stürmte er schon wieder nach draußen, jetzt auf die andere Seite. Diesmal konnte Harry ihn besser sehen. Er hing ein Stück weiter oben Richtung Bug über der Reling. Aber hier wehten ihm die Paprikastücke erst recht in seinen dämlichen Bart. Seine Würgelaute übertönten das Heulen des Sturmes. Noch nie hatte Harry einen Menschen so kotzen sehen wie Kieseritzky in dieser stürmischen Nacht auf der »Elsa«.

»Mehr Backbord halten. Pass auf die Dünung auf!«, schrie Kieso, kotzte aber gleich die nächste Ladung in die Gischt.

Der kleine Kutter wühlte sich tapfer durch die meterhohen Brecher. Das Schiff schlug nicht mehr so heftig auf die Wellen auf. Dafür bekam es plötzlich eine bedrohliche Krängung. Harry wurde panisch. Er hatte keine Ahnung, wie weit sich das Boot auf die Seite legen durfte, ohne zu kentern.

»Backbord! Quer zur Dünung!«, schrie Reinhard.

Wo Backbord war, wusste Harry eigentlich. Aber in der Hektik kam er vollkommen durcheinander. Doch, die rote Schiffslaterne. Links. Oder? Er versuchte zu den Positionslichtern zu gucken, als ob die ihm sagen könnten, wo Backbord ist. Nein, kein Zweifel: Rot. Harry drehte das Steuer schwungvoll nach links, wie er das vorher bei Kieseritzky gesehen hatte.

Einen Moment, als die »Elsa« eine hohe Welle hinaufstampfte und oben auf dem Wellenberg angekommen war, ragte neben dem

Bug Kiesos Silhouette vor dem Himmel auf, der in diesem Moment von dem Lichtkegel eines Leuchtfeuers durchschnitten wurde.

»Nimm den Motor zurück!«, brüllte Reinhard, der sich mit Mühe an der Reling hielt.

»Wie? Was Motor?«, schrie Harry, sich kurz aus dem Steuerhaus herauslehnend, ohne dabei das hölzerne Rad loszulassen.

»Der Motorregler an der Seite. Neben dir!«, hörte er Kieseritzkys Stimme undeutlich gegen den aufheulenden Sturm.

»Verdammte Scheiße! Harry!«

Jetzt wusste er, was gemeint war. Der eher etwas unscheinbare Hebel seitlich vorn, den auch Reinhard eben bedient hatte. Mit einem kräftigen Griff zog Harry den kleinen Metallbügel zu sich heran. Im selben Moment nahm der gerade von einer Welle hinabstürzende Kutter mit einem heftigen Schwung noch mehr Fahrt auf. Das war ganz offensichtlich die falsche Richtung. Ganz schnell drückte Harry den Hebel nach vorn. Es gab einen heftigen Ruck. Und als könne er diesen Ruck, der durch das gesamte Schiff ging, nachträglich lindern, zog er den Maschinenhebel wieder ein Stück zurück. Mit einem Schwung klatschte das sich abdrehende Schiff auf eine

Welle. Das Steuerrad machte sich für einen Moment selbstständig und rotierte immer schneller werdend. Harry bremste das sich drehende Rad und hatte die »Elsa« sofort wieder auf Kurs.

Gischt spritzte gegen die Fenster des Steuerhauses, sodass er kaum etwas sehen konnte. Und auch über das Deck vor ihm flutete einmal kräftig das Wasser hinweg. Kieseritzky war nicht mehr zu sehen. Harry beugte sich nach vorn ganz dicht an die Scheibe. Von den Rettungsringen und dem anderen Krempel vor ihm triefte das Wasser. Aber Reinhard stand nicht mehr am Bug. Es war wie mit dem weißen Kaninchen in einer Zaubervorstellung: Erst war es da – und dann war es weg. Völlig verrückt.

Harry war für einen Moment wie gelähmt, bis sich die Szene vor seinem inneren Auge noch einmal abspielte, wie die Zeitlupenwiederholung bei einer Sportübertragung. Und dann begriff Harry schlagartig: Der kotzende Kieso, der Leuchtturmmaler Boy Jensen, war von Bord der »Elsa« gegangen. Unfassbar.

»Scheiße, Mann über Bord«, sagte er zu sich selbst. Er fühlte sich wie ein Akteur in einem Katastrophenfilm. Was war in so einer Situation zu tun? Harry hatte keine Ahnung. S.O.S.? Leuchtraketen? Funknotrufe? Er wusste nichts von der Seefahrt. Gab es auf der »Elsa« überhaupt ein Funkgerät? Harry riss an dem Motorhebel, um die Fahrt zu verlangsamen. Mit einer Plastikkiste klemmte er notdürftig das Steuer fest und rannte nach draußen. Er starrte in die dunkle stürmische See, in die Richtung, in der er Kieseritzky vermutete. In einer Hand hielt er einen der beiden Rettungsringe. Mit der anderen umklammerte er die mit roter Rostfarbe gestrichene Ankerwinde. Das Deck war grün gestrichen, Teile dazwischen braun. Kieseritzky, oder wer auch immer, hatte die Farbe genommen, die gerade da war. Das fiel Harry inmitten seiner Panik auf, als er nur kurz einmal zu Boden guckte, um zu sehen, dass er sicher stand. Dann suchte er wieder die Wellen ab. Erfolglos.

Rundherum nur Wasser. Land war nicht in Sicht. Und auch von Kieso war nichts zu sehen. Wo sollte er den Ring mit der großen Aufschrift »Elsa« hinwerfen? Wollte er ihn überhaupt retten?

Am Dach des Steuerhauses gab es einen großen drehbaren Suchscheinwerfer. Ein Kabel führte aus dem Scheinwerfer heraus und verschwand dann in der Wand zum Steuerhaus. Aber wo war der Schalter? Im Steuerhaus entdeckte Harry einen korrodierten Drehschalter, der auf die Holzverkleidung montiert war und gefährlich danach aussah, dass man sich einen Schlag daran holen konnte. Er drehte daran. Nichts passierte. Veränderte sich der Klang des Motors? Hörte er Hilfeschreie? Nein, das bildete er sich nur ein. Harry irrte planlos an Deck umher.

Bei dieser stürmischen See hatte er keine Chance, einen Ertrinkenden zu retten. Er wusste nicht mal, wie er das Schiff manövrieren sollte. Er musste jetzt sehen, dass er es selbst überhaupt schaffte. Letztlich war dieses blöde Arschloch Kieseritzky doch selber schuld! Harry stierte ins dunkle Wasser.

Zurück im Steuerhaus, versuchte er noch mal, so etwas wie eine Runde zu drehen. Um die Stelle herum, wo er vermutete, dass Kieseritzky über Bord gegangen war. Aber das machte er nur, um irgendetwas zu tun und sein Gewissen zu beruhigen. Dann konzentrierte er sich ganz auf das Schiffsmanöver.

Worauf musste er achten? Um die Tiefe machte er sich bei diesem hohen Seegang wenig Gedanken. Es war bestimmt Hochwasser.

Gestern Nacht zumindest etwa um dieselbe Zeit am Anleger in Steenodde war Hochwasser gewesen. Aber er musste wohl trotzdem aufpassen, dass er nicht irgendwo auf Grund lief. Sandbänke waren im Wattenmeer ein Problem, hatte er immer mal gehört. Gab es ein Echolot an Bord?

Wie sollte er jetzt überhaupt allein von dem Schiff an Land kommen? Und das bei diesem Wetter. Er wusste überhaupt nicht, wo er sich mit dem Kutter im Augenblick befand. Sylt hatten sie gleich am Anfang ein ganzes Stück hinter sich gelassen. Das Schiff kämpfte sich wahrscheinlich gerade ein paar Kilometer vor Amrums Küste den Kniepsand entlang. Erst mal musste er sich orientieren.

Er hatte zwar die Leine angenommen, als Kieseritzky ihn am Nachmittag an der Mole in Steenodde abgeholt hatte. Aber für ihn war es unvorstellbar, ein Anlegemanöver im Hafen hinzubekommen. Und was sollte er den Leuten überhaupt sagen, wenn er allein mit der »Elsa« auf Amrum anlegte? Er könnte einfach schildern, was passiert war. Er hatte keine Schuld, dass dieser Idiot über Bord gegangen war. Er müsste die Feuerwehr alarmieren. Oder … ja, die Polizei. Das war das Problem. Er bekäme es mit der Polizei zu tun.

Guschhh.

Wieder erwischte das Boot mit seinem ganzen Rumpf eine Welle. Aber das konnte Harry nicht mehr beeindrucken. Mit gleichmäßig rachitischem Rasseln zog der Kutter durch die aufgewühlte See. Das machte Harry Mut. Er steuerte jetzt auf einen Leuchtturm zu. Ein Punkt in der Dunkelheit, von dem aus die Lichtkegel weit ausholend ihre Kreise durch die Nacht warfen. Das war eindeutig das Wittdüner Leuchtfeuer. Aber wollte er da überhaupt hin?

Die Polizei konnte er jetzt nicht gebrauchen. Da war sich Harry ganz sicher. Die Gefahr, dass sie ihn und das Verschwinden von Kieso mit dem Nolde-Raub in Verbindung bringen würden, war zu groß. Und dann war da ja auch noch der tote Fährmann. Nein, den Kontakt mit der Polizei wollte er so lange wie möglich vermeiden. Irgendwie musste er an Land kommen. Und die »Elsa« musste gleichzeitig auf See bleiben. Untergehen? Oder irgendwo auflaufen? Aber auf keinen Fall mit ihm an Bord. Am besten, das Schiff wäre erst einmal verschwunden und sein Käpt'n Kieso mit ihm.

Dicht vor dem Kniepsand zwischen Nebel und Norddorf gab es Sandbänke. Vom Strand aus hatte er dort gestern Robben beobachtet. Wie wäre es, wenn er die »Elsa« dort einfach auflaufen ließ. Oder besser noch, er sprang von dem fahrenden Schiff auf eine der Sandbänke. Konnte er sich von dort an den Strand retten? Waren die Sandbänke bei diesem Wetter überhaupt zu sehen? Dort an Land zu kommen, war zumindest eine Möglichkeit. Davon war Harry jetzt überzeugt. Er redete es sich zumindest ein. In den Hafenanlagen von Wittdün oder Steenodde war es außerdem viel zu riskant, beobachtet zu werden.

Beherzt drehte er mit einem Schwung steuerbord und ließ das hölzerne Rad dabei durch seine Hände laufen. Fast routiniert kam er sich dabei auf einmal vor, wie er das wacker stampfende Boot in einem großen Bogen durch die hohen Wellen lenkte. Der Leuchtturm, der eben linksseitig gelegen hatte, warf sein Licht jetzt von rechts, steuerbord. Darunter meinte Harry den Strand zu sehen, ein unwirklich weißes Leuchten der Dünen in der Nacht. Wie eine Fata Morgana.

Stück für Stück lenkte er das Schiff näher an den Strand heran. Das brauchte eine ganze Weile. Er hatte heute einen Krabbenkutter gesehen, der recht nah am Ufer gelegen hatte. War er schon so nahe? Während er das Steuerrad mit der Linken hielt, suchte er seitlich durch die offene Tür des Steuerhauses das Wasser nach Untiefen und Sandbänken ab. Die Wellen waren nicht mehr ganz so hoch. Dafür geriet die »Elsa« in ein seitliches Schaukeln. Der Regen hatte nachgelassen, und auch der Sturm war nicht mehr ganz so heftig. Aber vielleicht lag es einfach daran, dass er sich dem Ufer näherte. So konzentriert er auch guckte, er konnte im Wasser keine Unregelmäßigkeiten erkennen. Aber das weiße Leuchten der Dünen wurde deutlicher.

Am besten sollte er einen der Rettungsringe mitnehmen, wenn er von Bord sprang. Er musste schnell reagieren, wenn die Sandbank da wäre. Er stellte die Fischkiste bereit, mit der er das Steuer festklemmen wollte. Und er legte sich einen Rettungsring zurecht.

Das Geräusch kam plötzlich wie ein Schlag und ging durch Mark und Bein. Krirrschkrr! Ein unheimliches Knirschen, das Schiff und Steuermann durchfuhr. Der Kutter kippte ein

Stück. Harry reagierte sofort. Er drehte das Steuer hektisch backbord und stemmte den Motorregler nach vorn. Die Maschine verschluckte sich kurz, hustete einmal kräftig, um dann in ein trommelndes Stakkato überzugehen. Das Knirschen wurde einen dramatischen Moment lang noch bedrohlicher. Krirrschkrr. Dann war es genauso schnell wieder vorbei. Der Kutter richtete sich auf. Das Schiff war wieder frei.

Jetzt sah Harry die weiße Gischt, die ganz offensichtlich die Sandbank anzeigte. Sand war nicht zu sehen. Aber er musste es hier versuchen. Er drosselte den Motor und steuerte an der vermeintlichen Sandbank entlang. Ganz vorsichtig, konzentriert horchend, näherte er sich der flacheren Stelle. Beim erneuten ersten leisen Knirschen machte er ganz schnell. Er lenkte leicht backbord, klemmte die Kiste unter das Steuerrad und schnappte den Rettungsring. Einen Sekundenbruchteil stand er noch wie erstarrt da. Aber dann nahm er Anlauf und sprang mit einem großen Satz steuerbord über die Reling in die Fluten.

Es konnte eigentlich keine große Höhe gewesen sein. Wie der Sprung von einem Einmeterbrett vielleicht, wenn überhaupt. Aber ihm kam der Flug deutlich länger vor. Für einen Moment schien es ihm so, als stände er in der Luft. Unter ihm das von einer Bugwelle des Kutters aufgewühlte, aber dennoch tiefschwarze Wasser. Und über der See am Horizont, jetzt ganz deutlich, die weiß leuchtenden Dünen. Es war wirklich wie ein Trugbild. Denn augenblicklich schlug das Wasser über ihm zusammen. Um ihn herum war auf einmal Eiseskälte. Er hatte keinen Boden unter den Füßen. Das Heulen des Windes und das Motorengeräusch waren plötzlich verstummt und einem dumpfen Grollen gewichen. Um ihn herum war alles dunkel. Aus seiner Kleidung heraus perlten Strudel kleiner Luftblasen nach oben.

Sein Herz schien kurz stehen zu bleiben und dann raste es. Harry bekam panische Angst. Der Auftrieb brachte seinen Kopf nach oben. Er schnappte hektisch nach Luft, einen Moment zu früh, sodass er etwas Wasser schluckte. Er drehte sich zu dem Kutter um, der sich bereits ein Stück entfernt hatte, als ihn eine erneute Bugwelle unter Wasser drückte. Nach Luft japsend tauchte er auf und suchte wassertretend nach Grund. Aber hier konnte er nicht stehen. Den Rettungsring hatte er verloren. Er trieb ein Stück weiter auf dem Wasser.

Harry war nie ein guter Schwimmer gewesen, aber jetzt fielen ihm die Schwimmbewegungen besonders schwer. Die Kälte lähmte sofort seine Muskeln, und die nasse Kleidung zog ihn nach unten. Er hatte seine gesamten Klamotten einfach anbehalten. Was hätte er sonst tun sollen? Sein Herz trommelte, und seine Arme und Beine widersetzten sich jedem Impuls. Ein Ufer war nicht mehr zu sehen, nur Wellen, die ihn auf und ab trugen, aber auch hinabzogen, sobald er mit den Schwimmbewegungen nachließ. Harry bekam Todesangst. Sollte das tatsächlich sein Ende sein? Sollte er hier elend in der kalten Nordsee ersaufen, wie sein ehemaliger Mitstudent und Nebenbuhler Kieseritzky vor nicht mal einer halben Stunde? Oder hatte der vielleicht sogar überlebt?

Brustschwimmend wurde Harry von einer Welle nach oben getragen, als wenige Meter vor ihm auf einmal Schaumkronen im dunklen Wasser aufblitzten. Die Welle brachte ihn mit einem Schwung ein ganzes Stück näher heran. Bevor die Brandung ihn wieder zurückzog, strampelte er mit den Beinen noch einmal nach Grund. Er hatte sofort Boden unter den Füßen. Es war gar nicht einfach, bei dieser Brandung in den nassen Klamotten aus dem Wasser herauszukommen. Doch dann stand er unerwartet mit dem ganzen Oberkörper im Freien. Mit den Armen rudernd, wühlte er sich weiter aus dem Wasser heraus. Mit jedem Schritt wurde es flacher. Dies musste tatsächlich die Sandbank sein. Sand war allerdings nicht zu sehen. Aber die Wellen brachen sich, fast so, als liefen sie auf den Strand auf. Harry watete jetzt durch knietiefes Wasser. Flacher wurde es nicht. Bei Hochwasser und erst recht bei Sturmflut wurde diese Sandbank offenbar überspült.

Die »Elsa« war währenddessen hinter ihm eine ganze Strecke in die See getuckert. Die Positionslichter, rot, grün und weiß, tanzten synchron in der dunklen See hin und her, auf und ab. Von der Erhebung der Sandbank aus war jetzt auch wieder der hell strahlende Dünengürtel zu sehen. Aber er war endlos entfernt. Harry konnte schwer einschätzen, wie weit es bis zum Ufer war. Er watete schneller durch das knietiefe Wasser, das nach einiger Zeit wieder tiefer wurde. Dann fiel die Sandbank steil ab, sodass er wieder schwimmen musste. Hundert Meter, zwei- oder dreihundert? Harry konnte es einfach nicht abschätzen.

Schon nach wenigen Zügen schoss ein Krampf in seine rechte Wade. Jede Bewegung schmerzte. Und nach mehreren Minuten hatte er nicht den Eindruck, dem Ufer merklich näher gekommen zu sein. Das Wasser war eiskalt. Er wechselte in die Rückenlage. Das ging mit dem Wadenkrampf besser. Über ihm zogen tief liegende Wolkengebilde hinweg. In der Ferne sah er die Positionslichter der »Elsa«, die Richtung Nordwest erstaunlich schnell kleiner wurden.

Er zwang sich zu gleichmäßigen Schwimmbewegungen, ohne sich dabei immer wieder umzudrehen. Harry hatte keine Ahnung, wie lange er so vor sich hin gerudert war, fast bis zur Besinnungslosigkeit. Als er sich wieder umdrehte, traute er seinen Augen nicht. Beinahe wäre er auf den Strand aufgesetzt. Erleichtert stapfte er aus dem Wasser. Er zitterte vor Kälte am ganzen Körper. Das Wasser floss in Strömen aus seinen Klamotten. Er versuchte, seinen Pullover und Anorak auszuwringen. Aber viel brachte das nicht. Seine Sachen hingen schwer wie Blei an ihm. In dem triefenden Anorak fühlte er seine Brieftasche und den eiförmigen Holzanhänger seines Zimmerschlüssels. Er schien beim Schwimmen glücklicherweise nichts verloren zu haben. Mit den nassen Sachen im Wind war es fast noch kälter als im Wasser. Um warm zu werden, begann er zu laufen.

Er wusste genau, wo er war. Das Norddorfer Leuchtfeuer lugte über die Dünen. Er musste jetzt nur den Strand entlanglaufen bis zu dem Aufgang in Nebel und dann durch die Dünen und das Wäldchen zurück in die Pension. Sein Fahrrad, das an der Mole in Steenodde stand, wollte er dann morgen früh abholen. Um diese Uhrzeit müsste er eigentlich unbemerkt in die »Nordseeperle« kommen, überlegte Harry. An Kopf und Oberkörper wurde ihm beim Laufen ein klein wenig wärmer. Aber die Gliedmaßen drohten ihm abzufrieren, in den Klamotten, die wie Eiswickel schwer an Armen und Beinen klebten.

Beim Betreten des Hauses bemühte er sich, ganz leise zu sein. Er schloss die Haustür auf. Der Eingang war beleuchtet, sodass er sich drinnen kurz an die Dunkelheit gewöhnen musste. Aber Licht wollte er im Flur nicht machen. Dass er erst jetzt nach Hause kam, musste keiner wissen. Aus dem Frühstücksraum leuchtete diffus das grüne Fluchtschild heraus. Auf der schmiedeeisernen Möwe mit Barometer lagen ein paar Lichtreflexe.

Ganz vorsichtig schlich er Stufe für Stufe vorbei an dem Sonnenuntergang, dem Wäscheklammer-Leuchtturm und den verblichenen Robben die Treppe hinauf. Bei jedem Schritt war ein schlüpfrig sattes Schmatzen in seinen durchnässten Sportschuhen mit den vollgesogenen Socken zu hören. Die schmutzig nassen Abdrücke aber, die ein Muster wie Krokodilleder hinterließen, fielen auf den bräunlich geflammten Fliesen gar nicht so auf, wie Harry befürchtet hatte.

Er hatte nur noch wenige Stufen vor sich, als sich wie aus heiterem Himmel die Tür des Zimmers »Seeschwalbe« öffnete und im gleichen Moment das Flurlicht aufflammte.

Harry schreckte zusammen. Aber er konnte jetzt nicht zurück. Von unten sah er zuerst nur das farbenfrohe Gewand: Stilisierte grüne, orange und braune Blüten auf knallgelbem Grund. In dem Umhang oder Morgenmantel, was immer es sein sollte, sah Silva Scheuermann-Heinrich aus wie die Botschafterin von Burkina Faso beim Neujahrsempfang.

»Ach, Sie sind es«, flüsterte sie, gar nicht verschlafen. Angesichts der vorgerückten Stunde wirkte sie vielmehr erstaunlich munter. Nur die Holzperlen in den Haaren hatte sie schon abgelegt.

»'n Abend«, sagte Harry. Als wäre die Situation das Selbstverständlichste der Welt. Er holte den Schlüssel aus seinem durchnässten Anorak. Ohne sie anzusehen drängelte er sich an dem Festgewand aus Burkina Faso vorbei und öffnete die Tür der »Eiderente«.

»Meine Güte, Sie sind ja völlig durchnässt«, sagte sie.

»Ja, grausames Wetter«, brummte er und zog die Tür schnell hinter sich zu.

Sofort darauf klopfte es wieder leise. Er öffnete die Tür einen Spalt.

»Jogitee mit Rum?«, flüsterte Silva Scheuermann und versuchte dabei lasziv zu gucken, was gründlich misslang.

»Bitte?«

»Jogitee mit Rum!« Sie hob die Augenbrauen hinter der roten Brille und drängelte sich mit ihrem afrikanischen Gewand halb in die Tür. »Das würde Ihnen jetzt guttun.«

»Danke«, zischte Harry, der jetzt ungemütlich wurde. »Ich will jetzt einfach nur ins Bett.«

»Sie müssen es ja wissen.« Ihr Flüstern ging jetzt schon wieder leicht ins Quäkende.

»Genau. Und jetzt würde ich mich gern hinlegen.« Harry drängte sie mit der Tür aus dem Zimmer heraus. »Wir wecken noch die anderen Leute auf.«

»Ich wollte nur nett zu Ihnen sein«, sagte sie und drehte sich beleidigt um.

Im Spiegel, im kalten Licht der in den Badezimmerschrank integrierten Neonröhre erkannte Harry sich kaum wieder. Sein Blick war hohl, die Lippen leicht bläulich und seine Nase kam ihm noch größer vor als sonst. Das nasse angeklatschte Haar sah aus wie aufgemalt. Ihm war, als guckte er auf sein eigenes Fahndungsfoto.

12

Den langen Bohlenweg bei Nebel durch die Dünen kennt er von damals. Auf dem gerade renovierten Holzsteg rollt Harry und Zoe eine Rentnertruppe mit Walkingstöcken entgegen. Die Senioren, alle in bunt gefleckten Sportklamotten, werfen beherzt die Arme nach vorn, den Griff des Stockes fest umklammert. Ein Stakkato der Stockschläge auf dem Holz zieht sich durch die Dünen, erstaunlicherweise ohne dass sich eine der Spitzen zwischen den Brettern verhakt. Im Vorbeimarschieren rufen ihnen alle nacheinander ein zackiges »Moin« zu.

»Morning«, lacht Zoe und zeigt ihre Zähne. Bald danach verliert sich das Klacken hinter der nächsten Düne im Gelächter der Möwen.

An dem Zeitungsladen in Nebel bleibt Harry stehen.

»Hier, guck dir das an. Bilder von Kieso.« Er drehte den Postkartenständer. »Der ganze Ständer voll mit Leuchttürmen von Kieso. Unglaublich.«

Vor der »Nordseeperle« steht wieder der Lieferwagen. Die Stühle mit dem Paul-Klee-Muster scheinen mittlerweile entsorgt. Aus dem Haus hört man das Kreischen einer Flex.

»Gibt es die Wirtin von früher noch?«, fragt Harry die stämmige Blonde um die vierzig, die nach einer Weile an die Tür kommt, nachdem er mehrmals ins Haus hineingerufen hat. »Frau … Boysen?«

»Meret is im Heim auf Föhr«, blafft die Blondine mit den roten Wangen ihn an und will schon wieder ins Haus zurück.

»Ich war früher mal hier.«

»Jo, aber Vermietung is im Augenblick nich. Sehen Sie ja.« Die Blonde ist groß, recht korpulent und ausgesprochen schlecht gelaunt.

Zoe, die ein paar Schritte hinter ihm neben einer Palette mit Waschbetonplatten steht, nimmt ihre Brille ab und guckt verwundert.

»Wir wollten auch gar kein Zimmer.«

»Ja, was denn?«

»Sie hatten ein Bild damals, als ich im Urlaub hier war. Wenn es das noch gibt und wenn Sie hier gerade beim Entrümpeln sind …«

Die Flex, die für einen Moment verstummt war, setzt wieder ein. »Ich versteh hier fast gar nix«, sagt sie missmutig, mit dem Kopf in Richtung des Baulärms deutend.

»Ich würde Ihnen das Bild gern abkaufen.«

Die Blonde guckt ungläubig, aber nicht mehr ganz so abweisend.

»Es war ein Bild mit Frauen in Tracht. Es heißt …« Harry muss einen Moment überlegen. »›Öömrang wüfen uun Öömrang‹ oder so ähnlich.«

»Ja, dat hing letzte Woche noch da oben.«

Harry fühlt seinen Puls steigen.

»Da muss ich mal nachfragen.« Sie dreht sich um. »Okke, wat ist mit dem Bild? Is wech, nä?«

Sie tritt einen Schritt zurück und beugt sich in eines der Zimmer. »Dat Bild von den Öömrangen.«

Als er einen flüchtigen Blick in den Flur wirft, glaubt Harry auf der Treppe die Fußspuren von seinem nächtlichen Besuch zu erkennen. Der Zeiger in dem Möwenbarometer steht bis zum Anschlag auf »Sehr schön«. Das Kreischen der Flex setzt für einen Moment aus. Im Hintergrund hört Harry eine Männerstimme, ohne ein Wort zu verstehen.

»Ja, die Trachten«, ruft die Blonde in den Nebenraum, bevor sie zum Eingang zurückkommt.

»War'n doch so Trachten?«, sagt sie zu Harry und mustert Zoe dabei von oben bis unten.

»Hat Heike genommen das Bild, nä?«, fragt sie noch einmal in den Raum hinein, aus dem es jetzt herausstaubt.

»Jo, hat Heike genommen«, sagt ein mit grauem Staub vollständig überpuderter Mann, der kurz aus der Tür hervorguckt. »Müsste Heike eigentlich noch im Laden haben.«

»Ja, dat müsste Heike eigentlich noch haben«, wiederholt die Frau schleppend.

»Und wo finden wir Heike?«, schaltet sich Zoe ein.

»Hüs Raan. Wieso?« Die Blonde guckt ungnädig. »Der Laden am Anfang vom Norderstrunwai. Kennen Sie nich?«

»Ja, dann werden wir da mal gucken«, sagt Harry genervt.

»Hat aber heute dicht.« Der blonde Besen muss immer das letzte Wort haben, denkt Harry. »Nämlich … Heike hat nur Mittwoch auf.«

»Haben Sie trotzdem schönen Dank.« Zoe muss lachen.

»Aber nur fünfzehn bis siebzehn Uhr«, trumpft die Blonde noch einmal auf.

Jetzt muss Harry auch grinsen, obwohl er eigentlich stocksauer ist.

13

»Sie sehn aber gar nich gut aus«, sagte Pensionswirtin Meret Boysen, als Harry am Morgen den Frühstücksraum betrat. Dabei guckte sie streng aus ihren wässrig graublauen Augen.

»Nordseeluft, soll Ihnen doch eigentlich guttun.«

Kein Wunder, dass ich fertig aussehe, dachte er. Er hatte es auf einmal mit zwei Toten zu tun. Dabei wollte er nur ein Bild klauen. Was mache ich hier eigentlich noch in dieser komischen Pension, fragte Harry sich.

»Ja, ich krieg wohl ’ne Erkältung«, sagte er. »Aber vielleicht bringt mich Ihr Kaffee ja wieder auf die Beine.«

Er fühlte sich tatsächlich gar nicht gut. Er hatte wenig geschlafen und wild geträumt. Die Putzfrau aus dem Nolde-Museum und der Fährmann hatten wieder Shantys gesungen.

»Oh blow, my boys, and blow forever. Oh blow me down to the Congo River.«

So viel Englischkenntnisse hatte Harry den beiden gar nicht zugetraut. Und diesmal war noch ein Dritter im Bunde. Reinhard Kieseritzky hatte sich ihnen angeschlossen. Einträchtig mit dem W. D. R.-Mann und der Putzkraft, die sie in die Mitte genommen hatten, schwankten sie ihm singend entgegen. »Blow, blow boys, blow.«

Harry fühlte sich fiebrig. In der Nacht war er noch vor Kälte zitternd aufgewacht. Das durchgelegene Bett hatte wie ein Schiff geschwankt. Unablässig waren ihm die Gedanken durch den Kopf gewirbelt. Hatte er Schuld an Kieseritzkys Tod? Immerhin hatte er den Regler für den Schiffsmotor so plötzlich umgelegt. Wäre Kieso ohne diesen Ruck gar nicht über Bord gegangen? Zugegeben, er wollte ihn nur zu gerne loswerden. Aber doch nicht gleich umbringen!

Ob der Kutter wohl irgendwo gestrandet und Kieseritzky schon gefunden worden war? Er musste unbedingt am nächsten Morgen das Fahrrad in Steenodde abholen. Und dann sollte er endlich an seine Abreise denken? Mit diesen Gedanken war Harry dann schließlich doch noch mal eingeschlafen.

Morgens sah er zunächst einmal nach den Bildern. Die Rot- und Blautöne des Aquarells mit dem ›Seltsamen Paar‹ hatten eine unglaubliche Leuchtkraft in dem diffusen Morgenlicht, das im Raum lag. Das Wetter draußen wirkte freundlich. Aber das Fenster war beschlagen wegen der feuchten Sachen auf der Heizung. Als er die ›Feriengäste‹ aus dem Schrank herausnahm, bekam Harry einen Schreck. Er hatte das unbestimmte Gefühl, dass die Neckermann-Tüte anders im Schrank stand, als er sie hineingestellt hatte. Er hatte immer darauf geachtet, dass die Plastiktüte oben verschlossen war. Und jetzt war die Tüte offen! Es musste jemand an dem Schrank gewesen sein! Frau Boysen? Wer sonst. Er hatte den Schrankschlüssel gestern nicht mitgenommen, sondern im Zimmer gelassen, versteckt hinter einem der Bettpfosten. Dort musste die Pensionswirtin ihn entdeckt haben.

Er musste die Bilder unbedingt besser verstecken. Nur wo? Immer wieder hatte er das Zimmer nach einem möglichen Versteck abgesucht: Die Tapete mit dem Fachwerkmuster, das durchgelegene Doppelbett und den monströsen Kleiderschrank mit dem Kunststofffurnier im Holzmuster. Mehr Möbel gab es nicht. Mehr hätten in das kleine Dachzimmer beim besten Willen auch nicht hineingepasst.

Dann war sein Blick an dem großen Ölbild über dem Bett hängengeblieben. Es zeigte drei Frauen in friesischer Tracht, beim Kirchgang oder so. Alle drei guckten noch strenger als Pensionswirtin Meret Boysen. Harry hatte das Bild von der Wand genommen. Es war tatsächlich auf Leinwand gemalt. Das wäre eine Möglichkeit. Hinter den drei Friesinnen könnte er zumindest die ›Feriengäste‹ verstecken. Die Aquarelle wären ebenso gut in einem DIN-A 4-Umschlag aufgehoben, den er zusätzlich in eine Zeitschrift steckte. Aber das Ölbild könnte er auf der Rückseite der Leinwand mit den »Amrumerinnen« mit Klebeband befestigen und dann vorsichtshalber vielleicht noch mit Zeitungspapier überkleben. Gleich nach dem Frühstück wollte er sich Kreppband oder Ähnliches besorgen. Das sollte es in dem Zeitungsladen in Nebel doch sicher geben.

Im Frühstücksraum wurde angeregt diskutiert. Lauter als sonst. Harry hörte das, als er die Treppe herunterkam. Er bekam die Worte »Fährmann« und »Gemälde« mit. Langsam holten die Ereignisse ihn ein. Wenigstens war auf den gefliesten Stufen von seinen Fußabdrücken aus der letzten Nacht nichts mehr zu sehen, nicht die geringste Spur eines Krokodilmusters. Frau Boysen hatte offensichtlich frühmorgens gleich die Treppe gewischt.

Die anderen Gäste saßen alle bereits beim Frühstück. Er war wieder der Letzte.

»Auch wieder 'n Eichen, Herr Räräh. . .«

Harry verneinte.

»Na, aber Kaffee trinken Sie ja wenigstens.« Meret Boysen kam auf ihren quietschenden Gesundheitsschuhen mit einer frischen Thermoskanne.

»Schläft gern 'n bisschen länger, unser junger Mann.«

»Dann verpassen Sie aber alles!«, rief ihm der dicke Hans-Peter zur Begrüßung entgegen, der wieder eine Zeitung vor der Nase hatte. Heute war es nicht die ›Bild‹-Zeitung, sondern der ›Inselbote‹, glaubte Harry zu erkennen.

Der Raum war lichtdurchflutet. Das »Haus des Gastes« und das Wattenmeer dahinter lagen im grellen Gegenlicht. Als er zu Silva Scheuermann-Heinrich guckte, begegnete er sofort ihrem Blick.

»Na, der Tee hätte Ihnen gestern Nacht doch noch gutgetan«, sagte sie mit ihrer quakigen Stimme.

Sie saß hinter einer Müslischale in ihrem

Karibikkleid von gestern und starrte Harry an. War ihr Blick noch penetranter als sonst? Ahnte sie etwas? Aber eigentlich guckte sie immer so.

»Verpasst?«, fragte Harry. »Was denn?«

»Der Hubschrauber ist schon zweimal hier rübergeflogen«, sagte Hans-Peter stolz.

»Jaja, zweimal«, bestätigte seine Mutter und blinzelte hinter ihrer verkehrt herum aufgesetzten Brille gegen die hereinfallenden Sonnenstrahlen. »Die suchen wahrscheinlich den Seemann, der vermisst wird. Ist in der Zeitung. Hans-Peter, zeig doch mal.«

Das Sonnenlicht spiegelte sich auf dem Kasten mit dem Reliefbild, sodass die »Kaiseryacht Hohenzollern« auf der gespachtelten See nur zu erahnen war.

»Nee, Mutti, die vermuten, das hat mit den geklauten Bildern zu tun.« Der Dicke legte sein Wurstbrötchen beiseite. Er blätterte die Zeitung um und reichte sie Harry. »Hier, falls es Sie interessiert.«

Silva Scheuermann schlürfte demonstrativ ihren Fencheltee. »Wir mussten es auch schon alle lesen.«

Harry meinte ein flüchtiges Lächeln bei ihr zu erkennen.

»Führt die Spur auf die Inseln?«, fragte die Überschrift eines längeren Artikels. Es war tatsächlich der ›Inselbote‹. Das Foto darüber zeigte die Putzfrau aus dem Nolde-Museum, Imke Quarg (47), die auf den leeren Platz im »Bildersaal« deutete, an dem die ›Feriengäste‹ gehangen hatten. Dabei guckte sie ähnlich blöd wie bei dem Einbruch. Und sie sah auch erheblich älter aus als siebenundvierzig.

Harry überflog den Artikel. Ihm wurde noch wärmer. Er wusste nicht, ob es an dem Zeitungsartikel, seinem nahenden Infekt oder dem überheizten Frühstücksraum lag. Nur seine Beine in den klammen Jeans waren eiskalt. Der Bericht konstruierte einen Zusammenhang zwischen dem Nolde-Raub und dem Verschwinden des Fährmanns. Der ›Inselbote‹ ging allerdings davon aus, dass der W. D. R.-Mann an dem Diebstahl beteiligt war. Auf Harry gab es, soweit er auf den ersten Blick sehen konnte, keine Hinweise. Die Buchstaben begannen vor seinen Augen zu flimmern. Schließlich gab er die Zeitung dem dicken Hans-Peter zurück. Allzu großes Interesse durfte er auch nicht zeigen. Er wollte sich nachher selbst eine Zeitung kaufen und den Artikel in Ruhe lesen.

Meret Boysen stürmte in den Frühstücksraum. Bei dem höheren Schritttempo knarzten ihre Schuhe nicht mehr.

»Da ist noch einer verschwunden«, sagte sie entrüstet und auch ein bisschen abschätzig, »irgend so 'n Maler von Sylt. Hat er eben im Radio gesacht.«

Das eiförmige Gesicht war jetzt leicht gerötet. »Das hat's hier auch noch nie gegeben.«

Also musste Maja Kieseritzky als vermisst gemeldet haben, gestern Nacht noch oder gleich heute Morgen. Wenn die Polizei nach ihm suchte, müssten sie wahrscheinlich auch bald bei Harry aufkreuzen. Dass er die Party gemeinsam mit Kieso verlassen hatte, dafür gab es etliche Zeugen. Er war der Letzte, der ihn lebend gesehen hatte.

»Wir bekommen ja richtig was geboten in unserem Urlaub«, witzelte Mutter Wiese.

»Na ja, Mutti, wenn jemand denn auf einmal weg ist. Ist für die Betroffenen wahrscheinlich nicht so lustig.«

»Jaja, schrecklich.«

»Der soll gestern spät mit seinem Boot noch mal rausgefahren sein. Wohl mit 'm Freund zusammen«, sagte Meret Boysen. Dabei hielt sie die Thermoskanne wie eine Pistole auf ihre

Gäste gerichtet, jederzeit bereit zum Nachschenken.

»Der Hubschrauber is schon zweimal hier rüber«, wiederholte der Dicke zu Harry gewandt.

Silva Scheuermann verdrehte die Augen hinter ihrer Brille. Jetzt lächelte sie Harry eindeutig an. Sie versuchte mit ihm zu flirten. Nach ihrer Begegnung nachts im Flur tat sie ihm gegenüber unangenehm vertraulich.

Die Brötchen quietschten auf dem Teller noch penetranter als gestern. Besonders wohl hatte er sich schon die letzten Tage im Frühstücksraum der »Nordseeperle« nicht gefühlt. Aber heute wurde es richtig ungemütlich. Aus Verlegenheit drückte er mit dem Fingernagel kleine Rillen in die geschäumte Plastikdecke, während er mit einem pappigen, geschmacksneutralen Käsebrötchen kämpfte. Er hatte richtige Halsschmerzen. Das Kribbeln in Rachen und Nase wurde nicht besser. Eine Erkältung konnte er jetzt überhaupt nicht gebrauchen. Am liebsten hätte er sich auf der Stelle einfach ins Bett gelegt und die Decke über den Kopf gezogen. Aber Harry hatte wichtige Dinge zu erledigen. Er war jetzt fest entschlossen, die Insel möglichst schnell zu verlassen. Er wollte noch sein Fahrrad holen, sich nach der nächsten Fähre erkundigen und sich dann mit seinen Bildern aus dem Staub machen.

»Und wat is mit Ihren Krabben?«, rief Frau Boysen ihm hinterher. »Ich hab ja noch Ihre Krabben im Kühlschrank.« Und das klang jetzt richtig vorwurfsvoll.

Auf dem Anleger in Steenodde ging es ebenfalls hoch her. Es stürmte immer noch. Die Leute vor dem »Steuerhaus«, die in den letzten Tagen friedlich auf Krabben und Fisch gewartet hatten, redeten erregt durcheinander. Harrys Fahrrad stand noch da, wo er es gestern angeschlossen hatte. Er holte das Rad und stellte sich in der Schlange an, die heute erheblich länger war als in den vergangenen Tagen und erstaunlich ungeordnet.

Harry wollte diesmal gar keinen Fisch. Aber er war neugierig. Da war offensichtlich etwas passiert. Es waren wieder dieselben Leute wie in den letzten Tagen, aber auch ein paar andere. Der Typ mit den Mäusezähnen war natürlich wieder dabei.

»Der sah schlimm aus«, sagte der Mann, der vorgestern noch in seinem Opel auf der Mole gewartet hatte. Heute lief er zusammen mit einem anderen aufgeregt auf dem Anleger herum, während sich ihre Frauen bemühten, in der ungeordneten Reihe die Stellung zu halten.

»Ganz schlimm. Haben Sie ihn auch gesehen?«, fragte der Mann.

»Ja, natürlich, ich komm ja grad von Wittdün«, antwortete die Frau mit dem Plastikeimer, die Harry für eine Amrumerin hielt.

»Ach so.«

»Ich mochte gar nicht hingucken«, sagte eine Rentnerin mit einer durchsichtigen Regenhaube auf dem Kopf. »Der eine Arm war ja fast wie abgerissen. Und dann das Gesicht, furchtbar. Die eine Seite war ja praktisch ... ja, wie soll man das beschreiben?«

»Wahrscheinlich die Seevögel«, sagte der Opelfahrer.

»Ach wat, der ist doch nur 'n paar Stunden im Wasser gewesen«, protestierte die Amrumerin mit dem Plastikeimer. »Wan da mööwe deerbai gunge, dåt schucht oners üt ... Die gehen erst mal an die Augen. Das hier sah mir eher nach Schiffsschraube aus.«

»Hör'n Sie bloß auf!«, juchzte die Regenhaube.

Auch Harry wurde ganz weich in den Knien, als er sich Kieseritzky in der Motorschraube vorstellte. Außer ihm waren offensichtlich alle in Wittdün dabei gewesen, als der tote Kieso von einem Polizeiboot an Land gebracht worden war.

»Der Kutter ist vor Sylt aufgelaufen«, schaltete sich der Typ mit der gelben Brille ein. »Und ihn haben sie drei Seemeilen davon entfernt an der Nordspitze gefunden. Ist doch seltsam.« Er sprach übertrieben deutlich in leichtem Ruhrpott-Dialekt: »Nordspiiitze« und »gefuuunden«.

»Wieso, der is bei voller Fahrt von Bord gegangen.« Die Amrumerin verzog keine Miene. »Und dass sie den so schnell gefunden haben, is reiner Zufall.«

»Die haben doch gesagt, das waren Spaziergänger, die ihn an der Nordspitze gefunden haben«, sagte der Rentner von gestern mit dem Stoffbeutel.

»Lag so ein kleines Stück draußen im Watt. Die dachten zuerst, das wär 'ne Kegelrobbe.«

Offensichtlich war Kieseritzky, nachdem er von Bord gegangen war, tatsächlich in die Schiffsschraube der »Elsa« geraten. Harry glaubte, sich jetzt sogar an ein unregelmäßiges

Geräusch des Motors zu erinnern. Oder lag das Stottern der Maschine nur daran, dass er in der Hektik den Motorregler mehrmals hin und her gerissen hatte?

Danach musste der tote Kieso von der Strömung ein ganzes Stück nach Norden getrieben worden sein. Doch so genau wusste Harry gar nicht, wo er über Bord gegangen war. Diese ganze Nacht kam ihm sowieso völlig unwirklich vor. Wie ein dunkler böser Traum. Er zündete sich eine Zigarette an und blies den inhalierten Rauch in die Seeluft. Trotz der Erkältung schmeckte ihm die Zigarette. Und er hatte das Gefühl, dass die Nase freier wurde.

»Vor drei Tagen sind in Seebüll vier Noldes gestohlen worden«, dozierte der Ruhrpott-Typ mit den Mäusezähnen. »Das is doch kein Zufall.«

»Vier was bitte?«, fragte der Rentner mit dem Stoffbeutel.

»Er meint die Bilder. Sie meinen doch die Bilder?«, sagte der Ehemann der Regenhaube.

»Ja, natürlich, vier Noldes. Kennen Sie das Museum nicht? In Seebüll? Das gehört für mich einmal im Jahr zum Nordseeurlaub immer dazu.«

»Ach so«, sagte der Opelfahrer abwesend freundlich.

»Brutaler Raub soll das gewesen sein«, trumpfte der Ruhrpottler noch einmal auf.

Brutaler Raub? Ist doch lachhaft, dachte Harry. Aber er sagte natürlich nichts. In dem Moment guckte die Ratte ihn durchdringend an. Zumindest kam es ihm so vor.

»Die vom Polizeiboot haben gesagt, da soll wohl ein Kommissar aus Kiel kommen, der den Todesfall untersucht«, sagte die Amrumerin mit dem Eimer. »Is eben noch mit der letzten Fähre gekommen.«

»Wieso l-letzten Fähre?«, fragte Harry, der sich zu seinem eigenen Erstaunen jetzt in die Unterhaltung einschaltete.

»War die einzige heute. Fährverkehr is eingestellt. Wegen dem Sturm.«

Harry wurde ganz anders. Er und seine Bilder saßen hier auf dieser verdammten Insel fest. Er hatte keinen Schimmer, wann die Fähre wieder fahren würde.

»Morgen oder übermorgen fährt die Fähre schon wieder«, meinte die Amrumerin. »Wenn das nich doch noch 'ne Sturmflut wird.«

Harry fand das alles andere als beruhigend.

»Fisch gibt es heute wieder nicht«, sagte die

Fischersfrau, bevor sie eine magere Krabbenkiste auslud. »Bei dem Wetter gestern war er nur ganz kurz nachmittags draußen.«

Der Typ mit der gelben Brille, der auf einmal wieder als Erster in der Reihe stand, blinzelte in die Sonne und zeigte dabei seine spitzen Zähne. Harry schwang sich auf sein Hollandrad und radelte am Watt nach Nebel zurück. Die Sonne schien immer noch. Aber über Föhr hing schon wieder eine dunkle Wolke, in den blauen Himmel zerlaufend wie auf einem Aquarell. Darunter über dem helleren Horizont waren die senkrechten Streifen eines Regenschauers zu erkennen. Der kalte Wind kam direkt von vorn. Im dritten Gang und mit der Erkältung in den Knochen kam er über Schritttempo kaum hinaus. Im Zeitungsladen erstand er ein Klebeband, einen DIN-A 4-Umschlag und den ›Inselboten‹ von heute.

Harry musste den Artikel über den Nolde-Diebstahl sofort noch einmal lesen. Die ersten beiden Seiten hatte das aktuelle Sturmtief besetzt. Dass auf der Promenade in Wyk auf Föhr ein Pudel samt seinem Frauchen fast von einem herumfliegenden Strandkorb erschlagen worden war, war hier wichtiger als der

Kunstdiebstahl auf dem Festland. Aber auf der dritten Seite glotzte ihm sofort Putzfrau Quarg entgegen.

Bei dem Wind war es gar nicht einfach, zu lesen. Durch eine Bö wurde die Zeitungsseite immer wieder umgeschlagen. Irgendwelche Hinweise auf ihn gab es tatsächlich nicht. Der ›Inselbote‹ nahm die Behauptung des ›Hamburger Abendblattes‹ auf, dass hinter dem Raub ein größerer Kunstdealerring steckte. Außerdem wurde eine Verbindung zu dem Fährmann der W. D. R. konstruiert, der als Kurier oder sonstiger Handlanger fungiert haben sollte. Harry fand diese Spekulationen ganz beruhigend.

Im Zeitungsladen ließ er sich Kleingeld zum Telefonieren herausgeben. Er suchte aus seiner Anoraktasche die Nummer heraus, die ihm Kieseritzky vorgestern gegeben hatte. Maja war sofort nach dem ersten Klingelton dran.

»I-i-ich bin's, Harry.«

»Harry, du lebst. Gott sei Dank.« Sie wirkte richtig erleichtert, ihn zu hören. Als hätte sie gar nicht mehr damit gerechnet, dass er die letzte Nacht überlebt hatte. »Meine Güte,

Harry, was ist passiert? Wo bist du überhaupt?«

»Auf Amrum.« Harry mochte nicht allzu laut sprechen. In Nebel gab es keine richtige Telefonzelle. Nur diesen offenen Münzfernsprecher mitten im Ort, eine Plastikschale, in der der Apparat hing und die beim Telefonieren den Oberkörper halb umschloss.

»Weißt du schon, dass sie Reinhard tot aufgefunden haben?«

»Ja, ich hab es grad eben gehört. Maja, wie schrecklich.«

»Harry, was war los? Ihr seid doch zusammen rausgefahren?«

»Ja. Kieso war ja nicht davon abzubringen. Es war ein wahnsinniger Sturm. Aber irgendwie haben wir es geschafft. Er hat mich auf A-Amrum abgesetzt und ist dann weiter.«

Die Wahrheit konnte er Maja ja schlecht sagen.

»Aber, sag mal, es war doch Wahnsinn, bei dem Wetter gestern rauszufahren. Ich hab das auf der Party gar nicht so mitbekommen.«

»Mir war das erst auch nicht klar.«

Es entstand eine kurze Pause.

»Er hat in letzter Zeit oft so abgedrehte Sachen gemacht«, sagte Maja leise. »Mit seiner

Malerei war er auch nicht glücklich. Die meisten Bilder ... Ach, das erzähl ich dir ein andermal. Und mit seiner Trinkerei wurde es immer schlimmer.«

Sie sah das erstaunlich abgeklärt, fand Harry. Das machte es ihm etwas leichter.

»Das muss jetzt alles schrecklich für dich sein. Aber, Maja, ich muss das wissen. Hast du schon mit der Polizei gesprochen?«

»Natürlich. Ich hab Reinhard ja vermisst gemeldet.«

»Mich wird die P-Polizei dann wahrscheinlich auch sprechen wollen.« Harry drehte sich in der Kunststoffschale des Fernsprechers nach beiden Seiten, um sich zu vergewissern, dass ihn niemand hörte.

»Mit Sicherheit. Ich hab denen ja gesagt, dass Reinhard mit dir zusammen die Party bei Konerdings verlassen hat, um dich nach Amrum rüberzubringen.«

»Weißt du noch, was wir gestern besprochen haben?«

»Harry, was meinst du?«

»Was hast du der Polizei gesagt, wie ich heiße?«, flüsterte er. Durch die Plexiglasscheibe des Fernsprechers beobachtete er ein vorübergehendes Paar und ein Stück dahinter einen einzelnen Mann: den Oberlehrer mit der gelben Brille. Harry drehte sich schnell weg.

»Harry Heide. Ist doch richtig? Oder? Ich war mir nicht mehr ganz sicher.«

»Ja.« Er war schon etwas beruhigter. »Und, Maja, noch was. Du hast natürlich recht gehabt mit den Nolde-Bildern. Kann ich mich darauf verlassen, dass du das für dich behältst?«

»Was denn für Nolde-Bilder?«, fragte Maja mit gespielter Arglosigkeit.

Dann sagte sie ihm noch, dass sie heute nach Amrum kommen würde, um den toten Reinhard zu identifizieren. Und ob sie sich nicht kurz sehen könnten. Sie würde sich in seiner Pension melden.

Danach wählte Harry noch einmal seine eigene Telefonnummer in Hamburg. Er wollte nach etlichem Klingeln gerade wieder auflegen. Dann wurde doch abgenommen. Diesmal war Ingo Warncke dran.

»Harry, weißt du, wie spät es ist?«

»Komm, es ist gleich elf.«

»Was gibt es denn so Wichtiges? Sag mal, wo steckst du überhaupt?«

»Ich hab da eine lukrative Sache laufen.

Aber es ist besser, du weißt jetzt nicht mehr. Ich erzähl dir das später.«

Harry wusste, dass Ingo Warncke eine Schwäche für nebulöse halblegale Unternehmen hatte. Er erklärte ihm, dass er den alten Kadett erst mal abschreiben müsste. Das war offensichtlich kein Problem.

»Mach dir keinen Kopf um die Kiste«, nuschelte Ingo und dann etwas munterer: »Harry, hau rein. Wenn die Sache klappt, an der du dran bist, dann machen wir ein großes Essen, und du spendierst uns 'ne Kiste Barolo.«

»Ich wusste, dass ich mit dir rechnen kann. Und grüß … äh … Francesca.« Harry wurde allmählich etwas lockerer.

»Francesca, ich sag's dir, die verschlägt dir die Sprache. Echt.«

Als Harry gerade auflegen wollte, rief Ingo noch: »Und vergiss nicht, du bist zwei Mieten im Rückstand.«

Die Telefonate hatte er hinter sich. Jetzt musste er sich um die Noldes kümmern. Einen Moment lang glaubte Harry, alles im Griff zu haben. Sogar die Halsschmerzen schienen weg zu sein. Aber im nächsten Augenblick hatte er wieder den Eindruck, die ganze Sache wachse ihm über den Kopf. Seine Stimmungen wechselten ständig.

Als er auf dem Fahrrad aus dem Uasterstigh in den kleinen Nebenweg zur »Nordseeperle« einbog, sah er sofort das Auto vor der Tür stehen. Er war durch die Leute auf dem Anleger in Steenodde natürlich auch vorgewarnt. Es war ein Riesenschlitten in Burgunderrot mit Kieler Kennzeichen. Ein Ford »Scorpio«. Das musste der Kommissar sein. Und er kam seinetwegen, da war er sich sicher.

Er wusste gar nicht warum. Er trat in die Pedale und radelte auf dem Sandweg Richtung Watt an der »Nordseeperle« vorbei. Im Vorbeifahren warf er einen kurzen Blick zum Haus. Da war nichts Auffälliges zu sehen. Irgendwann musste er mit dem Kommissar aus Kiel reden. Aber nicht jetzt. Erst mal wollte er seine Gedanken ordnen.

Ziellos radelte er ein Stück Richtung Norddorf. Er lehnte sein Rad gegen einen Zaunpfahl. Fast der ganze Himmel über dem Wattenmeer war jetzt tiefschwarz, das Wasser darunter türkisblau. Zwei Zaunpfosten weiter thronte eine Uferschnepfe mit einem langen Bein auf dem Zaun. Und auf dem Watt standen Austernfischer, ein ganzer Schwarm in Reih und Glied, alle den langen roten Schnabel gegen den Wind gestreckt. Als Harry von dem Weg ein paar Schritte herunterging, flogen erst ein paar Vögel und dann auch alle anderen auf. Die schwarz-weißen Muster ihrer Flügel flatterten kurz auf gegen den Wind. Dann ließen sie sich ein Stück mit ihm wehen und alle gemeinsam, die Schnäbel nach Norden gerichtet, wieder im Watt nieder.

Er drehte noch eine kleine Runde durch den Ort. An dem Friedhof mit den alten Walfängergrabsteinen vorbei und an dem alten Friesenhaus von Peer Schmidt mit dem geschwungenen »P« und dem »S« über dem Eingang hinter der akkurat geschnittenen Ligusterhecke. Aus dem dunklen Himmel fielen vereinzelt ein paar dicke Regentropfen.

Jetzt war der rote »Scorpio« vor der Pension verschwunden. Drinnen lief wieder irgendwo der Staubsauger. Doch Harry hatte die Haustür kaum hinter sich geschlossen, als das Geräusch mit einem langgezogenen Seufzer aussetzte. Im Flur, kurz vor dem Möwenbarometer erwischte ihn Frau Boysen, die plötzlich aus dem Fernsehraum herauskam.

»Herr Heide!«, rief sie ihm hinterher. Zum ersten Mal sprach sie ihn mit richtigem Namen an. Das heißt, natürlich mit dem falschen.

»Grad eben noch war die Polizei da. Für Sie!«

»Die Polizei?« Harry ließ das Klebeband in der geknickten Zeitung verschwinden.

»Ein Kommissar aus Kiel. Aber Hark Tadsen war auch dabei.« Der Polizeibesuch hatte Meret Boysen etwas durcheinandergebracht. Ihr Gesicht unter dem Haarkranz zeigte hektische rote Flecken.

»Wissen Sie, Herr Heide, das haben wir hier auch noch nie gehabt. All die Jahre nich.«

Dass die Pensionswirtin so verstört war, beruhigte Harry sogar.

»Und ich hab die Pension seit neunzehnhunderteinundsechzig. Gleich den ersten Winter hatten wir die große Sturmflut.«

»Was wollte die Polizei denn?«

»Ach so. Ja. Es ist wegen dem toten Maler. Ob Sie den kennen.« Sie strich sich mit beiden Händen über die Kittelschürze und guckte Harry etwas ratlos an.

»Da konnte ich dem Kommissar ja nu auch nix sagen.«

Obwohl es ihr sicherlich gar nicht passte, die Polizei im Haus zu haben, wirkte sie jetzt fast weniger streng.

»Sie sollen sich auf jeden Fall mal bei dem Kommissar melden. Er hat ein Zimmer im ›Hotel Friedrich‹. Kommissar Rährä... Er hat seinen Namen gesacht. Aber ich kann mir das auch nicht alles merken.«

»›Hotel Friedrich‹?«

»Kennen Sie doch! Gleich um die Ecke.«

»Ich glaub schon.«

»Ach so«, fiel Frau Boysen noch ein. »Und dann hat sich der Kommissar noch mit der Scheuermann-Dings unterhalten. 'ne ganze Zeit war er bei ihr oben in der ›Seeschwalbe‹. Wenn Sie mich fragen, die hat sich ihm regelrecht aufgedrängt.«

Warum musste die dumme Kuh sich so aufspielen, dachte Harry. Was hatte sie dem Kommissar wohl erzählt? Er befürchtete das Schlimmste. Silva Scheuermann hatte ihn als Einzige gestern Nacht völlig durchnässt zurückkommen sehen. Hatte sie erkannt, dass er nur vom Regen niemals so klatschnass sein konnte? Eben hatte er noch geglaubt, alles im Griff zu haben. Aber jetzt wurde er doch unruhig. Was die neugierige Meret Boysen dem

Kommissar erzählt hatte, konnte er nur ahnen. Schließlich hatte sie sich bei seiner Ankunft über sein spärliches Gepäck gewundert.

»Ich hab mehrmals Ihren Namen gehört und den von dem Maler wahrscheinlich.«

»Kieseritzky?«

»Kann sein. Aber so richtig konnte ich das nicht verstehen. Die Scheuermann hatte die Tür gleich zu.«

Jetzt wurde ihr Blick wieder forscher und vorwurfsvoll. »Sie haben ja wohl mit ihr zusammen Tee und Rum getrunken?«

»Tee? Mit Rum?« Was hatte diese idiotische Scheuermann da bloß erzählt?

»Mich geht's ja nichts an«, sagte Meret Boysen.

Er stieg die Treppe an dem Wäscheklammer-Leuchtturm vorbei nach oben.

»Jetzt haben wir also schon die Polizei im Haus. So weit is es nu«, brummte die Pensionswirtin, während sie auf quietschenden Sohlen im Fernsehraum verschwand. Und dann hörte Harry sie noch murmeln:

»Es war irgendein Fisch. Wat für 'n Fisch war dat bloß. 'n Fisch von hier war dat nich.« Was sollte denn das bedeuten?

In seinem Zimmer wartete der nächste

Schock auf Harry. Er traute seinen Augen nicht. Auf dem gemachten Bett lag eine kleine Tüte mit Kräutern und ein Schokoladenherz in rotem Stanniolpapier. Und daneben: Eine N-o-l-d-e-Postkarte. Ein Aquarell mit einem orange zerlaufenen Himmel über einer dunklen Marschlandschaft. Harry war fassungslos. Er drehte die Karte um. Auf der Rückseite stand in gut lesbarer schöner Handschrift quer über beide Felder der Karte geschrieben:

»Gute Besserung! Ihre Silva.«

War diese Frau von allen guten Geistern verlassen? Was hatte die Hexe vor? Die Nolde-Postkarte war ein unmissverständlicher Hinweis, das sie etwas wusste oder zumindest ahnte. Was in aller Welt hatte sie diesem Kommissar erzählt? Wie war sie überhaupt in sein Zimmer und an den Kleiderschrank gekommen? War sein Zimmer eben eigentlich abgeschlossen gewesen? Er hatte den Zimmerschlüssel mit dem dicken Holzanhänger noch in der Hand. Aber hatte er damit auch die Tür aufgeschlossen? Er wusste es einfach nicht mehr. Wenn er heute nicht von der Insel wegkam, musste er schnellstens seinen Nolde in Sicherheit bringen. Mit Herzklopfen fühlte er hinter dem Bettpfosten nach dem Schrankschlüssel. Er hatte ihn gleich zwischen den Fingern. Er schloss den Schrank auf. Die Bilder waren da. Alles so, wie er es hinterlassen hatte? Ja, doch! Harry war sich sicher.

Er nahm die Neckermann-Tüte mit den ›Feriengästen‹ aus dem Schrank. Zuvor hatte er vorsichtshalber die Zimmertür abgeschlossen. Er kniete schwankend auf dem durchgelegenen Bett und nahm das Bild mit den Amrumerinnen von der Wand. Das Fachwerkmuster auf der Tapete dahinter war deutlich heller. Er legte das Bild mit der Vorderseite auf die Bettdecke. Auf der Rückseite des Bildes standen mit bräunlicher Kreide ›Öömrang wüfen uun Öömrang‹ und die Zahl 57 geschrieben. So recht verstand Harry den Titel nicht. Das sollte wohl tatsächlich »Amrumerinnen« heißen. »Öömrang« bedeutete Amrum, das wusste er seit den Nordseereisen mit seiner Großmutter. Amrumer Frauen in Amrum? So recht machte das keinen Sinn. Aber das war jetzt egal.

Harry wischte notdürftig ein paar Spinnweben aus dem Inneren des Rahmens. Er nahm die ›Feriengäste‹, dabei warf die Frau in der Mitte ihm noch einmal einen schnippischen Blick zu, und legte das Bild mit der richtigen Seite nach unten auf die Leinwand der Amrumerinnen. Er verklebte die Ränder mit dem Kreppband, das er in dem Zeitungsladen besorgt hatte. Dann legte er noch eine Doppelseite des ›Inselboten‹ darüber, mit einem halbseitigen Artikel über den »Führungswechsel bei den Föhrer Jägern«. So gut es ging, schob er die Zeitung zwischen Bild und Rahmen und verklebte die Ränder auch hier mit dem Klebeband.

Harry hängte das Bild wieder an die Wand und kontrollierte, ob es grade hing, parallel zur Fachwerktapete. Die drei Aquarelle steckte er behutsam in den DIN-A4-Umschlag, den er zwischen die Seiten des ›Inselboten‹ schob. Er passte exakt in den einmal geknickten Zeitungsteil. Schließlich hatte Nolde dieses Format gewählt, um seine ›Ungemalten Bilder‹ jederzeit verstecken zu können. Das passte doch jetzt perfekt. Beim Eintüten fiel Harry auf, wie sehr die Farben der Originale leuchteten im Vergleich zu der Postkarte von dieser idiotischen Scheuermann. Das ganze Paket kam in die Neckermann-Tüte und dann in den Schrank mit der Holzimitation. Den Schlüssel deponierte er wieder hinter dem Bettpfosten.

14

Harry betrat die Gaststube im »Hotel Friedrich«. Die Mittagszeit war vorbei, obwohl es gerade mal eins war. Es waren kaum mehr Tische besetzt. Der Ober in dem speckigen Kellneranzug guckte abweisend. Neue Gäste, die ihm die vorzeitige Nachmittagspause verpatzten, wollte er, wenn es irgendwie ging, offensichtlich vermeiden. Die gefliesten Tische mit den elektrisch betriebenen Petroleumlampen waren bereits für den Abendbetrieb eingedeckt. An der Wand hing ein ausgestopfter Fisch über einem Bild mit einer norddeutschen Landschaft. Am anderen Ende des Raumes gab es eine wuchtige Bar in »Eiche rustikal«. Die gepolsterten Holzstühle waren im maritimen Stil dunkel gebeizt. Es roch dezent nach Bratfisch.

Vielleicht hatte er ja auch Glück, dachte Harry, und der Polizist aus Kiel war unterwegs zu Ermittlungen. Nein, er hatte den »Scorpio« in der Hoteleinfahrt stehen sehen. An einem Tisch aß ein junges Paar Bratheringe, und an einem großen Fenstertisch saß ein kleiner älterer Mann vor Sauerfleisch mit Bratkartoffeln. Das erkannte Harry sofort.

Mit Sauerfleisch kannte er sich jetzt aus. Das musste der Kommissar sein. Als Harry auf seinen Tisch zusteuerte, wurde der Blick des Kellners nicht unbedingt freundlicher.

Er entschuldigte sich bei dem kleinen Mann, dass er beim Essen störe, und fragte ihn, ob er der Kommissar aus Kiel sei.

»Hmm«, brummte der Mann kauend und machte ein Zeichen, dass er grade einen vollen Mund hatte.

»Ich bin … Harry Heide.« Für einen Sekundenbruchteil stockte er, aber dann brachte er den Namen ohne Stottern heraus.

»Die Wirtin meiner Pension, Frau Boysen, sagte mir, dass Sie mich sprechen wollen.« Harry zögerte einen Moment. »Oder passt es jetzt nicht?«

»Doch, doch, bitte setzen Sie sich. Ich bin hier gleich fertig«, sagte er, obwohl sein Teller noch halb voll war. »Ich bin ja schon froh, wenn ich um Fisch herumkomme.«

»Mein Name ist Seehase, wie der Fisch.« Da war er also, der Fisch, von dem Frau Boysen gebrummelt hatte.

Der ungewöhnlich kleine Mann mit dem kurzen Hals guckte reichlich desinteressiert. Er trug ein gelbes Hemd und eine bräunlich gemusterte Wolljacke. Auf dem gefliesten Tisch neben ihm lag ein Elbsegler aus Wildleder mit einem Brokatband. Er sah aus wie ein norddeutscher Rentner auf Kaffeefahrt. Aber er hatte einen süddeutschen Akzent. Vielleicht hessisch, dachte Harry.

»Da haben Sie sich ja das richtige Wetter für Ihren Urlaub ausgesucht. Sie machen doch Urlaub? Oder?«

»Ja … ein paar Tage.«

»Na, für mich wär das nichts, schon dieser Wind. Entsetzlich.« Er kaute noch ein paarmal auf einem letzten Stück Sauerfleisch herum. »Mir steckt die Schiffsfahrt immer noch in den Knochen. War ja wohl auch das einzige Schiff heute.«

Der Mann war wirklich auffällig klein, fand Harry. Das war ganz sicher der kleinste Kommissar Norddeutschlands.

»Darf es hier noch was sein?«, fragte der Kellner schlecht gelaunt. »Aber die Küche hat schon Feierabend.«

»Einfach 'ne Tasse Kaffee.«

»Sie melden sich ja prompt«, sagte der Kommissar zu Harry und schob den Teller mit ein paar Fleisch- und Geleeresten ein Stück von sich weg. Harry fragte sich, ob sein schnelles

Erscheinen übereifrig wirkte. Hätte er sich doch etwas Zeit lassen sollen?

»Sie sind bekannt mit …«, Kommissar Seehase machte eine kurze Pause.

Er legte die wildlederne Kopfbedeckung beiseite, klappte den darunterliegenden Pappordner auf und nahm eine überdimensionale Hornbrille aus einem Etui.

»Reinhard Kieseritzky«, las er ab und fuhr sich mit der Zunge durch den Mund und über seine makellosen falschen Zähne.

»Ja.« Harry sah ihn prüfend an. Der kleine Kommissar war mit seinen Zähnen beschäftigt. Einen sonderlich engagierten Eindruck machte er nicht.

»Schrecklich. Ich hab schon davon gehört.« Harry wusste nicht recht, wie er reagieren sollte.

Dass er Kieso einfach so hatte über Bord gehen lassen, war ihm selbst richtig unheimlich. Aber was hätte er tun sollen? Er hatte ihn nicht retten können. Und Kieseritzky hatte sich schließlich wie das letzte Arschloch benommen. Er wollte an seinen Nolde ran. Irgendwie hatte er es verdient, der gierige Sack.

Gegenüber dem Kommissar musste sich

Harry natürlich betroffen zeigen. Aber übertreiben wollte er auch nicht.

»W-weiß man schon, wie es passiert ist?«

»Sie sind gestern zusammen auf einer Party gewesen?« Seehase nahm die große Brille wieder ab.

Harry sah den Kommissar kurz an, dann guckte er auf die blau-weißen Fliesen auf dem Tisch.

»Sie haben die Party auch zusammen verlassen?« Seehase drückte mit der Zunge gegen seine Vorderzähne und ließ Luft hindurchzischen.

»Ja. Reinhard wollte mich unbedingt mit seinem Kutter zurück nach Amrum bringen. Das hat er dann auch getan. Er hat mich in Steenodde, also hier auf Amrum, abgesetzt.«

Harry hatte sich das vorher schon zurechtgelegt. Zu leugnen, dass er mit Kieso zusammen losgefahren war, wäre sinnlos gewesen. Mehrere Leute auf der Party hatten sie gemeinsam gehen sehen. Und er war schließlich auf Amrum angekommen. Wie hätte er nachts sonst von der einen Insel auf die andere kommen sollen?

»Aber es muss doch recht stürmisch gewesen sein.« Doch, der Dialekt klang hessisch. Oder pfälzisch? Aber vielleicht war es auch nur das Problem mit seinen Zähnen.

»Bringen Sie mir bitte auch eine Tasse«, sagte Seehase, als der Kellner Harrys Kaffee brachte.

»Gab es einen Grund, warum Sie in der Nacht unbedingt nach Amrum zurückmussten? Bei diesem Sturm?«

Harry starrte auf die Kacheln, auf denen eine Walfangszene dargestellt war.

»Nein. Es gab keinen Grund. Aber Reinhard Kieseritzky bestand darauf, mich nach Amrum zurückzubringen. Ich selbst konnte das Wetter nicht recht einschätzen. Und dann war es schon zu spät.«

»Na, also mir reicht schon so eine Fährfahrt.« Er zutschte mit der Zunge an seinem Gebiss herum.

Dieses Geräusch machte Harry nervös. »Wissen Sie, ich mach mir jetzt Vorwürfe, dass ich ihn nicht davon abgehalten habe, mich nach Amrum zurückzubringen.« Er wollte dem Kommissar den Eindruck vermitteln, dass ihm die Sache naheging.

»Herr Heide«, sagte Seehase und Harry begann sich langsam an seinen neuen Namen zu gewöhnen. »Auf der Party soll es Streit gegeben haben zwischen Ihnen beiden.«

Harry wunderte sich, wie gut Seehase informiert war. Irgendjemand von der Polizei musste mit den Partygästen gesprochen haben.

»Nichts von Bedeutung. Wie soll ich sagen? Er war vielleicht ein bisschen eifersüchtig. Ich hab mit seiner Freundin getanzt.«

»Sie sollen ihn geschlagen haben.«

»Nein, nicht richtig geschlagen. Das war eher eine freundschaftliche Rangelei.«

Ganz so desinteressiert, wie Harry dachte, schien der kleinste Kommissar Norddeutschlands wohl doch nicht.

»Hat Ihr Freund Reinhard Kieseritzky einen deprimierten Eindruck gemacht? Litt er an Depressionen?«

»Nein, das glaube ich nicht. Aber ich habe auch keinen Kontakt mit ihm gehabt, außer gestern und vorgestern.«

»Aber er soll auf dieser Party allerhand getrunken haben?«

»Ja, das hat er wohl.«

»Waren andere Drogen im Spiel?« Der Kommissar drückte die Zunge auf die Zähne und ließ kurz etwas Luft hindurchzischen.

»Andere Drogen? Nein«, log Harry.

»Eins müssen wir noch mal festhalten.« Kommissar Seehase hielt kurz inne. »Wann sind Sie von Sylt losgefahren? Und wann sind Sie auf Amrum angekommen?«

»Ich weiß es gar nicht so genau. Nach Mitternacht muss es wohl gewesen sein, dass wir los sind.«

Harry zündete sich eine »Camel« an. Seine Chesterfields hatte er hier in Nebel nicht bekommen.

Seehase guckte in seinen Ordner. »Das deckt sich mit den Aussagen, die der Sylter Kollege von einer Frau – äh – Konerding hat, bei der diese – äh – Party wohl stattgefunden hat.« Er nahm die Brille ab, sah Harry kurz an und setzte sie wieder auf.

»Eine Sache ist merkwürdig, Herr Heide.«

Der Kaffee roch nach kaltem Schweiß. Harry nahm einen Schluck.

»Ich hab hier eine Aussage von Frau Scheuermann-Heinrich.«

Harry zuckte innerlich zusammen.

Der Beamte sah von seiner Akte auf. »Sie will grade diese Zeit, so gegen Mitternacht, mit Ihnen verbracht haben.«

Harry wusste ja von Silva Scheuermanns

Aussage. Aber damit hatte er nun wirklich nicht gerechnet. Der Kaffee brannte in seinem entzündeten Hals.

»Mit mir?«, brachte er heiser heraus.

Der Gesichtsausdruck des Kommissars blieb unverändert regungslos. Er zuzelte mit der Zunge an den Zähnen. »Angeblich haben Sie gestern Nacht zusammen Tee mit Rum auf dem Zimmer von Frau Scheuermann-äh-Hein rich, getrunken, sagt sie.«

»T-Tee mit Rum?« Harry brachte das »T« kaum heraus.

»Dabei sind Sie sich dann wohl, wie soll ich sagen, nähergekommen. Frau Scheuermann-Heinrich hat da nur Andeutungen gemacht.« Der kleine Kommissar guckte verschwörerisch. »So genau will ich das gar nicht wissen. Ich bin ja nicht von der Sittenpolizei.« Er gab ein kurzes meckerndes Lachen von sich.

Harry sah ihn entgeistert an. Er hatte keine Ahnung, was er jetzt sagen sollte. Offensichtlich wollte Silva Scheuermann ihm ein Alibi geben. Aber warum? Wollte sie sich an ihn ranmachen? Wohl eher an seine Bilder. Auf jeden Fall brachte sie ihn mit diesem falschen Alibi in eine unangenehme Lage. Er konnte nicht gegen Mitternacht mit ihr auf dem Zimmer gewesen sein. Er war zu dieser Zeit auf einer Party auf Sylt. Das konnten zig Leute bezeugen. Und außerdem: Wenn er irgendetwas nicht mochte, dann war das Tee mit Rum.

Der Kommissar nahm einen bedächtigen Schluck aus seiner Kaffeetasse. Dann setzte er sie sorgfältig ab.

»Ich glaube, diese Sache mit Frau Scheuermann-Heinrich müssen Sie mir erklären, Herr Heide.«

Harry überlegte fieberhaft. Aber er konnte sich einfach nicht konzentrieren. Er starrte auf die Kacheln mit den Walfängern und dann wieder hoch in das unbewegte Gesicht des Kommissars, das ohne Hals direkt auf dem gelben Hemdkragen saß. Er musste jetzt irgendetwas sagen.

»Ich weiß wirklich nicht, wie sie darauf kommt. Es stimmt schon – wir sind uns auf dem Flur begegnet, als ich nach Hause kam. Aber das war natürlich viel später.« Ihm fiel nichts anderes ein, als einfach die Wahrheit zu sagen.

»Kein Tee mit Rum?«

»N-Nein.«

»Wie kommt Frau Scheuermann-Heinrich dann bloß zu ihrer Aussage?«

»Ich weiß es wirklich nicht, vielleicht …« Harry zögerte.

»Ja?«

»Vielleicht geht da ihre F-Fantasie mit ihr durch.«

»Sie meinen … Sie hätte das gern. Tee mit Ihnen auf ihrem Zimmer?« Diesmal lachte Seehase nicht.

»Ich weiß es nicht. Aber es könnte sein. Sie guckt immer so.«

»Sie guckt also, soso.«

Harry hatte den Eindruck, dass Seehase ihm kein Wort glaubte. Diesmal drückte der Kommissar die großen elfenbeinfarbenen Zähne einfach mit seinem Daumen an den Gaumen. Anschließend zutschte er ausgiebig mehrmals hintereinander.

»Na ja, lassen wir das.« Er zog ein Foto aus seinem Ordner.

»Ist Ihnen ein Heinz Störjohann bekannt?«

»Heinz – wie bitte?«

»Störjohann.« Seehase schob ihm das Foto herüber. Dabei sah Harry, dass dem Kommissar an seiner rechten Hand der Ringfinger fehlte. Das war ihm vorher gar nicht aufgefallen.

Den Mann auf dem Bild erkannte er natürlich sofort. Es was der Fährmann von der »Wyker Dampfschiffs-Reederei«. Auch auf dem Foto, das aussah wie aus den offiziellen Arbeitspapieren, guckte der Typ aggressiv, obwohl er lächelte. Er trug seine Schiffermütze. Harry betrachtete das Bild und tat, als ob er überlegte.

»Ich weiß nicht recht. Kann sein. Irgendwo hab ich den schon mal gesehen.«

»Wissen Sie, wann und wo?«

»Ist der vielleicht von der Fährgesellschaft? Dann werde ich ihn wohl auf der Fähre gesehen haben. Ich glaub, ich weiß es. Er war auf der Fähre. Vor drei Tagen.«

»Haben Sie ihn danach noch mal gesehen?«

»Nicht, dass ich wüsste.«

»So. Nicht, dass Sie wüssten.«

Harry aschte seine Zigarette ab, obwohl sich noch gar keine Asche wieder gebildet hatte. Aus Verlegenheit.

»Das war's dann für den Moment, Herr Heide.« Er klappte seinen Pappordner zu. »Erreiche ich Sie in den nächsten Tagen in Ihrer Pension, falls ich noch eine Frage habe? In der ›Nordsee...‹?«

»›Nordseeperle‹. Ich bin noch die ganze

Woche auf Amrum«, log Harry. Dabei wollte er hier möglichst schnell weg.

Bisher war er eigentlich davon überzeugt gewesen, dass man ihm nichts nachweisen konnte. Kieseritzky hatte ihn auf Amrum abgesetzt und danach wieder abgelegt in Richtung Sylt. Niemand konnte ihm das Gegenteil beweisen. Außer diese bescheuerte Schnepfe in ihrem afrikanischen Festgewand. Sie hatte gesehen, dass er völlig durchnässt war. Aber was bedeutete das schon?

Wenn Seehase ihn allerdings mit dem Nolde-Diebstahl in Verbindung brächte, würde es kritisch für ihn. Schließlich hatten die Zeitungen schon einen Zusammenhang zwischen dem vermissten Fährmann und dem Kunstraub konstruiert. Und im Museum hatten ihn mehrere Leute gesehen. Nicht nur die dusselige Putzfrau. Auch die Kassiererin im Wollponcho und das ältere Besucherpaar. Harry war sich gar nicht mehr sicher, ob der kleine Kommissar diese Leute nicht doch irgendwann ausfindig machen würde.

»Bevor Sie die Insel verlassen, melden Sie sich bitte bei mir«, sagte Seehase. »Sie wissen ja, wo Sie mich finden.« Er machte eine bedrohliche kleine Pause. »Aber Sie kommen hier im Augenblick ja sowieso nicht weg. Der Fährverkehr ist ja wohl erst mal eingestellt.«

Harry hatte das Gefühl, er guckte dabei fast triumphierend, als wollte er sagen: Junge, du hast keine Chance. Ich hab dich. Du sitzt hier in der Falle.

Harry wollte seinen Kaffee bezahlen. Aber von dem schlecht gelaunten Ober war nichts mehr zu sehen. Er rauchte seine Zigarette zu Ende.

»Und ich weiß, wo ich Sie finde. Für mich wäre das ja nichts. Ich komm ja nicht von hier.«

Das Verhör war beendet. Jetzt geriet der kleinste Kommissar Norddeutschlands ins Plaudern.

»Vor zwanzig Jahren bin ich nach Kiel versetzt worden. Aber nächstes Frühjahr ist Schluss. Dann werd ich pensioniert und zieh mit meiner Frau an den Bodensee.«

»Bodensee. Ist bestimmt schön.«

»Ja, herrlich. Eine Wohnung haben wir schon, in Lindau. Mitten in der Altstadt.«

Harry drehte sich nach dem Kellner um, doch der blieb verschwunden.

Er drückte seine »Camel« in dem Aschenbecher aus, kramte Kleingeld heraus, legte es auf die Fliesen mit der Walfangszene und verabschiedete sich von Seehase. Im Eingang kam ihm ein anderer Polizist entgegen, in einer grünen, eine Spur zu knapp sitzenden Uniform. Ein Hüne von fast zwei Metern, blond mit geröteten Wangen, ein Nordfriese wie aus dem Touristikprospekt. Das musste der viel zitierte Hark Tadsen sein, der Nebeler Dorfbulle. Harry grüßte flüchtig. Der Polizist nickte kurz und etwas träge.

Als Harry auf den Uasterstigh heraustrat, blies ihm ein eisiger Wind entgegen. Sein Gesicht wurde augenblicklich kalt. Am ganzen Körper fröstelte ihn. Sein Hals und sämtliche Neben- und Stirnhöhlen taten weh. Er war vollkommen verschwitzt. Das hatte er während der Befragung in der überheizten Gaststube gar nicht wahrgenommen. Er wollte erst mal in die Pension fahren und in Ruhe überlegen, was zu tun war. Nur nichts übereilen. Es war schon ärgerlich, dass es ihm nicht gelungen war, Amrum vor der Ankunft des Kommissars zu verlassen. Wenn er jetzt plötzlich verschwände, dann würde dieser Seehase möglicherweise nach ihm fahnden lassen.

15

Die neue Wirtin der »Nordseeperle«, der blonde Besen, hat tatsächlich recht. Hinter der Glastür des »Hüs Raan«, des kleinen weißen Hauses im Uasterstigh, hängt ein Schild: »Geöffnet Mittwoch 15–17 Uhr«.

»Haben wir ja Glück, dass sie überhaupt Kunden empfangen«, sagt Harry.

»Die möchten ihre Sachen offenbar gern behalten.« Zoe lacht mit Blick in das Schaufenster. »Sieht aber auch wirklich nett aus.«

Durch das große Fenster ist der ganze Laden zu überblicken. Auf einem rustikalen Kiefernholztisch stehen Glaskaraffen, Teile eines nicht ganz vollständigen Services, eine Kaffeekanne mit einem Jugendstildekor und ein kleines Schiffsmodell. An den Wänden hängen alte Blechschilder und das dunkelbraune Ölbild eines Seglers in schwerer See, das so gar nicht in die sommerliche Stimmung passt.

»Gehören Sie zu dem Laden?«, fragt Harry die Frau mit den grau gelockten Haaren, die gerade aus dem Nebenhaus kommt.

»Ja«, sagt sie nur und guckt abwartend.

»Wir würden gern einen Blick auf ein Bild werfen, das Sie haben sollen.«

»Ja, Mittwoch, fünfzehn bis siebzehn Uhr.«

»Wir haben es gelesen. Wäre es vielleicht möglich, jetzt kurz das Bild anzuschauen? Es sind diese ›Öömrangen‹ in Tracht.«

»Jetzt hab ich nich offen.«

Die Ladenbesitzerin mit hundert farbigen Kämmen im Haar und dem apathischen Blick geht Harry gehörig auf die Nerven.

»Haben Sie das Bild, ich glaube, es sind drei Amrumerinnen in Tracht.«

»Ja, kann sein.«

Harry muss sich beherrschen, nicht weiter zu insistieren. Er will die Lady bei Laune halten.

»Ich muss jetzt aufs Festland zum Arzt«, sagt sie und verschwindet wieder in dem Nachbarhaus.

Harry ist stocksauer. »Ich steig bei der blöden Tusse einfach ein«, zischt er Zoe zu. »Da bin ich doch sofort drin und hab mich in ein paar Minuten umgesehen. Die Bude ist doch überhaupt nicht gesichert.«

»Glaubst du?« Zoe scheint kurz zu überlegen.

»Und wenn der Nolde noch da ist, kann ich ihn sofort mitnehmen, ohne dass irgendjemand Verdacht schöpft.«

Zoe streicht ihm die Haartolle ins Gesicht. Über ihre Sonnenbrille hinweg blinzelt sie Harry zu – als hätte sie nicht übel Lust auf einen kleinen Einbruch im Urlaub zwischendurch.

16

Eigentlich wollte er sich in seinem Zimmer nur für einen Moment hinlegen. Frau Boysen hatte ihm einen Anruf von Maja ausgerichtet – unter Protest. Dass sie für ihre Pensionsgäste Anrufe entgegennahm, war in der »Nordseeperle« offenbar ganz und gar unüblich. »Was ist hier nur los, Herr Räh-rähr.« Jetzt war ihr sein Name schon wieder entfallen. Auch gut, dachte Harry.

Maja wollte gegen fünf in Wittdün am Anleger sein. Er sollte auf jeden Fall hinfahren, überlegte er, trotz des beruhigenden Telefonats vorhin. Maja wusste von dem Bilderdiebstahl, und er wollte sicher sein, dass sie ihr Wissen bei sich behielt. Deshalb wäre es wohl gut, wenn er sie in Wittdün jetzt nicht allein ließe. Wenn ihm nur die Identifizierung von Kieseritzkys Leiche erspart bliebe. Was die

Schiffsschraube der »Elsa« angerichtet hatte, wollte er wirklich nicht so genau wissen.

Die an den Hosenbeinen immer noch klamme Jeans und auch seinen Anorak hängte er noch einmal über die Heizung. Dann zog er sich fröstelnd das gewaltige Federbett bis unter seine laufende Nase. Sein Kopf war heiß, die Füße eiskalt. Er war sofort eingeschlafen. Er schlief tief und traumlos, über ihm die ›Öömrang wüfen‹ und dahinter versteckt seine ›Feriengäste‹.

Fast zwei Stunden war er weg gewesen, wie betäubt. Der Shantychor hatte Ruhe gegeben. Danach fühlte er sich trotzdem nicht unbedingt besser. Ganz im Gegenteil. Er hatte Kopf- und Gliederschmerzen, die Nase lief ununterbrochen und das unangenehme Kratzen im Hals ging auf die Bronchien über. Harry starrte auf die Fachwerktapete und wäre fast wieder eingeschlafen. Aber als er dann doch kurz auf die Uhr auf seinem Nachttisch sah, war er sofort hellwach. Kurz vor fünf. In ein paar Minuten wollte er Maja in Wittdün treffen. Er schüttete sich über dem Zimmerwaschbecken kaltes Wasser ins Gesicht, das gerötet und verquollen war. Er sah nicht so tot aus wie letzte Nacht im Schein der

Neonröhre. Aber viel besser auch nicht, fand Harry.

Der Anleger in Wittdün war menschenleer. Der Fährverkehr nach Wyk und Dagebüll war schließlich eingestellt. Aber vor der Halle mitten auf dem Anlegergelände standen mehrere Autos, unter anderem auch der rote »Scorpio« des Kieler Kommissars. Er war nicht besonders scharf darauf, ihm schon wieder über den Weg zu laufen. Aber das ließ sich jetzt nicht vermeiden. Aus der Halle kam der Dorfpolizist Hark Tadsen zusammen mit einem kleinen Dicken in einem Overall. Auf der Laderampe blieben sie stehen.

»Ihr könnt mir den Lagerraum nicht tagelang blockieren«, schimpfte der Dicke. »Ich krieg hier morgen, falls die Fähre fährt, zwei Polstergarnituren vom Festland angeliefert.«

»Horst, wie stellst du dir das vor?«, gab Tadsen zu bedenken. »Ich kann den Verstorbenen schlecht mit zu mir ins ›Haus des Gastes‹ nehmen.«

Er sprach ohnehin schon etwas schleppend. Aber das Wort »Verstorbener« betonte er dabei besonders deutlich.

»Ja, bei mir auf ’m Dreisitzer kann er auch

nich überwintern.« Der Kleine in dem blauen Overall hatte einen ähnlich roten Kopf wie der Fährmann.

»Stellst deine Sofas erst mal daneben. Wo ist dat Problem?« Hark Tadsen war die Ruhe selbst.

»Ja, dat geht aber nebeneinander nich hin. Und wenn ich das stapel, dann ist euer Toter erst mal zugestellt. Wenn ihr da ran wollt, brauch ich gleich wieder 'n zweiten Mann.«

»Horst, das kriegen wir schon hin.«

»Aber nich wieder Freitagabend.« Der Dicke ließ sich umständlich von der Laderampe herunterrutschen.

»Wie Freitagabend?«

»Ach, hör mir doch auf.« Die blaue Kugel machte eine wegwerfende Handbewegung und stieg in seinen gefährlich verrosteten Transporter, auf dem schlecht lesbar »Fuhrunternehmen Horst Schmidt« stand.

Als sich der Lieferwagen mit knatterndem Auspuff in Bewegung setzte, kam Maja aus dem Anlegergebäude heraus. Seehase war bei ihr und Jackie, der Typ von gestern in dem weißen Anzug, heute in Lederjacke, außerdem eine Frau, die Harry ebenfalls auf der Party gesehen hatte.

Der Kommissar nickte ihm zu, verabschiedete sich von Maja mit Handschlag und stieg dann zusammen mit Hark Tadsen in den Ford.

»Nett, dass du gekommen bist, Harry«, sagte Maja leise. Sie hatte rot geränderte Augen. Unter ihrer Bräune wirkte sie auf einmal blass. Ihr Strahlen war wie erloschen.

Sie fiel ihm in die Arme. Und als er sie an sich drückte, hörte er sie schluchzen.

Sie wischte sich mit dem Handrücken die Tränen aus den Augen.

»Geht schon mal vor. Ich komme gleich nach«, sagte sie jetzt wieder mit festerer Stimme zu Jackie und der anderen Frau.

Die beiden guckten ernst und gingen Richtung Anleger. Sie hatten Maja trotz des Sturms offensichtlich mit einem Privatboot von Sylt nach Amrum herübergebracht.

»Harry. Du hättest das sehen müssen.« Sie drückte ihr Gesicht wieder fester an die Schulter seines Anoraks. »So grausam.« Sie schluchzte. »Es war schwierig mit Reinhard in letzter Zeit.«

»Maja, das muss jetzt furchtbar für dich sein.«

»Wir haben uns nur noch gestritten und standen kurz vor der Trennung. Aber als ich ihn jetzt so liegen sah ... ach, es war schrecklich. Die eine Seite seines Kopfes. Harry, da war nichts mehr zu erkennen.« Sie sah ihn an. Ihre Wimperntusche war vollkommen verwischt.

»Ich muss jetzt einfach heulen, obwohl: Er hat sich so beschissen benommen in letzter Zeit. Auch was er über dich gesagt hat gestern.«

»Was meinst du?«

»Das ist jetzt egal. Er hat irgendwie alles runtergemacht, weil er selbst nichts mehr auf die Reihe bekommen hat. Kein einziges blödes Bild hat er mehr zustande gebracht.«

»Außer seinen Leuchttürmen.«

»Was meinst du, wer die gemalt hat?«

»Wie? – Du? Echt?«

Maja hatte sich wieder gefasst. Sie wischte sich mit dem Finger die verlaufene Schminke vom unteren Augenlid und sah sich danach prüfend auf den Finger.

»Aber, Harry, du siehst auch schlecht aus.«

»Ich hab mir 'ne richtige Erkältung aufgesackt.«

»Zu stürmisch gewesen? Die Party gestern?« Sie versuchte ein schiefes Grinsen.

»Maja«, sagte Harry ernst, »dieser Kommissar, mit dem du eben rausgekommen bist, hat mich vorhin verhört – wegen Reinhard, nicht wegen der Bilder. Aber ich hab trotzdem kein gutes Gefühl dabei.«

»Auf mich kannst du dich verlassen.«

»Trotzdem sollte ich hier demnächst mal abhauen, glaube ich. Sobald die Fähren wieder fahren, bin ich hier weg.«

»Harry, wie gesagt, von mir erfahren die nichts.«

»Ich melde mich bald bei dir.«

Maja küsste ihn. Erst auf die Wange, dann auf den Mund und noch mal. Fast hätten sie sich richtig geküsst, wie gestern Nacht. Aber das ließen sie.

»Die warten«, sagte sie und ging zu der Treppe an dem Anleger für die kleineren Boote. Auf halbem Weg drehte sie sich noch mal um. Sie winkte ihm flüchtig zu, ohne den Arm zu heben.

Der »Klabautermann« kam ihm diesmal noch enger vor. Dabei war die Kneipe fast leer. Strandkorb-Peter war der einzige Gast. Er schien Teil der Dekoration wie das Haifischgebiss und der getrocknete Hornhecht in dem Fischernetz. Hinterm Tresen stand Wirt Fred.

Harry setzte sich zwei Barhocker von dem Strandkorbwärter entfernt an die Theke. Strandkorb-Peter guckte kurz hoch. Dann wandte er den Blick gleich wieder dem vertrauten Dreieck von abgelegten Unterarmen und Bierglas zu.

»Was darf's sein?«, fragte Wirt Fred förmlich.

»Kleines Pils.«

»Und? Wieder Sauerfleisch dazu?«

»Heute nicht, danke.« Wie oft eigentlich noch?, dachte Harry. Bitte nicht schon wieder Sauerfleisch. Alles andere. Nur kein Sauerfleisch!

»Ich kann dat Zeug ja auch nicht mehr sehen«, sagte Peter knapp, ohne sich zu ihm umzudrehen.

Damit erstarb das Gespräch zunächst. Fred zapfte schweigend das Bier. Strandkorb-Peter stierte vor sich hin. Auch die Musikbox blieb heute stumm. Nur das Geräusch der Zapfanlage war zu hören. In der engen Stille des »Klabautermanns« fühlte Harry sich heute Abend eingeschlossen wie in einem U-Boot. Es kam ihm vor, als hing das Fischernetz mit dem Strandgut über ihm jetzt besonders tief.

Der Wirt legte eine Papiermanschette um

den Fuß des Glases und stellte die Tulpe vor ihm auf den Tresen. »Zum Wohl.«

Harry hatte gedacht, er könnte sich hier einfach hinsetzen und wie die letzten Male bei einem allgemeinen Gespräch zuhören. So hoffte er, vielleicht etwas über Kieseritzkys Fund, den vermissten Fährmann und die Ermittlungen des Kommissars zu erfahren. Das konnte er vergessen. Er starrte auf das Flaschensortiment in dem Regal vor ihm: Vier Sorten Korn, »Küstennebel« und ein Magenbitter – die ganze Bandbreite einer gut sortierten Bar.

Er hatte überlegt, sich heute früh ins Bett zu legen, um seinen Infekt auszukurieren. Aber nach dem Treffen mit Maja war er irgendwie aufgekratzt. Und so verlockend fand er die Aussicht auf einen Abend in seinem Zimmer in der »Nordseeperle« dann auch nicht. Außerdem befürchtete er, dass ihm wieder Silva Scheuermann mit Kräutertees und zweideutigen Angeboten auf die Pelle rücken würde. Sie hatte ihn eben schon wieder bis auf den Leuchtturm verfolgt. Nachdem er Maja in Wittdün verabschiedet hatte, war die Sonne herausgekommen. So war er zum Sonnenuntergang auf den Turm gestiegen.

Als er von oben über die Insel guckte, sah er Silva Scheuermann-Heinrich auf einem Hollandrad auf die Zufahrt zum Leuchtturm einbiegen. Sie hatte sein Rad bestimmt gleich erkannt und ihres daneben an den Fahrradständer angeschlossen. Sie trug einen roten Anorak über dem obligatorischen Karibikshirt. Als er sie die Treppe zum Turm hochkommen sah, verließ er sofort den Aussichtsbalkon. Dieser beschränkten Scheuermann wollte er auf keinen Fall begegnen. Maja, Frau Boysen, der Kommissar, die alle ließ er sich gefallen. Aber bitte nicht die Botschafterin von Burkina Faso.

Harry war die obere Leiter hinabgestiegen. Bevor es auf die richtige Treppe ging, gab es einen Zugang zu dem gläsernen Raum mit der großen Linsenoptik, dem Prismenkorb. Ein gutes Versteck war das nicht. Aber es war für ihn die einzige Chance, der verrückten Scheuermann nicht direkt in die Arme zu laufen. Er wartete ab, bis Silva die Treppen hinauf an ihm vorbeigehastet war. Sie hatte eine erstaunlich gute Kondition. Und sie schien es eilig zu haben, zu ihm auf den Rundbalkon zu gelangen. Er war zunächst leise und dann immer schneller und lauter werdend die Wendeltreppe des

Turms hinuntergerannt, auf sein Rad gestiegen und dann, ohne sich umzudrehen, die Auffahrt Richtung Hauptstraße hinuntergefahren.

Das eiskalte Pils betäubte seinen kratzenden Hals. Er zündete sich eine Zigarette an und fühlte sich gleich besser. Mit dem ersten Zug merkte er die Wirkung des Nikotins im Kopf – stärker als sonst. Das lag sicher an der Erkältung.

»Mal 'ne Frage.« Jetzt drehte sich der Strandkorbwärter zu ihm um. Er wechselte die Zigarette von der Rechten in die Linke und stützte sich mit der frei werdenden Hand auf den zwischen ihnen stehenden Barhocker, wobei sich der grüne Plastikbezug tief eindrückte.

»Der Kumpel, mit dem du neulich da warst, sach mal, das ist doch der, der hier angespült wurde?«

»Den sie heute Morgen mit 'm Polizeiboot gebracht haben«, schaltete sich Fred gleich ein.

»Ja, stimmt«, sagte Harry. Er machte ein betrübtes Gesicht und nahm einen Schluck.

»Peter, was hab ich dir gesacht. Der hat hier gesessen.« Fred zeigte auf den Barhocker neben Harry.

»Nee, nee, Fred, hier«, protestierte Strandkorb-Peter. Ohne hinzugucken deutete er auf den Platz neben sich und kämmte sich mit den Fingern anschließend einmal durch seine langen blonden Nackenhaare.

»Traurige Geschichte«, sagte Harry, nur um etwas zu sagen.

»Ja, aber war ’n Schnacker«, gab Peter zu bedenken.

Wirt Fred und den Strandkorbwärter interessierte vor allem, auf welchem der Barhocker Kieseritzky vor zwei Tagen gesessen hatte.

Irgendwann kam Freds Frau aus der Küche und sagte: »Ist doch egal.«

Die beiden Typen waren wirklich hinüber, dachte Harry. Über den Stand der Ermittlungen würde er hier nichts mehr erfahren. Stattdessen fingen sie an, ihn auszufragen.

»Ihr seid doch neulich mit Heinz los?«, wollte Peter wissen.

»Heinz?« Harry tat ahnungslos.

»Na, Heinz!«

»Sitzt normal da. Neben dir.« Fred deutete auf den leeren Barhocker neben Harry.

»Ihr seid doch zusammen raus.«

»Nee, wirklich nicht.«

»Der ist nämlich weg, seit er hier raus ist.«

Und als könne er dieser Feststellung damit Nachdruck verleihen, stupste Fred den Zapfhebel lässig zur Seite und ließ Bier in ein leeres Glas schäumen.

»Weiß ich auch nicht«, sagte Harry.

Er ging pinkeln. Dabei wunderte er sich, wie vertraut ihm die schmutzig gelben Fliesen mit den verwaschenen Sprüchen über dem Pissoir schon waren. Ihm war, als hörte er die Klotür und als stände der Fährmann gleich wieder neben ihm.

Er trank sein kleines Pils aus und zahlte.

»Eine Frage noch«, setzte der Strandkorbwärter noch einmal an. Harry befürchtete schon, dass er wieder auf Kieseritzky und den Fährmann zu sprechen kommen würde.

»Wer von euch hat neulich eigentlich diesen Titel in der Musikbox gedrückt?«

17

Harry war froh, als er raus war aus dem »Klabautermann«. Draußen war eine klare Nacht. Um in die Pension zurückzufahren, war es zu früh. Die einzige andere Kneipe, wo man auf Amrum nach zehn noch ein Bier bekam, war die »Blaue Maus«. Und wollte der blonde Feger im Leopardenshirt von Kiesos Vernissage in der Mühle, das Mädchen vom Fenster gegenüber, ihm nicht einen ausgeben?

Er radelte durch die sternenklare Nacht über Süddorf nach Wittdün. Den Fahrtwind empfand er als angenehm kühl auf seinem leicht fiebrigen Gesicht. Der Leuchtturm warf unermüdlich seine kreisenden Lichtkegel durch die Dunkelheit über die ganze Insel, sodass Harry alle paar Sekunden geblendet wurde. Zwischendurch leuchteten über ihm der Mond und die Sterne. Während der Fahrt stülpte er sich den Rollkragen seines Pullovers bis über die Nase.

Die »Blaue Maus« war unverändert, seit Harry sie kannte: die geklinkerten runden Bögen im Gang, von dem eine kleine Sitznische abging. Die mit allerlei Kram vollgehängte Decke, einem verstaubten Krokodil, einem Holzruder und Autokennzeichen aus aller Herren Länder. Mit seiner Großmutter war er noch nicht in der »Blauen Maus« gewesen, aber vor ein paar Jahren während des Studiums, als er mit Freunden in den Dünen gezeltet hatte, mehrfach.

Auch die Gäste hatten sich nicht verändert.

Eine überschminkte Sprechstundenhilfe mit nach hinten geföhnter Dauerwelle flirtete an der Theke betont neckisch mit zwei Typen in karierten Holzfällerhemden. Die Regale hinter dem Tresen waren weitaus besser bestückt als die im »Klabautermann«. Die »Blaue Maus« war bekannt für eine gigantische Auswahl unterschiedlichster Whiskys.

Anke hatte Tresendienst und trug tatsächlich wieder ihr Leopardenshirt. Aber wie Wilma Feuerstein sah sie heute Abend nicht aus, fand Harry. Sie winkte ihn sofort zu sich heran und wies ihm unmissverständlich einen Platz bei sich am Tresen zu. Zum Aufwärmen schenkte sie ihm einen fünfzehnjährigen Glenfiddich in ein breites Whiskyglas.

»Schokoladenaroma, seidiger Körper und fruchtiger Abgang«, sagte sie und grinste dabei anzüglich.

Aus der Anlage, die unterhalb der Flaschen im Regal stand, kam »Creedence Clearwater Revival«. Die Leuchtdioden zuckten im Rhythmus, sodass Harry immer wieder auf das Bord gucken musste. Der Typ in dem Holzfällerhemd trommelte leicht daneben den Takt von ›Hey Tonight‹ auf dem Tresen mit.

»Schokolade?«, sagte Harry. »Na, wenn du meinst.«

»Gonna be tonight …«, sang Wilma Feuerstein. Sie wiegte sich mit den Schultern, sodass der einzelne Träger heruntcrglitt, was das ganze Leopardenshirt wieder gefährlich ins Rutschen brachte. Zu »Creedence Clearwater Revival« wirkte das deutlich lasziver als vorgestern in der Mühle zur Panflöte. Und diesmal zog sie den Träger gar nicht mehr zurück auf die Schulter. Der trommelnde Typ am Tresen guckte und zwinkerte ihm zu. Harry fühlte die wohlige Wärme, die der Whisky im Magen hinterließ.

»Gar nicht mehr die Marke von Bogart?«, fragte sie mit Blick auf seine »Camel«-Packung.

»Nee, im Supermarkt in Nebel gibt's keine Chesterfield.«

Sie redeten eine Weile: über Kieseritzkys trauriges Ende, über Künstler auf den Nordseeinseln und übers Auswandern. Anke malte auch selbst, vertraute sie ihm an. »Im surrealistischen Stil, aber irgendwie doch ganz anders«, sagte sie. Zwischendurch versorgte sie die Sprechstundenhilfe mit Pina Coladas und die Holzfällerjungs mit Whisky. Dazu gab sie immer eine kurze launige Einführung zur jeweiligen Sorte. Als Harry vom Klo zurückkam, hörte er von Weitem ihr fettes gutturales Lachen.

Harry winkte ab, als sie ihm den dritten Whisky hinstellte. Es betäubte zwar seine Erkältungssymptome, aber er hatte genug.

»Vom Haus«, sagte sie. »Glenlivet. Soll ein bisschen nach Vanille schmecken. Malzig und langer warmer Abgang.« Sie warf sich ihre Haare aus dem Gesicht und prostete Harry mit einem Glas Bacardi-Cola zu.

Statt «Creedence Clearwater Revival« spielten inzwischen die Stones. Nach einem weiteren Glenkindie oder so ähnlich rüsteten sich die Jungs und die Sprechstundenhilfe zum Aufbruch. Anke fragte Harry, ob er nicht Lust hätte, sich noch ein paar ihrer Bilder anzugucken – bei ihr zu Hause. »Du weißt ja, wo das ist«, grinste sie.

Als er vom Barhocker aufstand, musste er sich am Tresen festhalten. Die Flecken des Leopardenmusters auf Wilmas Shirt begannen für einen Moment leicht zu flirren und die Stones spielten ›Let's Spend the Night Together‹.

Mann, Mann, dachte Harry, reichlich peinliche Nummer. Aber das Steinzeitshirt war heute Abend nicht ohne Wirkung auf ihn geblieben. Insbesondere wie sie sich mit den perlmuttfarben lackierten Fingern die blonde Mähne von der nackten Schulter fegte. Oder lag es nur am Whisky?

»Sollen wir dein Fahrrad hinten reinschmeißen?«, fragte sie. »Ich muss nur die Bank umlegen.«

Sie verstauten Harrys Hollandrad im Kofferraum. Ganz passte es nicht hinein. Die Klappe musste ein Stück offen bleiben.

»Badadadab Damdam Badadam …«, summte er den Stones-Song in die kühle Nacht und konnte dabei seinen Atem sehen. »Now I need you more than ever …« Draußen fühlte er sich im Kopf gleich wieder klarer.

Er stieg zu ihr in ihren rostigen R4. Bevor sie den Motor anließ, beugte sie sich wie selbstverständlich zu ihm rüber. Sie strich sich hastig eine Strähne aus dem Gesicht. Dann küssten sie sich. Sie fuhr ihm mit den Fingernägeln über sein Kinn und Ohr. Die Seite tat noch weh, von dem Schlag des Fährmanns. Harry wühlte in ihrem wolligen Haar. Der Kuss dauerte nicht lange. Dann drehte sie sich genauso unvermittelt wieder um und betätigte den Anlasser.

Als Anke mit der R4-Krückstockschaltung krachend den Rückwärtsgang einlegte, lachte sie ihm kurz zu. Harry sah durch die Frontscheibe, auf der ein paar welke Blätter lagen, und erstarrte. Neben dem Fahrradständer, halb verdeckt durch einen Strauch, stand sie. In ihrem roten Anorak: Silva Scheuermann-Heinrich. Im Schein der Leuchtreklame der Kneipe flammten ihre hennaroten Haare auf. Harry glaubte zu träumen. Deine Fantasie geht mit dir durch, sagte er sich. Jetzt fehlten nur die Putzfrau und der Rest des Shantychors. Aber da stand sie wirklich. Verfolgte sie ihn die ganze Zeit? Hatte sie ihn durch die Fenster der »Blauen Maus« beobachtet, um ihn jetzt abzufangen? Diese Frau war eindeutig verrückt. Oder war er es, der allmählich durchdrehte?

Der Auspuff des Renaults knatterte. Bei jedem Gangwechsel gab es ein Krachen, und gleich darauf machte das Auto einen kleinen Hüpfer. Auf der Inselstraße kam ihnen kein einziger Wagen entgegen. In nur drei oder vier Häusern in Nebel brannte vereinzelt ein Licht. Die »Nordseeperle« war stockdunkel, als sie vom Auto auf das Nachbarhaus zugingen, wo

Anke unter dem Dach wohnte. Wer sollte noch auf sein? Die Wirtin sowie Mutter Wiese und ihr dicker Sohn gingen bestimmt früh ins Bett. Und die verrückte Silva war ja schließlich noch auf Achse. Harry fand es gar nicht so verkehrt, statt in seine Pension zu gehen, zumindest vorübergehend erst mal im Nachbarhaus unterzukommen. Aber er musste wohl etwas skeptisch geguckt haben.

»Alles in Ordnung mit dir?«, fragte Anke.

»Alles klar.«

Nachdem sie die dicke Friesentür leise hinter sich zugedrückt hatte, legte sie den Zeigefinger auf ihre Lippen. »Pssst.« Dann zog sie Harry zu sich heran, und sie küssten sich in dem dunklen Flur. Aber so ganz war er nicht bei der Sache. Er musste dauernd an diese besessene Scheuermann-Heinrich denken, die ihm auf den Fersen war.

In dem engen Appartement unter dem Dach roch es muffig. Es war eine Mischung aus dezentem Schimmel und Patchouli. Wilma Feuerstein wohnte tatsächlich in einer Art Höhle. In dem kleinen Raum mit den schrägen Wänden konnte man sich kaum bewegen. Er war völlig zugestellt mit einem großen Bett, einem sperrigen Sessel aus Bambusrohr und einem

Sofa, auf dem eine Häkeldecke und irgendwie fernöstlich gemusterte Kissen lagen. Hinter einem Perlenvorhang gab es eine kleine Kochnische und gegenüber eine Tür, die offensichtlich ins Bad führte.

An den schrägen Wänden hingen Poster, die auch noch mal schräg angepinnt waren: ein Foto von einem Palmenstrand und über dem Bett das naive Gemälde einer indischen Göttin, die inmitten weißer Kühe Sitar spielte. Zu der vergilbten Blümchentapete passte das alles nicht recht. Aber das störte nicht weiter, man konnte sowieso kaum etwas erkennen. Einzige Lichtquelle war eine Nachttischlampe, ein Plexiglaszylinder, in dem zwei getrennte Flüssigkeiten, weiß und grellrot, langsam vor sich hin waberten, sodass sich das Licht in dem Raum ständig veränderte. Überall lagen und hingen netzartige Decken. Gleich nachdem sie sich aus ihrer Lederjacke herausgepellt hatte, zündete Anke Räucherstäbchen an und legte eine Kassette mit einer Art sphärischer Meditationsmusik in einen Ghettoblaster ein.

Ein kleines Bombay unter Reet, dachte Harry und zündete sich eine Zigarette an, als Gegenmittel gegen die Räucherstäbchen, die in zwei kleinen Buddhafiguren steckten und dort vor sich hin kokelten.

»Ich hab einen wahnsinnig tollen Mangolikör«, sagte sie. »Magst du so etwas?« Sie warf sich die Haare über die Schulter.

»Mangolikör?« Harry zögerte einen Moment. Er hing so tief in dem Sofa, dass er sich kaum zu ihr umdrehen konnte. Mangolikör wollte er auf keinen Fall. Aber da hatte er schon ein Glas in der Hand.

»Willst du meine Bilder wirklich noch sehen?« Sie kniete sich auf das Sofa und grinste doppeldeutig.

»Ach so, klar, deine Bilder.« Harry roch an dem Glas mit dem Likör.

»Ach so, jaja«, wiederholte sie und lachte demonstrativ.

Sie nahm ihm das Glas aus der Hand, beugte sich über ihn und küsste ihn. Ihr Haar roch pudrig, und aus dem Kassettenrekorder säuselte unermüdlich der meditative Synthi-Sound.

»Die Musik eben in der ›Blauen Maus‹ fand ich nicht unbedingt schlechter«, gab Harry zu bedenken.

Der beißende Patchouligeruch brannte ihm in der Nase trotz seines Schnupfens. Bei

Patchouli wurde er immer sofort von traumatischen Kindheitserinnerungen an die Wohngemeinschaft seiner Mutter bedrängt, kurz bevor sie sich damals nach Poona abgesetzt hatte. An das dunkle, muffig-süßlich stinkende Zimmer, vor dessen Fenstern alle fünf Minuten eine U-Bahn vorbeidonnerte. Es stellten sich flüchtige Bilder ihrer ständig wechselnden Liebhaber ein, die er mit Vornamen anreden musste und die penetrant den Kumpel spielten. Und beim Kiffen in der braun gestrichenen Küche prahlte seine Mutter dann mit peinlicher Regelmäßigkeit, dass sie zu »Starclub«-Zeiten für eine Nacht mal was mit John Lennon gehabt hatte. Das hatte Harry ihr schon als Neunjähriger nicht geglaubt. Ringo vielleicht, aber nicht John Lennon. Niemals.

»Komm, du musst locker werden.« Anke zog sich ihr Leopardenshirt über den Kopf und kniete jetzt mit nackten Brüsten neben ihm.

»Du bist total verspannt.« Energisch zupfte sie an seinem schwarzen Rollkragenpullover und zog Harry, während er den Pulli abstreifte, mit hinüber auf das Bett.

Die psychedelische Lampe warf rote Blasen

auf ihre Haut und auch auf die schräg hängende indische Göttin. Er berührte mit seiner Zunge ihre kleinen festen Brüste. Dabei atmete sie heftig und krallte ihm ihre Fingernägel in den Rücken, dass er Striemen bekam. Sie fasste ihm in die Jeans. Auf der Entspannungskassette begann ein neues Stück, das von dem vorigen nicht zu unterscheiden war. Auch er zwängte sich mit seiner Hand in ihre enge Hose. Aber mehr passierte dann auch nicht. Die Sitar spielende Göttin und die psychedelische Lampe neben dem Bett lenkten ihn ab. Fasziniert musste er immer wieder das Spiel der beiden öligen Flüssigkeiten in dem Plexiglas beobachten, während Anke mit geschlossenen Augen ihre Finger wieder aus seiner Hose herauszog.

»Was ist los mit dir?«

»Ich weiß auch nicht. Diese Musik macht mich irgendwie müde.« Harry hatte Kopfschmerzen. Die Erkältung war wieder voll da. Die Räucherstäbchen brannten in Augen und Nase. Aber vor allem ging ihm Silva Scheuermanns Erscheinen eben vor der Kneipe nicht aus dem Kopf. Wahrscheinlich lauerte sie jetzt gegenüber.

Anke verschwand durch den Perlenvorhang

im Bad. Er hörte die Klospülung. Nach einer Weile kam sie in einem gestreiften Herrenbademantel zurück. Den hatte wahrscheinlich ein Liebhaber irgendwann zurückgelassen.

»Hoffentlich hab ich dich nicht mit meiner Erkältung angesteckt«, sagte er.

»Ach was. Whisky desinfiziert.« Sie lächelte. Doch das sah jetzt auch deutlich müder aus.

Sie nahm die verunglückte Liebesnacht aber scheinbar locker. Wahrscheinlich nichts Besonderes für sie, wenn sie besoffene Typen aus der »Blauen Maus« abschleppte, überlegte Harry und fühlte sich dabei noch schlechter als ohnehin schon.

»Du siehst wirklich nicht gut aus«, sagte Anke und kam hinter dem klimpernden Vorhang mit einem Fläschchen zurück, auf dessen buntem Etikett die nächste indische Göttin im Schneidersitz saß.

»Meinst du wirklich?«, versuchte er vorsichtig zu protestieren.

»Das tut dir gut.« Sie träufelte sich das Öl in ihre Handflächen. Es roch nach Eukalyptus, nach Nelken und ein bisschen auch wieder nach Patchouli. Oder waren das die Räucherstäbchen?

Die ätherischen Öle, die Anke ihm mit ihren Perlmuttfingern auf Brust und Rücken verteilte, taten wirklich gut. Und sie brachten die beiden wider Erwarten dann doch noch mal richtig in Schwung. Wahrscheinlich lag es auch daran, dass der Ghettoblaster mit der Meditationsmusik endlich Ruhe gab.

Als Harry mitten in der Nacht aufwachte, hatte er keine Ahnung, wie spät es war. Eine Uhr konnte er nirgends entdecken. Anke schlief in eine der vielen roten Decken gehüllt. Eine dicke Strähne hing ihr ins Gesicht. Draußen war es noch dunkel, als er aus dem Gaubenfenster guckte. Die »Nordseeperle« gegenüber kam ihm im Mondlicht ganz nah vor. Ein Wolkenschatten zog über das Reetdach. Die Fenster waren alle dunkel. Überall waren die Vorhänge zugezogen. Nur in seinem Zimmer nicht. Er zündete sich eine »Camel ohne« an und sah aus dem Fenster. Das Watt war von hier nicht zu sehen. An Meret Boysens Pension vorbei sah man weitere Reetdachhäuser und dahinter über die Wiesen.

Das Gaubenfenster neben seinem in der »Nordseeperle« musste zu dem Zimmer von Silva Scheuermann gehören. Hatte sich dort eben die Gardine bewegt? Als er gerade nicht richtig hingesehen hatte? Das konnte doch nicht sein, dass diese Wahnsinnige die ganze Nacht hinter dem Vorhang stand und zu ihnen herüberguckte. Doch: Da bewegte sich der Stoff der Gardine wieder. Er hatte es deutlich gesehen. Da war er sich ganz sicher. Der Wind konnte das nicht sein. Das Fenster war geschlossen. Diese Scheuermann musste er irgendwie loswerden. Er drückte die Zigarette in der Buddhafigur aus. Er fühlte sich jetzt richtig fiebrig.

18

Das Boot hat noch gar nicht angelegt, schon geht ein Schieben und Drängeln durch die kleine Gruppe von Ausflüglern, die an der Mole in Wittdün wartet. Die Leute rücken sich gegenseitig auf die Pelle. In den Sonnenölduft mischt sich dezenter Schweißgeruch. Ein Rentnerpaar mit hektischem Blick in hellgrauen Windjacken, die unbedingt als Erste aufs Boot müssen, stößt Zoe seine monströse Kühltasche in die Knie.

»Be careful! Please!« Zoe sagt das bewusst auf Englisch. Um den beiden das Gefühl zu geben, sie seien doofe Deutsche, glaubt Harry. Sie sagt das harsch und arrogant. Aber als Harry sich zu ihr umdreht, muss sie sich das Grinsen verkneifen. Er macht sich den Spaß, dem Mann den Weg zu versperren, worauf die Frau sich nervös umdreht. Nach kurzem Zögern drängelt sie trotzdem weiter vorwärts.

»Am liebsten würden sie schon ins Wasser springen, bevor das Boot überhaupt da ist«, sagt Zoe und Harry lacht.

Die beiden wollen Maja besuchen, die immer noch auf Sylt lebt. Sie haben in all den Jahren den Kontakt gehalten. Sie hatten beruflich miteinander zu tun. Maja hatte Harry zwei sehr hübsche Mackes und mehrere Matisse-Grafiken geschickt, die sich auf dem amerikanischen Markt weit weniger riskant verkaufen ließen als in Europa.

Maja ist auf deutschen Expressionismus spezialisiert, vor allem ›Blauer Reiter‹. Aber malte sie auch noch eigene Sachen? Außerdem interessiert Harry natürlich brennend, ob sie vielleicht irgendwann einmal etwas von seinen ›Feriengästen‹ gehört hat. Dass er das Bild seinerzeit auf Amrum zurücklassen musste, hatte er ihr damals nicht erzählt und auch später am Telefon nicht.

Mit dem Schnellboot sind sie in einer knappen halben Stunde in Hörnum. Ganz gleichmäßig gleitet das Schiff am Amrumer Kniepsand entlang. Eine Verbindung, die es damals noch nicht gab. Es herrscht wieder strahlender Sonnenschein. Das Meer schillert wie eine Quecksilberplatte. Auf dem Wasser ist es angenehm, aber sonst ist es erstaunlich heiß. An solche Sommer an der Nordsee kann sich Harry von früher wirklich nicht erinnern. Er muss auf einmal wieder an die dramatischen Szenen auf der »Elsa« zurückdenken.

»Hier irgendwo muss Kieseritzky damals über Bord gegangen sein«, sagt er zu Zoe. »Bei diesem Wetter kann man sich gar nicht vorstellen, was für eine stürmische Nacht das war.« Trotzdem kommt es Harry vor, als sei es gestern gewesen.

Der Anleger in Hörnum wirkt heute größer. Aber er hatte ihn damals auch nur im Dunkeln gesehen. Das Rentnerpaar mit der Kühltasche will auch als Erste wieder von Bord, als die kleine Gangway noch gar nicht angelegt ist. Auf Sylt wirkt gleich alles betriebsamer. Schon vom Anleger aus sind ganze Siedlungen mit Eigentumswohnungen zu sehen. Überall hängen Plakate für den Worldcup im Beachpolo. Aber der rote Leuchtturm mit dem breiten weißen Ring in der Mitte, der aus den Dünen herausguckt, ist der alte geblieben.

Die Frau in den weiten weißen Klamotten, die neben dem alten Benz steht, muss Maja sein. Sie winkt Harry zu und kommt ihnen entgegen. Sie ist deutlich älter geworden, denkt er. Aber sie hat immer noch diese strahlenden Augen. Nach einem kurzen Zögern nehmen sie sich in die Arme.

»Verrückt«, sagt sie. »Harry, wie lange ist das her?«

»Achtzehn Jahre.« Er löst die Umarmung und stellt die beiden Frauen einander vor.

»Deine amerikanische Frau. Nice to meet you«, sagt Maja aus Spaß auf Englisch und lacht. Die beiden Frauen geben sich erst die Hand und umarmen sich dann auch etwas unbeholfen.

»Achtzehn Jahre.« Maja schüttelt den Kopf. Die achtzehn Jahre sind nicht spurlos an ihr vorbeigegangen. Maja ist deutlich in die Breite gegangen. Sie hat jetzt etwas Matronenhaftes, findet Harry. Aber es steht ihr gar nicht so schlecht. Das immer noch dicke ungestüme schwarze Haar ist inzwischen von ein paar grauen Strähnen durchzogen. Sie trägt eine aus verschiedenen Steinen zusammengesetzte Kette und auffällige breite Ohrringe aus matt gebürstetem Gold. An ihren Fingern, denen anzusehen ist, dass sie täglich malt, stecken gleich mehrere Ringe in demselben matten Gold.

Majas alter Benz hat noch einen richtig nagelnden Dieselmotor und durchgesessene Ledersitze. Die Fußmatten sind sandig und übersät mit altem Schokoladenpapier.

»Ich bin ja beruhigt, dass du nicht inzwischen Porsche fährst«, sagt Harry.

»Harry, du hast zu viel versprochen.« Zoe lacht und zeigt ihre vorstehenden Schneidezähne. »Ich wäre so gern mal Porsche gefahren.«

Maja lenkt ihren Benz in dem unmöglichen Bonbonrot auf die Inselstraße. Der Stern auf der Motorhaube zieht majestätisch seinen Weg an der Dünenlandschaft vorbei, hinter denen unzählige Reetdächer hervorgucken.

»Oh Lord, won't you buy me a Mercedes-Benz? My friends all drive Porsches, I must make amends ...«, singt Zoe auf dem Rücksitz eine Strophe des alten Janis-Joplin-Songs.

Maja dreht sich zu ihr um und strahlt. »Na, immerhin Benz.«

An den Strandaufgängen parken Autos, keine Sportwagen wie früher, sondern penibel geputzte schwarze Geländewagen, deren einziger Off-Road-Einsatz bei der Autoverladung nach Westerland stattfindet.

»Die Dinger nennen sie hier Sylt-Mantas«, sagt Maja. »Tja, es hat sich eine ganze Menge verändert in den achtzehn Jahren.«

»Auf Amrum zum Glück nicht, habe ich den Eindruck«, sagt Harry. »Die Kinder sammeln immer noch begeistert Muscheln, und Heimatdichter Quedens hält immer noch seine Diavorträge über die Nordsee. Alles noch genauso wie in meiner Kindheit. Das ist doch beruhigend.«

»Ja, da könntest du recht haben. Ich war ewig nicht da. Ich komm so selten auf die anderen Inseln.«

Sie fahren an Puan Klent vorbei, dem Schullandheim, wo Harry als Dreizehnjähriger auf Klassenreise war, wo sie auf dem Rasenplatz mit Meerblick Fußball gespielt und danach in dem großen Saal erstmals mit den Mädchen von anderen Schulen getanzt hatten. Harry erinnert sich noch genau, wie sie dabei peinlich geschwitzt hatten in ihren Rollis aus Helanca.

Sylt ist dort so schmal, dass man gleichzeitig beide Seiten, Strand und Wattenmeer und weite Teile der Insel überblicken kann. Ein Stück weiter vor dem »Sansibar« steht auf einem Schild »Nur für Porsches«. Aber auf dem Parkplatz stehen nur Opel-Coupés und kleine BMWs.

»Die Leute finden das witzig«, sagt Maja. »Sie kommen hierher, trinken Mineralwasser von den Fidschi-Inseln und kaufen sich Poloshirts mit der Aufschrift ›Sansibar‹ für hundert Euro das Stück. So haben sie das Gefühl dazuzugehören.«

»Ich glaube, ich kenn das noch von früher«, sagt Harry. »Das war doch eher so eine Bretterbude.«

»Ist es immer noch. Aber sie haben inzwischen einen der am besten sortierten Weinkeller Deutschlands, in den Dünen.«

»Erst mal möchte ich Zoe Kampen zeigen.« Harry dreht sich zu ihr um. »Wo Gunter Sachs früher auf seinem Motorrad die Whiskymeile entlangflaniert ist.«

»Gunter Sachs kommt nicht mehr. Augstein liegt auf dem Friedhof in Keitum und Hajo Friedrichs ist auch tot. Stattdessen gibt's jetzt Charity-Partys mit Cora Schumacher.«

»Wisst ihr, ich muss da nicht unbedingt hin«, winkt Zoe ab.

»Doch, nur einmal kurz durchfahren. Ich will das mal wieder sehen«, sagt Harry. »Auch wo wir damals auf der Party waren. Wie hießen die Leute?«

»Konerdings. Die haben das Haus immer noch. Helga sehe ich öfter auf Vernissagen und so. Er soll wohl ziemlich krank sein.«

Aus den Kampener Kneipen kommt gesampelte deutsche Schlagermusik und in den Gartenbars liefern sich zwei Champagnerfirmen einen Krieg der Sonnenschirme. Statt der Schauspieler und Journalisten sieht man Mittfünfziger, die in ihren türkisen Hemden mit Seidenstickerei und den schmierig mit Gel zurückgekämmten langen Haaren wie Gebrauchtwagenhändler aussehen.

»Aber wisst ihr, was das Schönste war?« Maja fährt im Schritttempo am »Gogärtchen« vorbei, als säßen sie in einem Bugatti und nicht in ihrem verrosteten Benz in Bonbonrot. »Die Bacardi-Party am Strand musste letztes Jahr ausfallen, weil der Sturm einen Abend vorher den Sand abgetragen und sämtliche Außenterrassen abgeräumt hat.« Sie strahlt. »Ha, die Natur ist eine echte Spaßbremse.«

Dann haben sie die Kampener Kneipenmeile auch schon hinter sich gelassen.

»Was ist überhaupt mit Essen?«, fragt Maja. »Wollt ihr Austern? Oder lieber Kaffee und Kuchen bei mir?«

»Wir hatten gestern Amrumer Oysters.«

»Amrumer Austern?«

»Wilde Austern«, sagt Harry. »Die sind doppelt so groß wie eure Sylter.«

»Also Kaffee und Butterkuchen.«

»Butterkuchen sounds good.«

Auf dem Weg statten sie Kieseritzky noch einen Besuch auf dem Friedhof in Keitum ab. Eigentlich hätte Harry sich das gern geschenkt. Doch als Maja den Vorschlag macht, will er sich auch nicht drücken. Er hat ein komisches Gefühl, als sie vor Kiesos Grab stehen. Aber Trauer kann er für ihn nicht empfinden.

Maja hat jetzt ein altes Haus am Rantumer Hafen. Kein Friesenhaus mit Reetdach, sondern ein Backsteingebäude von Neunzehnhundert, das ursprünglich wohl einmal als Werkstatt oder Hafenmeisterei gedient hatte und im Lauf des letzten Jahrhunderts allmählich zum Wohnhaus umgebaut worden war. Sie hat dort ein kleines Atelier und mehrere Ferienwohnungen zur Vermietung. Aus dem Atelier blickt man auf das Rantumer Becken. Maja kocht Kaffee. Und der Butterkuchen ist selbst gebacken.

»Läuft ganz gut das Geschäft, oder?«, fragt Harry. »Machst richtig Kohle mit deinen Matisse-Grafiken?«

»Ach was, das mache ich nur ab und zu mal. Ich lebe vor allem von der Vermietung und von den alten Leuchtturmbildern. Vielleicht habt ihr es ja gesehen, die Plakate und Postkarten hängen hier in jedem Andenkenladen. Die ganze Nordseeküste rauf und runter. Ich hab sogar schon Rechte ins Ausland verkauft.«

»Kieseritzkys alte Leuchtturmbilder?«

»Reinhards alte Leuchtturmbilder! Na ja, die meisten hab ich ja gemalt. Auch als er noch lebte. Und wenn das Geld knapp ist, dann taucht unerwartet immer mal wieder ein Original auf.«

Maja strahlt. Harry und Zoe müssen lachen.

»Wisst ihr, dass da irgendwelche Experten kommen, die das Alter der Farbe und des Papiers oder der Leinwand begutachten, muss ich bei Kiesos Bildern nicht befürchten. So bedeutend war der Leuchtturmmaler Boy Jensen dann auch wieder nicht. Aber die Preise für die Originale sind nach seinem Tod sprunghaft gestiegen.«

Harry guckt sich im Atelier um. Maja hat eine erstaunliche kleine Sammlung in ihrem Haus hängen: Beckmann, Klee und den gleichen Matisse noch einmal, den er in den USA vor ein paar Jahren für sie verkauft hat. Harry und Zoe gehen in dem großen Raum umher.

»Ich weiß, Harry, ›Brücke‹-Maler wären dir lieber. Aber ›Blauer Reiter‹ und französische Fauvisten verkaufen sich international besser. Na ja, wem erzähl ich das.«

»Aber dieser kleine Klee hier ist einfach wunderbar.« Zoe ist begeistert von dem geometrischen Kopf – schwarze Tusche, in Pastelltönen koloriert.

Harry und Zoe kennen sich mit Fälschungen mittlerweile aus. Sie wissen, dass diese Kopien fast immer etwas matter wirken, dass die Oberfläche meist nicht die Qualität der Originale hat. Bei Harrys Ahlen-Fälschungen damals war das ohne Belang und bei einigen wenigen Kopien, an denen er sich immer mal wieder selbst versucht hatte, ebenfalls. Aber bei einem Klee gucken potenzielle Käufer schon genauer hin. Und dieser war brillant.

»Der Klee ist dir gelungen«, sagt Harry mit

vollem Mund. »Fast so gut wie dein Butterkuchen.«

In der einen Hand das Kuchenstück, nimmt er Maja mit der anderen in den Arm. Sie ist tatsächlich eine Matrone gegen die sehnige Zoe. Ihre Ohren wirken irgendwie größer, findet Harry. Aber vielleicht sind das auch nur die auffälligen Ohrringe.

»Schön, Harry, dass wir uns wiedersehen«, sagt sie. Und zu Zoe gewandt: »Und dass wir uns kennenlernen.«

»Weißt du, Maja, es gibt einen besonderen Grund, warum wir hier sind. Es geht um den Nolde von damals, du weißt schon, die ›Feriengäste‹. Ich musste das Bild ja auf Amrum zurücklassen.«

»Ja, ich weiß«, sagt sie.

Harry stutzt. Er hatte ihr nie etwas davon erzählt. Zumindest hatte er das all die Jahre geglaubt.

»Woher weißt du?«

»Na ja, das Bild ist doch damals wieder aufgetaucht.«

Harry zuckt zusammen und auch Zoe guckt ziemlich überrascht. Das darf nicht wahr sein, denkt er. Sind die ›Feriengäste‹ gar nicht mehr hinter den ›Öömrang wüfen‹ versteckt? Hatte irgendjemand das Bild entdeckt? Sind sie ganz umsonst auf die Nordseeinseln gereist?

»Wo ist der Nolde gefunden worden?«, fragt er.

»Ich kann es dir nicht sagen. Ich hab nur gehört, dass die ›Feriengäste‹ wieder im Museum in Seebüll hängen sollen.«

Harry fällt ein Stein vom Herzen.

»Im Nolde-Museum. Das Bild haben wir gesehen.« Er sieht Maja prüfend an. »Das ist eine Fälschung.«

»Wirklich? Bist du dir sicher?« Jetzt guckt Maja etwas verwundert.

»Absolut«, sagt Harry triumphierend.

»Woran hast du das erkannt?«

»Schirmmutze«, sagt Zoe. »So hieß das doch, Harry?«

»Wieso ›Schirmmutze‹?« Maja ist irritiert.

»Ich hab es eben einfach gesehen. Ich kenne das Original.«

»Schade«, sagt Maja und wirkt dabei ziemlich enttäuscht. »Und ich dachte, mir wäre der Nolde ganz gut gelungen.«

19

Harry war fertig nach der Nacht mit Wilma Feuerstein. Er war völlig übernächtigt und er hatte einen Kater von dem Whisky. Seine Erkältung saß jetzt richtig in den Bronchien. Alle seine Atemwege waren dicht. Trotzdem hatte er irgendwie immer noch diesen beißenden Patchouligeruch in der Nase.

Er wusste, dass er die offizielle Frühstückszeit sträflich überzogen hatte. Es war fast zehn. Aber er hatte bewusst so lange gewartet, um der verrückten Scheuermann-Heinrich nicht gegenübersitzen zu müssen. Auf der Treppe kam ihm der dicke Hans-Peter Wiese mit der aktuellen ›Bild‹-Zeitung entgegen. Damit sie aneinander vorbeikamen, musste Harry sich dicht an die Wand drängen, dass er durch sein Hemd den rauen Griechenputz spürte und dass eines der Robbenbilder fast von der Wand fiel.

»Wir sind ja heute in der Zeitung«, sagte der Dicke und hielt die zusammengefalteten Zeitungsteile hoch. »Sogar ›Bild‹-Zeitung.«

Harry erschrak. »Wieso? Was heißt *wir*?«

»Na ja, der tote Maler von Sylt. Und der verschollene Fährmann.«

»Und? Irgendetwas Neues?«

»Ich glaube, meine Mutter und ich sind zusammen mit dem auf der Fähre gefahren. Als wir hergekommen sind.«

»Ich meine, gibt es irgendwelche neuen Erkenntnisse?«

»Erkenntnisse? Nö.« Der dicke Wiese faltete die Zeitung noch einmal. »Na ja, die vermuten wohl, dass die Toten irgendwie mit diesem Kunstraub zu tun haben.«

»Ach ja? Weiß man, wieso?« Harry war doch etwas beunruhigt.

»Wenn Sie mich fragen: Die tappen im Dunklen.« Als er die Treppe schnaufend ein paar Stufen weiter war, drehte er sich noch einmal zu Harry um.

»Ihre Freundin hat sich schon nach Ihnen erkundigt. Sie wissen schon.« Hans-Peter grinste vielsagend.

Die Pensionswirtin, die unten aus der Küche kam, guckte ziemlich verärgert.

»Ich weiß, Frau Boysen, ich bin spät dran. Aber einen Kaffee krieg ich doch vielleicht noch? Oder?«

»Ja, ja, ja«, seufzte sie. »Frühstücken Sie noch schnell.« Ihr Haarkranz hatte sich an einer Stelle leicht aufgelöst.

»Aber Sie wissen: Eigentlich bis neun!«

»Ja, natürlich, ich weiß. Kommt nicht wieder vor.« Darauf kann ich dir mein Wort geben, dachte Harry. Er war fest entschlossen, heute seine Bilder einzupacken und die Insel zu verlassen. Langsam wurde es hier reichlich ungemütlich für ihn. Am Nachmittag sollte angeblich wieder eine Fähre nach Dagebüll fahren, hatte Frau Boysen gehört. Gleich nach dem Frühstück wollte er sich nach der Fährverbindung erkundigen. Aber der Pensionswirtin sagte er besser nichts davon. Die würde womöglich gleich den Kommissar alarmieren.

»Übrigens, Herr Räräh, Frau Dings hat schon nach Ihnen gefragt.« Die Zimmerwirtin starrte ihn neugierig aus ihren wasserblauen Augen an.

»Was will die bloß«, brummte Harry mehr zu sich selbst.

»Wissen Sie, das frag ich mich langsam auch. Ich glaub, Herr-räh …, die hat einen richtigen Narren an Ihnen gefressen.«

Er musste grinsen. Aber Frau Boysen verzog keine Miene. Er hatte sie, seit er hier war, kein einziges Mal lächeln sehen, überlegte er.

»Und von dem Kunsträuber in dem Museum drüben auf 'm Festland soll ja sogar 'n Bild in der Zeitung sein.«

Harry glaubte, er hörte nicht richtig.

»E-ein B-bild?« Harry fühlte sein Blut in den Kopf schießen. Ihm wurde richtiggehend schwindelig. Der letzte Schluck Kaffee kam ihm sauer die Speiseröhre hoch.

»Hat Herr-räh Wiese gesacht. Ich hab's nich gesehen.«

»Was für ein Bild?«

»Na ja, also kein Foto, mehr so eine Zeichnung … Wie heißt das?«

»E-ein Phantombild?«

»Genau. Aber wie gesacht, ich hab's nich gesehen.«

Harrys Herz schlug rasend. Er hatte eiskalte Hände. Sein Kopf war heiß und die Nase auf einmal völlig frei. Sein Phantombild in der ›Bild‹-Zeitung? Verdammte Scheiße. Das durfte alles nicht wahr sein. Aber von wem sollte das Bild sonst sein? Und schließlich hatten ihn mehrere Leute gesehen. Andererseits: Der dicke Hans-Peter schien ihn nicht mit dem Bild in Verbindung zu bringen. Oder tat er nur so arglos, um in aller Ruhe die Polizei zu alarmieren? In Harry breitete sich langsam, aber sicher Panik aus.

Der Zeitungsständer vor dem Laden in Nebel war fast vollständig mit ›Bild‹-Zeitungen bestückt. Es ist eine Katastrophe, dachte er, überall Zeitungen mit meinem Bild, auf dem alle Welt mich erkennen wird. Mit zittrigen Fingern nahm er sich ein Exemplar aus dem Drahtständer und bezahlte im Laden. Hektisch blätterte er die Zeitung durch. Erst ziemlich weit hinten wurde er fündig. Die Zeichnung war sehr viel kleiner, als er sich das in seiner Fantasie ausgemalt hatte. Und in dem Bild mit der Unterschrift »Der Kunst-Kidnapper« mochte er sich nun wirklich nicht wiedererkennen.

Nein, dieses Phantombild war eine Zumutung. Er fand sich ja selbst nicht sonderlich attraktiv mit seinen Aknenarben und der zu großen Nase. Aber diese Zeichnung in der Zeitung war eine Unverschämtheit. Das hatte nun wirklich aber auch gar nichts mit ihm zu tun. Die Haare stimmten vielleicht. Das war offensichtlich eine gute Idee gewesen, dachte er im Nachhinein, dass er sich im Nolde-Museum die Haare so albern ins Gesicht gekämmt hatte. Und die Nase hatte vielleicht auch eine gewisse Ähnlichkeit mit seiner. Aber sonst? Sonst sah das Phantombild eher aus wie eine

Mischung aus Kindermörder und arabischem Terrorist. Wahrscheinlich war das nach den Angaben der Putzfrau gemacht worden. Es waren die Angstfantasien dieser verblödeten Putzfrau mit der idiotischen roten Dauerwelle. Hatte sie nicht schon vorgestern zu Protokoll gegeben, dass der Täter irgendwie ausländisch ausgesehen hätte? Und vor allem: brutal. Er und brutal, das war doch einfach lächerlich. Doch langsam bekam Harry selbst Zweifel an seiner Friedfertigkeit. Immerhin hatte es in den letzten Tagen in seiner unmittelbaren Umgebung zwei Tote gegeben.

Harry war so sehr mit seinem Phantombild beschäftigt, dass er den roten Ford von Kommissar Seehase, der im Schritttempo durch Nebel schlich, fast nicht gesehen hätte. Der Kopf mit der Prinz-Heinrich-Mütze guckte grade eben hinter dem Steuer hervor. Der kleinste Kommissar Norddeutschlands sah reichlich verloren aus in dem großen Auto. Sein Kollege, der Nebeler Dorfbulle Hark Tadsen, fuhr in einem älteren VW-»Jetta« mit defektem Auspuff direkt hinter ihm. Ganz im Gegensatz zu dem Kieler Kommissar klemmte sein blonder Kopf mit den roten Wangen direkt unter dem Autodach. Sobald die Straße etwas breiter wurde, überholte Tadsen den »Scorpio« mit aufheulendem Motor und brauste in niedrigem Gang mit ein paar Fehlzündungen Richtung Inselstraße weiter nach Wittdün.

Harry wartete einen Moment und nahm dann die Parallelstraße, um dem Kommissar nicht zu begegnen. Aber als er dann zwanzig Minuten später die Hauptstraße nach Wittdün hereinkam, um dort nach dem Fährfahrplan zu sehen, verfolgte ihn der »Scorpio« schon wieder. Er fuhr im Fahrradtempo fast neben ihm her. Harry blieb einen Moment stehen und drehte sich weg. Hatte der Kommissar ihn gesehen? Es sah aus, als suchte er den Ort nach irgendeinem Verdächtigen ab.

Nach wem sollte er schon suchen? Nur nach ihm, nach Harry. Und irgendwie kam es ihm vor, als hätten sich ihre Blicke kurz getroffen. Andererseits schien der kleine Kommissar genug damit zu tun zu haben, seinen burgunderroten Schlitten durch die enge Wittdüner Einkaufsstraße zu manövrieren. Hatte Seehase ihn auf dem Phantombild erkannt? Las er überhaupt die ›Bild‹-Zeitung? Wenn nicht er, dann bestimmt Hark Tadsen.

Er war so sehr auf den »Scorpio« mit dem

Kieler Kennzeichen konzentriert, dass er den Fahrradfahrer hinter sich gar nicht bemerkte. Es war der Oberlehrer aus dem Ruhrpott mit dem gestutzten roten Bart. Verfolgte der Typ ihn etwa schon länger? Nach einem ›Bild‹-Zeitungsleser sah er allerdings nicht unbedingt aus. Aber das musste nichts heißen. Harry blieb noch einmal stehen. Im Vorbeifahren sah der Radfahrer ihn eindringlich an und zeigte kurz seine schlechten Zähne. Nachdem er vorbeigefahren war, drehte er sich noch einmal nach Harry um.

Er war fest entschlossen, die nächste Fähre am Nachmittag zu nehmen: fünfzehn Uhr fünfundvierzig. In der Bank in Wittdün hob er Geld ab. Er plünderte sein Hamburger Konto, so viel der Überziehungskredit hergab. Fünfzehnhundert Mark zahlte ihm der Schalterbeamte der Amrumer Bank anstandslos aus. Für ein Flugticket nach New York sollte das auf jeden Fall reichen. Jetzt wollte er nur noch seine Bilder holen und Amrum schnellstens verlassen.

Auf dem Rückweg mied er die große Inselstraße. Auf dem kleinen Sandweg am Watt entlang war er vor dem Kommissar in seinem großen Schlitten sicher, dachte Harry. Doch dann sah er vor dem »Klabautermann« ein anderes Auto stehen: den klapprigen Polizeiwagen von Hark Tadsen. Harry malte sich aus, dass der Nebeler Polizist wahrscheinlich gerade den Wirt Fred oder den Strandkorbwärter verhörte. Bestimmt erzählten sie ihm, wie er mit dem Fährmann aneinandergeraten war. Jetzt hatten sie ihn. Ganz allmählich, aber unausweichlich schienen sie ihn einzukreisen. Nach Wittdün umdrehen wollte er auch nicht. Also fuhr er zügig, ohne einen Blick zur Seite zu werfen, an der Kneipe vorbei. In der Post in Nebel kaufte er noch Marken für einen Luftpostbrief und im Zeitungsladen einen DIN-A 4-Umschlag aus Plastik. Inzwischen bediente die Besitzerin ihn wie einen alten Stammkunden.

Die Eingangstür der »Nordseeperle« stand offen. Er schlich sich so leise er konnte ins Haus. Frau Boysen musste ihn jetzt nicht unbedingt sehen. Aus dem Frühstücksraum kam das übliche Staubsaugergeräusch. Harry stieg unbemerkt die Treppe hinauf. Die Betten in den Zimmern waren schon gemacht, sodass er in Ruhe seine Bilder verstauen könnte, ohne von der Zimmerwirtin gestört zu werden.

Bevor er sich den hinter den ›Öömrangen‹ versteckten ›Feriengästen‹ widmen wollte, holte er zunächst die Neckermann-Tüte mit den Aquarellen aus dem Schrank. Er nahm den Umschlag mit den ›Ungemalten Bildern‹ aus dem ›Inselboten‹. Harry hatte eine Idee: Er wollte den Briefumschlag mit der New Yorker Adresse beschriften, der Anschrift des Hehlers, an den er sich wegen des Ölbildes wenden wollte. Natürlich wollte er die Bilder möglichst nicht aus der Hand geben. Aber nach dem Phantombild in der Zeitung war er jetzt völlig verunsichert. Er könnte ja verhaftet werden. Diese Möglichkeit hatte er vorher nie in Betracht gezogen. Und falls er irgendwie in Bedrängnis kommen sollte, würde er den Umschlag einfach unbemerkt in den nächsten Briefkasten werfen. Es war natürlich riskant, die wertvollen Bilder an eine unbekannte Adresse zu schicken. Aber besser, als dass die Polizei ihn damit erwischte, war es allemal.

Er holte den kleinen Zettel mit der Anschrift aus seiner Brieftasche und schrieb mit einem altersschwachen Filzstift in deutlichen Großbuchstaben:

Mr. Sam Lieberman
127 East 10th Street
New York City, USA

Bei den letzten Buchstaben gab der Stift fast seinen Geist auf. Harry steckte die drei Nolde-Aquarelle in die Plastikfolie. Dabei warf er noch einen schnellen letzten Blick auf das ›Seltsame Paar‹. Es fiel ihm schwer, das Bild in dem Umschlag verschwinden zu lassen. Als er gerade die Gummierung des Briefumschlags anlecken wollte, hörte er Stimmen draußen im Treppenhaus. Oder an der Tür?

Harry horchte nervös. Es war die Stimme von Meret Boysen und eine andere, die so leise war, dass er sie nicht verstehen konnte. Er sah aus dem Fenster und bekam einen gewaltigen Schreck. Auf dem Sandweg direkt vor dem Eingang der »Nordseeperle« stand groß, bedrohlich und burgunderrot – der »Scorpio« von Kommissar Seehase.

Hatte der Kommissar ihn also etwa doch auf diesem missratenen Phantombild erkannt? Harrys Puls raste. Würde Meret Boysen den kleinsten Kommissar Norddeutschlands an der Tür abwimmeln? Darauf konnte er sich wirklich nicht verlassen. Vielleicht hatte sie ja doch mitbekommen, dass er im Haus war. Dann musste er damit rechnen, dass die beiden hier gleich vor seinem Zimmer standen. Er horchte noch an der Tür. Aber die Stimme des Kommissars war zu leise. Nur die Worte »Klabautermann« und »Wyker Dampfschiffs-Reederei« meinte er zu verstehen.

Harry wurde hektischer. Er zog sich seinen Anorak an und ließ den Briefumschlag in der Neckermann-Tüte verschwinden. Für die ›Feriengäste‹ an der Wand hinter dem anderen Bild war im Augenblick keine Zeit. Darum musste er sich später kümmern. Aber die Aquarelle nahm er zur Sicherheit lieber mit. Und er schnappte sich noch die in Wittdün gekaufte Zahnbürste vom Waschbecken. Er wusste auch nicht, warum.

Ganz behutsam öffnete er die Tür und lauschte. Dabei hatte er den Treppenaufgang und das oberste der verblichenen Robbenfotos im Blick. Jetzt war der hessische Akzent des Kommissars deutlich zu verstehen.

»Nun beruhigen Sie sich doch. Wir wissen, dass Sie mit der ganzen Sache nichts zu tun haben. Wir wollen nur mit Ihrem Gast, Herrn Heide, sprechen.«

»Mir kam das ja gleich komisch vor. Der ist hier nur mit der Neckermann-Tüte angekommen. Aber man ist ja zu gutmütig. Heute Nacht is er erst überhaupt nich nach Hause gekommen und dann um zehn zum Frühstück. Aber immer freundlich.«

»Eine Neckermann-Tüte sagen Sie?«

»Ja, Neckermann! Ist doch nicht normal!«

Jetzt hörte Harry einen Satz, den er nicht verstehen konnte, wahrscheinlich Nordfriesisch. Ein Mann mit tiefer schleppender Stimme antwortete ebenfalls auf Nordfriesisch. Nur das Wort »Neckermann« konnte Harry verstehen. Seehase hatte offensichtlich seinen Amrumer Kollegen Tadsen dabei.

»Haben Sie zufällig gesehen, was in seiner Tüte drin war?«, fragte jetzt wieder der Kieler Kommissar.

Die Antwort verstand er nicht, aber er musste jeden Moment damit rechnen, dass die drei zu ihm hochkamen. Leise zog er die Zimmertür hinter sich zu. Er schloss nicht ab. Das wäre wahrscheinlich zu hören gewesen. Auf Zehenspitzen schlich er ganz behutsam zu der kleinen begehbaren Wäschekammer zwischen der Toilette und dem Zimmer von Silva Scheuermann.

Der kleine Raum war durch einen Vorhang abgetrennt, der halb aufgezogen war. Zwischen der Gardine und einem Regal konnte er grade eben stehen. Die Plastiktüte mit den Aquarellen hielt er sich dicht vor die Brust gedrückt. In den Borden waren Bettwäsche und Handtücher gestapelt, eine ganze Batterie von Reinigungsmitteln, Bügelsprays oder Ähnlichem und bestimmt hundert Rollen Klopapier. Frau Boysen hatte bemerkenswerte Vorräte angelegt.

»Ich durchsuch doch nicht das Gepäck meiner Gäste!«, protestierte Meret Boysen. »Aber der Kleiderschrank war immer abgeschlossen. Und den Schlüssel muss er wohl immer mitgenommen haben. Ist doch komisch. Als wenn er was verstecken will.«

»Frau Boysen, wenn Herr Heide jetzt nicht da ist …«

»Nee, der is nich da. Der is gleich nach dem Frühstück los. Ich war ja grad oben und hab die Betten gemacht.«

»Dann würden wir gern kurz mal einen Blick in sein Zimmer werfen.«

Eingezwängt zwischen dem wollenen Vorhang und dem gestapelten Toilettenpapier, brach Harry der Schweiß aus.

»Ja, wenn Sie meinen, Herr Kommissar.«

»Meret, das ist schon in Ordnung«, beruhigte Hark Tadsen sie.

Die drei polterten die Treppe herauf.

»Haben Sie die Pension schon lange?«, bemühte der Kommissar sich währenddessen um Konversation.

»Seit einundsechzig«, antwortete sie prompt. »Den Winter drauf war dann gleich die große Sturmflut.«

»Für mich ist das ja nichts, die Nordsee«, brummte Seehase missmutig. Und dann wieder etwas offizieller: »Dieses Zimmer hier?«

»Nee, nee, nicht ›Lachmöwe‹, hier ›Eiderente‹.«

»Eiderente, soso.« Das klang auf Hessisch, als hätte es mit dem Nordseevogel nicht mehr viel zu tun.

»Na, die Eidäendä ist wohl ausgeflogen.« Seehase lachte kurz gackernd über seinen Witz. Er war der Einzige.

Seine Stimme war jetzt ganz nah, unmittelbar neben ihm. Harry hielt den Atem an. Er drückte sich ganz eng an die Klopapierrollen, damit er die Gardine nicht bewegte und seine Füße darunter nicht zu sehen waren. Ein besonders sicheres Versteck war das hier wahrhaftig nicht. Der Kommissar klopfte bedrohlich donnernd an die Zimmertür.

»Herr Heide, sind Sie da? Hier ist die Polizei.« Harry hörte jetzt deutlich Seehases Zischeln zwischen Zunge und Zähnen.

Dann drückte der Kieler Kommissar die Klinke und öffnete die Tür.

»Das ist doch nicht möglich. Ich hab doch abgeschlossen.« Harry hörte Frau Boysen mit einem Schlüsselbund klimpern.

»Jetzt is aber auf, Meret«, sagte Tadsen trocken.

»Das kann nich sein. Ich hab doch grad Betten gemacht.«

»Na ja, siehst doch.«

»Komisch.«

Harry hörte, wie die drei das Zimmer betraten und ihre Stimmen etwas leiser wurden. Er lugte vorsichtig aus seiner Wäschekammer heraus. Sollte er es wagen, über die Treppe schnell abzuhauen? Aber die Tür seines Zimmers stand immer noch offen. Im Türrahmen vor dem Eiderenten-Schild sah er den breiten Rücken von Hark Tadsen in seiner zu engen grünen Polizeijacke. Harry zog sich wieder zu seinen Klorollen zurück.

»Is tatsächlich nicht da«, stellte der Nebeler

Beamte noch einmal fest. Dann zog er die Zimmertür hinter sich ran. Ganz ins Schloss fiel sie nicht. Aber die Stimmen waren nicht mehr so deutlich zu hören.

»Frau Boysen, ich werfe mal einen Blick in den Schrank. Der Schlüssel steckt ja.«

»Das gibt's doch gar nicht!«, entrüstete die Pensionswirtin sich lautstark. »Eben war der Schlüssel weg.« Sie verstand die Welt nicht mehr.

»Ja, Meret, und nu is er wieder da.«

»Nu hört es aber auf, Hark! Ich bin doch nicht verrückt.«

Harry guckte erneut hinter seiner Gardine hervor. Besonders gut stand er hier nicht. Wer weiß, ob Frau Boysen nicht jeden Moment etwas aus der Kammer holen wollte. Jetzt war die Gelegenheit abzuhauen, solange die drei in seinem Zimmer beschäftigt waren. Er schlich, indem er die Füße in seinen Sportschuhen ganz behutsam abrollte, in Richtung Treppe. Dabei behielt er fortwährend die angelehnte Tür seines Zimmers im Blick. Ganz kurz hielt er noch einmal inne und horchte.

»Nein, diese Neckermann-Tüte kann ich nirgends entdecken«, sagte Seehase gerade.

In dem Moment wurde ganz plötzlich, wie

aus heiterem Himmel, die Tür direkt neben ihm aufgerissen. Harry war zu überrascht, um irgendwie reagieren zu können. Neben ihm stand Silva Scheuermann-Heinrich, wie eine Erscheinung. Sie trug wieder das afrikanische Festgewand mit den grünen und orangen Blüten auf knallgelbem Grund.

»Schnell, komm«, hauchte sie ohne das übliche Quäken in ihrer Stimme. Gleichzeitig zog sie ihn mit beiden Händen rabiat an seinem Troyer in ihr Zimmer. Harry fühlte sich unweigerlich an das Handgemenge mit dem Fährmann erinnert. Aber Silva hatte anderes vor.

Nachdem sie ihn in den Raum bugsiert hatte, drehte sie ihn blitzschnell herum, sodass sie jetzt mit dem Rücken zur Tür stand. Harry streckte den Arm, in dem er die Plastiktüte hielt, ein Stück von sich, damit die Bilder nicht verknickten. Ohne die Hände von ihm zu lassen, stieß sie die Tür mit einem geschickten kleinen Fußtritt nach hinten, dass sie kaum hörbar ins Schloss fiel.

Ehe er sich versah, schlang sie beide Arme um seinen Hals, zog seinen Kopf zu sich herunter und presste ihre geöffneten Lippen auf seine. Und auch Harry öffnete seinen Mund, obwohl er es ganz sicher nicht wollte. Es war wie ein Reflex. Im selben Moment steckte ihm Silva Scheuermann ihre Zunge bis in seinen entzündeten Hals. Er konnte gar nicht so schnell begreifen, was er hier machte. Er überlegte fieberhaft, wie er bloß aus der Situation herauskommen könnte, während sie ihn weiter küsste.

Aus dem Nebenraum waren die Stimmen des Kommissars und der Pensionswirtin zu hören, durch die Wand gedämpft, aber das meiste war zu verstehen.

»Viel Gepäck hat unser Herr Heide wirklich nicht dabei. Das sind ja nur ein Hemd und ein Pullover.«

»Sag ich doch!« Meret Boysens Stimme klang leicht unwirsch. »Der ist nur mit der Tüte gekommen. Wo die bloß hin ist?«

»Wird er wohl entsorgt haben«, sagte Hark Tadsen.

»Das hätt' ich doch mitkriegen müssen.«

Nur gut, dass er seine Klamotten noch nicht dabeihatte, dachte Harry. Sonst wären die drei erst recht alarmiert gewesen.

»Was ist denn das hier?«, hörte er Seehases Stimme, deutlich lauter als vorher.

»Dat? 'ne Postkarte«, sagte Hark Tadsen knapp.

»Ja und? Was ist darauf zu sehen?«

»Ja, nich viel, nä. . . bunt is sie ja.«

»Emil Nolde, Herr Tadsen. Der Kunstraub.« Wieder meinte Harry durch die Wand hindurch den Kommissar an seinem Gebiss schlotzen zu hören.

Währenddessen kam Silva mit ihrer Zunge erst richtig in Fahrt. Dabei starrte sie ihn durch ihre rote Brille, die sie beim Küssen nicht abgesetzt hatte, mit ihrem intensiven Blick an. Sie schmiegte sich an ihn, wobei ihre Holzperlen im Haar klimperten und sich ihr Morgenmantel leicht öffnete. Ihre Haut schimmerte käsig weiß.

»Was machen wir hier eigentlich?«, flüsterte Harry und versuchte sie von sich wegzudrücken. Allzu laut protestieren konnte er ja leider nicht.

»Du hast es doch auch gespürt«, flüsterte sie. Ihr Blick saugte sich leidenschaftlich an ihm fest. »Ich hab dich gleich gewollt.«

»W-w-wie bitte?« Er hatte den Geschmack ihres Fencheltees auf der Zunge.

»Ich weiß ja, dass du der Bilderdieb bist. Und wenn du mich mitnimmst, dann verrate ich dich auch nicht.«

»Wie kommst du bloß auf die Idee?«

»Komm mir nicht mit dieser Unschuldsmiene! Wirklich nicht!« Ihre Stimme wurde streng und schon wieder etwas quäkend, sodass Harry befürchtete, man könnte sie im Nebenzimmer hören. Doch dann flüsterte sie wieder sanfter.

»Nimm mich mit. Ich will mit dir und deinen Bildern fliehen. Lass uns einfach durchbrennen bis ans Ende der Welt. Wäre das nicht aufregend?« Jetzt schnappte sie völlig über. »Ich will auch geraubt werden.«

Sie versuchte Harry erneut an sich zu ziehen. Aber der sperrte sich jetzt. Was hatte diese Verrückte für abartige Ideen? Dachte sie, dass er zusammen mit ihr auf eine Weltreise gehen wollte – nach Burkina Faso vielleicht?

»Wie kommst du darauf?«, fragte er. »Ich meine, wie kommst du darauf, dass ich Bilder geklaut haben soll?« Gleichzeitig versuchte er zu verstehen, was im Nebenraum gesprochen wurde. Doch er hörte jetzt nur laute Schritte und das mehrmalige Klappen der Schranktür.

»Ich habe sie gesehen«, sagte sie triumphierend und blickte demonstrativ auf die Plastiktüte in seiner Hand.

»Bitte?«

»Ich hab die Bilder gesehen. In der Tüte in

deinem Schrank. Das Ölbild und drei Aquarelle.« Ihre Stimme wirkte jetzt eher ärgerlich – fast lauernd, fand Harry.

»Ich war in deinem Zimmer. Das war ja nun wirklich keine Kunst, dort hineinzukommen. Und mein Schrankschlüssel passt auch bei deinem. Es sind wirklich wundervolle Bilder.« Sie schlang trotzig erneut ihre Arme um seinen Hals. »Aber sie gehören nicht mehr dir allein, mein Schatz.«

Er hatte sich also nicht getäuscht, es war jemand an der Tüte mit den Bildern gewesen. Und ausgerechnet seine liebestolle Zimmernachbarin. Die Situation schien ausweglos. Wie sollte er da nur wieder herauskommen?

Die Rettung kam ganz plötzlich und von unerwarteter Seite. Aus seinem Zimmer waren wieder ganz deutlich die Stimmen von Seehase und seinem uniformierten Kollegen aus Nebel zu hören.

»Sie wollten doch – wie heißt sie gleich? – noch mal verhören«, erinnerte Tadsen den Kieler Kommissar.

»Ja, richtig. Sagen Sie, Frau Boysen, wie heißt die Dame gleich? Scheuermann … äh?«

»Ja, die Dings.«

»Also, welches Zimmer hatte denn Frau Scheuermann ... äh, noch?«

»Seeschwalbe, das Zimmer nebenan.«

Harry fuhr zusammen. Aber Silva schien auf alles vorbereitet.

»Ich kann dich verstecken«, flüsterte sie. »Schnell. Es gibt hier noch ein anderes Zimmer.« Sie führte ihn geschäftig durch eine zweite Tür in einen kleineren Nebenraum, der fast vollständig von einem Etagenbett ausgefüllt wurde.

»Lass mich nur machen. Ich werde mit diesen Polizisten schon fertig.«

Sie hatte die Tür gerade geschlossen, als es klopfte.

»Frau Scheuermann ... äh?«, hörte Harry den hessischen Tonfall des Kommissars.

»Einen Augenblick«, rief Silva mit gewohnt quakiger Stimme. »Ich habe mich grad einen Moment hingelegt. Sofort.«

Sie ließ die Polizisten eine ganze Weile warten, bis sie zur Tür ging. Die ist wirklich abgebrüht, dachte Harry. Er legte seine Bilder auf dem oberen der Betten ab. Neben dem Etagenbett in der Dachschräge konnte er kaum stehen. Nur vor dem kleinen ungewöhnlich tief liegenden Gaubenfenster war etwas Platz.

Das Fenster brachte ihn auf eine Idee: Würde das Reetdach des alten Friesenhauses ihn eigentlich tragen, wenn er hier aus der Dachluke kletterte? Aber gab es eine Alternative? Die Aquarelle hatte er dabei. Und wegen der ›Feriengäste‹ konnte er zurückkommen, wenn die Polizei abgerückt war.

Nebenan hörte er Silva mit Seehase diskutieren. Sie schlug den Polizisten gegenüber einen überraschend unverschämten Ton an.

»Ich weiß gar nicht, was Sie wollen. Ich hab mich grade noch mal hingelegt. Ich fühl mich heute nicht so.«

»Es geht noch mal um Ihre Aussage«, sagte der Kommissar.

»Ich kann Ihnen da auch nicht weiterhelfen«, motzte sie zurück. »Und ich bin mir sicher, Herr Heide kann Ihnen auch nichts weiter sagen.«

Die Verrückte tat ihr Bestes, um sich ihm als Komplizin zu empfehlen, dachte Harry. Er saß jetzt auf dem Fußboden und machte sich an dem Gaubenfenster zu schaffen. Es ließ sich gar nicht so leicht öffnen. Schloss und Scharniere waren eingerostet oder oxidiert, als wären sie seit Monaten nicht geöffnet worden. Und als das Fenster dann mit einem plötzlichen Ruck nach außen aufsprang, drohte gleich der ganze Fensterflügel aus dem Rahmen zu fallen. Harry streckte den Kopf hinaus. Der Blick ging in den Garten mit Obstbäumen, der von der Straße nicht recht einsehbar war. Er konnte niemanden entdecken. Die Luft schien rein. Er nahm die Tüte mit den Bildern und zwängte sich mit den Füßen zuerst durch das Halbrund der Luke.

»Meine Güte, dann wird es wohl ein anderer Abend gewesen sein, dass ich mit Herrn Heide Tee mit Rum getrunken habe«, hörte er Silva Scheuermanns durchdringendes Organ, während er grade mit seinem Anorak an einem Haken im Fensterrahmen hängen blieb.

»Und was wir für ein Verhältnis haben, das geht Sie nun wirklich gar nichts an. Aber auch gar nichts«, schimpfte sie. Da befand sich Harry bereits auf dem Dach und drückte das Fenster vorsichtig wieder zu.

Halb lag er, halb saß er auf dem Dach. Die Tüte hielt er leicht von sich gestreckt in der rechten Hand, während er sich mit der linken nach unten tastete. Man hatte von hier oben eine wunderschöne Aussicht auf die Nebeler Kirche und die Reetdächer des Dorfes. Auf dem First des Nebenhauses bei Wilma Feuerstein stocherte gerade ein Austernfischer mit seinem langen spitzen roten Schnabel in dem Heidereisig der Dachkrone.

Die Schräge war überraschend steil. Das stellenweise mit Moos bedeckte Reet war feucht und glitschig. Es machte einen porösen, nicht sonderlich haltbaren Eindruck. Um wieder Halt zu bekommen, winkelte Harry ein Bein an. Dabei passierte es. Er rutschte auf einmal mit beängstigender Geschwindigkeit das Dach hinunter, wollte mit den Füßen stoppen und trat dadurch regelrecht in das Dach hinein. Sein rechtes Bein war sofort bis zum Knie im Reet verschwunden. Die Neckermann-Tüte hatte er vor Schreck hochgerissen. Das musste im Haus doch sicher zu hören gewesen sein. Harry lauschte angestrengt, doch außer dem Geschrei zweier Möwen, die Richtung Kniepsand segelten, war nichts zu hören.

Vorsichtig zog er den Fuß aus dem Reet heraus. Fast hätte er seinen rechten Schuh dabei verloren. Viel hätte nicht gefehlt, und er wäre in Frau Boysens Küche oder sonst wo im Haus gelandet. Er hatte ein beachtliches Loch im Dach hinterlassen. Das sah nach einem richtigen Schaden aus. Unruhig beobachtete er, ob jemand unter ihm im Garten erschien.

Aber es war niemand zu sehen. Eilig schlitterte er den Rest der Dachschräge hinunter. An der Kante brach noch ein kleines Stück Reet ab. Dann landete Harry tatsächlich direkt vor der Küche, in der sich glücklicherweise niemand befand.

Bei dem Sprung vom Dach war er kurz auf die Seite gefallen. Er sprang schnell auf und lief, ohne sich umzudrehen, über das freie Rasenstück an den beiden Obstbäumen vorbei hinter ein Gebüsch aus Fliederbeersträuchern. Über den kleinen Wall schlich er sich geduckt im Schatten der Büsche auf das Nachbargrundstück. So lief er am Rand einer Pferdeweide von Grundstück zu Grundstück durch die Gärten Richtung Watt. Sein Fahrrad musste er erst mal zurücklassen. Es stand nur wenige Meter entfernt von Seehases rotem »Scorpio«.

20

Harry ging ein Stück am Watt entlang. Sein Anorak und die Hose hatten durch die Rutschpartie über das nasse bemooste Reetdach grünbraune Streifen bekommen. Er guckte sich ständig um, ob er irgendwo einen der beiden Polizeiwagen entdecken konnte. Harry hatte absolut keine Idee, wo er jetzt bleiben sollte. Bis zur Abfahrt seiner Fähre hatte er noch fast zwei Stunden Zeit. Und vorher wollte er unbedingt noch an die ›Öömrangen‹ über dem Bett in seinem Pensionszimmer heran. Aber dazu musste die Luft rein sein. Vom Weg am Watt aus beobachtete er die Pension. Aber der Ford des Kieler Kommissars stand noch immer vor dem Haus.

Eine Weile drückte er sich in den kleinen Stichstraßen herum, jederzeit bereit, schnell kehrtzumachen oder in einer Einfahrt hinter einem Gebüsch aus wilden Nordseerosen in Deckung zu gehen. Wenigstens regnete es nicht mehr. Über dem Wasser war der Himmel diffus grau wie hinter einer Milchglasscheibe. Dazwischen schwebten ein paar weiße Puffwölkchen. Auf dem Wattweg kam ihm der Austernsammler mit einem gut gefüllten Eimer entgegen.

»Moin«, sagte er, »Wie sieht's aus mit Austern?«

»Danke, heute nicht.«

In einiger Entfernung sah er jetzt das Auto von Seehase über den Uasterstigh fahren.

Harry drehte schnell in Richtung »Nordseeperle«. Dort stand stattdessen jetzt der grünweiße Polizeiwagen vor der Tür. Am Steuer saß, groß und breit, Hark Tadsen. Er biss in ein Brötchen und las die ›Bild‹-Zeitung. Das verhieß nichts Gutes.

Ganz offensichtlich suchte die Polizei jetzt nach ihm. Die Chancen, vor der Fährabfahrt an sein Bild zu kommen, sanken mit jeder Minute. Aber er durfte nicht so einfach aufgeben. Vielleicht würde es Tadsen in seinem »Jetta« ja bald langweilig werden und er rückte wieder ab. Bis dahin wollte er zum Strand gehen, wo er jeden möglichen Verfolger von Weitem sah. Oder vielleicht auf den Leuchtturm? Als er durch Nebel Richtung Meer lief, sah er schon wieder den roten Ford kommen, der offenbar gewendet hatte, wahrscheinlich um den Ort nach ihm zu durchkämmen. Seehases Kopf mit der wildledernen Schiffermütze, der eben gerade über den Rand des Seitenfensters hinwegguckte, zog in einigem Abstand gemächlich an ihm vorbei.

Anders als am Watt hing über dem Meer ein tiefschwarzer Himmel. Davor standen auf einer kleinen Düne, grell von der Sonne beschienen, ein paar letzte Strandkörbe. Als

Harry über den breiten Strand ein Stück Richtung Wittdün gegangen war, schlugen ihm die ersten dicken Regentropfen ins Gesicht. Er musste sich schnellstens irgendwo unterstellen. Die Lokale in einem der Dörfer waren ihm jetzt zu brenzlig. Da könnte jederzeit die Polizei auftauchen. Und so ging Harry noch einmal zu seinem Lieblingsort.

Vor dem Leuchtturm war ein neues Schild angebracht, das gestern noch nicht dort hing: »Wegen Bauarbeiten bis auf Weiteres geschlossen.« Die Eingangstür war dennoch geöffnet. Bauarbeiter waren nicht zu hören und auch sonst war niemand in Sicht. Er wollte gerade das Innere des Turms betreten, als er sich kurz umdrehte.

»Das darf nicht wahr sein«, fluchte er. »Verdammt, die Alte entwickelt sich zu einer echten Plage.«

Silva Scheuermann, im roten Anorak, radelte wieder auf ihrem Hollandrad die Auffahrt zum Leuchtturm entlang. Und sie hatte ihn wohl bereits gesehen, denn sie beschleunigte in dem Moment. Aber warum sollte er es nicht wieder so machen wie gestern. Er würde sich kurz in dem gläsernen Raum mit der Linsenoptik verstecken, bis Silva Scheuermann vorbei war. Und dann würde er den Turm schleunigst wieder hinabsteigen.

Er stürmte die hundertzweiundsiebzig Stufen der steinernen Wendeltreppe nach oben. Die hinter dem Eingang gelagerten Stahlrohre, Teile irgendeines Gerüstes beachtete er gar nicht recht. Er stieg so schnell nach oben, dass sein Puls hämmerte. Wegen der Erkältung war er nicht sonderlich gut in Form. Als er etwa die Hälfte geschafft hatte, hörte er Silva den Leuchtturm betreten. Ihm war, als kämen ihre schnellen Tritte bedrohlich näher.

»Warte doch!« In dem steinernen Turm hallte ihre Stimme schrill und fordernd. »Harry Heide, so entkommst du mir nicht.«

Er vergaß schlagartig seine schwache Kondition und nahm die Stufen noch schneller. Die Plastiktüte mit den Bildern war ihm dabei etwas hinderlich. Die Tüte drehte sich in seiner Hand immer wieder, dass er Angst hatte, die Bilder zu verknicken.

In dem hohen Raum unter dem Leuchtfeuer, in dem die Wendeltreppe endete und in dem früher auch der Leuchtturmwärter übernachtet hatte, standen mehrere verrostete Eisengitter an die Wand gelehnt. Offenbar hatte man mit den Renovierungsarbeiten des

Leuchtturmes doch schon begonnen. Aber die Gitter interessierten nicht. Etwas anderes forderte sofort seine ganze Aufmerksamkeit. Die schmale Stiege, die zu der umlaufenden Aussichtsgalerie hinaufführte, war auf einmal mit mehreren rotweiß gestreiften Plastikbändern abgesperrt. Das konnte er jetzt überhaupt nicht gebrauchen, wenn Silva an ihm vorbei nach oben gehen sollte.

Hastig zerrte er an den Plastikstreifen. Sie rissen nicht. Der Kunststoff war so elastisch, dass er sich immer weiter dehnte, je mehr er daran zog. Er hätte einen spitzen Gegenstand gebraucht, um die Folie einzuschneiden. Harry suchte hektisch seine sämtlichen Taschen ab. Er zog den Holzanhänger mit der »Eiderente« aus der Anoraktasche. Mit dem stumpfen Bart des Schlüssels bohrte er Löcher in das rotweiße Plastikband. Er musste schnell machen. Silvas Schritte kamen immer näher. Als die Folie erst einmal gerissen war, konnte er sie von dem Geländer herunterziehen.

Er klaubte das Band eilig zusammen und nahm den anderen Zugang mit der steilen Leiter zu dem schmalen Steg hinauf, der im Inneren des Leuchtturms fast einmal um die Prismen herumführte. Harry konnte von hier auf den Aussichtsbalkon hinunterblicken. Aber so lange wollte er sich hier gar nicht aufhalten. Sobald sich Silva auf dem Balkon befinden würde, wollte er so schnell wie möglich den Turm wieder verlassen. Harry stutzte. Jetzt sah er auf einmal, warum die Treppe mit dem rot gestreiften Plastikband gesperrt war. Nicht nur das Geländer des Rundbalkons, auch Teile der Bodenplatten waren abmontiert. Natürlich, die Gitter, an denen er eben gerade vorbeigelaufen war.

Da hörte er, wie seine Verfolgerin hechelnd den Vorraum mit der Schlafkoje erreichte. Sie blieb kurz stehen. Jetzt konnte er sie noch warnen. Er lauschte ihrem schweren Atem, und sofort hatte Harry die grauenhafte Kussszene vorhin in der Pension wieder vor Augen. Er bekam plötzlich eine richtige Wut auf diese blöde Tussi mit ihren Kräutertees und ihrem Bademantel aus Burkina Faso. Warum konnte sie ihn nicht endlich in Ruhe lassen? Selbst schuld, wenn sie ihm überall hinterherrannte.

Er ließ sie die Stiege hinaufsteigen. Jeder einzelne ihrer Schritte hallte metallisch durch den ganzen Turm. Oben angekommen, öffnete sie die schwergängige Tür. Harry sah von oben ihr hennarotes Haar und den roten Anorak in der Türöffnung erscheinen. Nach ihm suchend, den Blick zur Seite gewandt, trat sie hinaus auf den Aussichtsbalkon. Und jetzt war kein metallenes Auftreten zu hören. Für einen kurzen Moment hörte er gar nichts. Nur das Heulen einer Windbö und ein kleiner Regenschauer, der gegen die Fenster des Leuchtturms spritzte. Harry sah durch die mit Regentropfen besprenkelten Fenster schemenhaft, wie der rot leuchtende Anorak nach unten weggerissen wurde. Und dann war gar nichts mehr zu sehen.

Wirklich seltsam, schoss es Harry durch den Kopf, das war wie bei Kieseritzky. Wie ein Zaubertrick. Auch Silva schien einfach zu verschwinden, wie das weiße Kaninchen eines Magiers. Aber dann hörte er auf einmal ihren durchdringenden quäkenden Schrei, der leiser wurde und dann abrupt erstarb. Er vernahm das Geräusch brechender Zweige und berstenden Holzes. Von seiner Empore aus konnte er nicht direkt am Turm hinabsehen. Er eilte die Leiter in den Vorraum hinunter und die andere zum Aussichtsbalkon gleich wieder hinauf. Als er die oberste Stufe mit dem Austritt erreicht hatte, sah er sie. Sie hing weit unter ihm in einer der großen alten Kiefern, die am Fuße des Leuchtturms standen. Nur ihre Klamotten, die sich in dem Gehölz verfangen hatten, schienen den leblos wirkenden Körper am weiteren Fallen zu hindern.

Jetzt sah er, was passiert war. In der Nähe des Austritts war eigentlich nur ein Bodenblech herausgenommen worden, gleich links. Da musste sie heruntergestürzt sein. Rechts dagegen waren die Platten noch montiert. Deshalb war ihr die Lücke wahrscheinlich nicht aufgefallen.

Er suchte die Umgebung ab, ob irgendjemand in der Nähe war, der den Sturz beobachtet haben könnte. Es war absolut niemand in Sicht. Nur ein paar Möwen, die um den Turm herum in Richtung Dünen segelten.

In dem Moment knarrte und splitterte es noch einmal in dem Baum unter ihm. Silvas Körper rutschte noch etwas weiter, um dann endgültig auf dem Boden aufzuschlagen. Fast vorwurfsvoll starrte ihr bleiches Gesicht zu Harry hinauf. An einem abgebrochenen toten Ast wehte, wie eine vom Sturm zerfranste Piratenfahne, ein Fetzen des bunten Karibikstoffes aus Silva Scheuermanns Shirt.

Harry stürmte die Wendeltreppe hinunter

und zum Ausgang hinaus. Da lag sie. Ihre Klamotten waren auf einer Seite völlig zerrissen. Aber sonst sah sie eigentlich aus wie immer. Selbst ihre rötlich schillernde Brille war ganz geblieben, durch die sie ihn immer noch mit diesem unverfrorenen Blick musterte, der Harry so auf die Nerven gegangen war. Die Augen konnte er ihr nicht schließen. Er horchte nach ihrem Atem. Dann tastete er am Hals nach dem Puls. Die Neckermann-Tüte legte er dabei kurz aus der Hand. Zuerst glaubte er etwas zu fühlen. Aber es war sein eigener Puls. Nein, Silva Scheuermann-Heinrich würde nicht mehr mit ihm auf Weltreise gehen.

Es war kein einziger Blutstropfen zu sehen, obwohl der Körper hart auf den Steinplatten aufgeschlagen sein musste. Nur die Holzperlen aus ihren Haaren kullerten kunterbunt durcheinander über die Betonplatten. Kurz und schmerzlos, so ein Sturz vom Leuchtturm, dachte sich Harry. Sicherlich angenehmer, als in der stürmischen Nordsee jämmerlich abzusaufen.

Er überlegte, ob er die tote Silva wegschaffen sollte. Eine Leiche direkt vor dem Eingang des Leuchtturms würde wahrscheinlich schnell entdeckt werden. Selbst in der Nebensaison. Ganz sicher würde die Polizei, nach allem, was passiert war, ihren Tod sofort mit ihm in Verbindung bringen. Aber wohin mit ihr? In einen der großen Müllcontainer beim nahe gelegenen FKK-Zeltplatz vielleicht oder einfach in die Dünen?

Während er neben der toten Silva hockte, segelte eine große Möwe aus den Dünen zu ihnen herüber und ließ sich einen Meter von Silvas Kopf entfernt nieder. Es war eine unglaublich große, fette Möwe, die sich vertraulich zu ihnen setzte. Sie legte den Kopf schief und sah Harry fragend an, wie ein Hund, der darauf wartete, dass Herrchen einen Stock warf. Wenn sie am Strand und in den Dünen über einen hinwegflogen, sahen sie so groß gar nicht aus, dachte Harry. Aber diese Möwe war vielleicht auch ein besonders großes Exemplar. Sie stolzierte einmal um Silvas Kopf herum, pickte kurz und heftig auf eine der bunten Holzperlen ein. Dann blieb sie auf ihrem angestammten Platz stehen. Sie sperrte einmal ihren großen gelben Schnabel weit auf, ohne einen Ton von sich zu geben. Harry und die Möwe sahen sich an. Irgendwie kam es ihm vor, als signalisierte sie ihm stille Komplizenschaft. Als wolle sie sagen: Ich weiß, was passiert ist. Aber ich kann dichthalten. Du hast eigentlich keine Schuld.

Von seinem Plan, die tote Silva irgendwie in Deckung zu bringen, nahm er gleich wieder Abstand. Falls ihn jemand beobachtete, wenn er die Leiche in die Dünen oder in Richtung Campingplatz verfrachtete, wäre er geliefert. Womöglich hinterließ er dabei noch irgendwelche Spuren. Dann musste Silva Scheuermann eben mal eine Weile auf dem Leuchtturmvorplatz liegen bleiben. Vielleicht blieb sie ja doch erst mal unentdeckt. In einer Stunde würde er auf der Fähre sitzen. Langsam wurde die Zeit knapp, wenn er vorher noch seinen Nolde an sich bringen wollte.

Die Möwe hat recht, dachte Harry. »Ich hab sie schließlich nicht vom Turm heruntergestoßen«, sagte er zu sich selbst. »Nein, das hat diese dumme Kuh ganz allein hinbekommen.«

21

»Ich weiß gar nicht, warum du dein altes Leben versteckst«, sagt Zoe. »Du hast nette Freunde in Deutschland.« Ihr hat der Besuch bei Maja auf Sylt offensichtlich gefallen. Und Harry hat es auch gefreut, sie wiederzusehen. Aber vor allem hat ihn beruhigt, was er über die ›Feriengäste‹ erfahren hat.

Maja hatte das Bild also gefälscht, nachdem es damals eine ganze Weile verschollen war. Dann hat sie Kontakt zu dem Sammler aufgenommen, der den Nolde an das Museum ausgeliehen hatte. Sie hatte vorgegeben, das Bild wiederbeschaffen zu können, und ihm dann ihre Fälschung als Original verkauft. Natürlich nur für ein Vermittlerhonorar. Aber das wird angesichts des Wertes, den der Nolde hat, ganz beachtlich gewesen sein. Sie hatte Harry und Zoe die Details bis ins Kleinste geschildert. Sie war wohl froh, es überhaupt mal jemandem erzählen zu können, hatte Harry gestern den Eindruck. Aber was sie für das Bild bekommen hatte, damit rückte sie dann doch nicht heraus. Und er mochte auch nicht recht fragen. Er ist nur froh, dass seine originalen ›Feriengäste‹ vermutlich immer noch hinter den ›Öömrang wüfen‹ versteckt sind.

Es ist endlich Mittwoch. Harry und Zoe sind auf dem Weg zu dem Antiquitätenladen, in dem die ›Öömrangen‹ angeblich gelandet sein sollen. Es herrscht wieder strahlender

Sonnenschein. Jeden Morgen beim Aufwachen im Hotel liegen sonnige Lichtflecken auf den geblümten Laura-Ashley-Gardinen. Und am Meer erwartet sie ein blank geputzter Himmel in sattem Blau und davor, strahlend weiß, auf Stelzen über dem Strand schwebend, die hölzernen Bademeisterhäuschen der DLRG. Die Rettungsschwimmer sind noch gar nicht eingezogen, obwohl die ersten braungebrannten Nackten schon mutig ins Wasser stapfen. Im Vergleich zu gestern auf Sylt ist hier alles wunderbar entspannt, findet Harry. Vielleicht gibt es nicht so chice Restaurants auf Amrum. Aber dafür gibt es auch weniger Schnösel in Poloshirts und garantiert keine schwarzen Porsche oder Champagner-Sonnenschirme. Auf Amrum muss man nicht überlegen, was man anzieht. Fast könnte man das Zeitgefühl verlieren, denkt Harry. Ein lässiger Frühsommer an der Nordsee. Und dann dieses unglaubliche Wetter.

»Hier könnte ich mir auch vorstellen zu leben«, sagt Zoe. »Wenn wir nicht unseren Leuchtturm hätten und Tippi nicht ihre High-school-Freundinnen.«

»Bist du sicher?« Harry deutet auf das Schild, an dem sie schon einmal vorbeigelaufen sind. »Vernünftige steigen ab. Den anderen ist das Radfahren verboten.«

»Vielleicht würde ich dann ja dahinterkommen, was das eigentlich zu bedeuten hat.«

»Ich fürchte nicht.«

Aber so schlimm findet er die Schilder gar nicht mehr nach dem gestrigen Sylt-Besuch. Es ist doch beruhigend, dass auf Amrum alles beim Alten geblieben ist. Und mit den wenigen Veränderungen kann er sich arrangieren. Dass in der »Blauen Maus« jetzt Rauchverbot herrscht, kann ihn als Nichtraucher heute nicht mehr aufregen. Und dass die Bedienung beim Schlachter in Nebel sächsisch spricht, findet er höchst vergnüglich. Die lokalen Spezialitäten »Friesentorte« und »Wattwürmer« versprechen auf Sächsisch ganz neue Geschmackserlebnisse.

Vor dem »Hüs Raan« sitzt eine junge Frau auf einem Stuhl in der Sonne und liest. Der Laden ist tatsächlich geöffnet. Die Frau ist sehr viel netter als die übellaunige Grauhaarige, die neulich aus dem Nebenhaus kam. Aber alle Freundlichkeit hilft nichts. Das Bild ist nicht da. Wieder kommt Harry nur einen Moment zu spät.

»Die ›Öömrangen‹, ich weiß genau«, sagt die Frau in kurzen Hosen, die ihr Buch gar nicht aus der Hand legt, als sie gemeinsam in den Laden gehen.

»Es hat diesen seltsamen Titel ›Öömrang wüfen uun Öömrang‹, glaube ich. Wissen Sie, was das bedeutet?«

»Amrumer Frauen in Tracht. Die Amrumer nennen ihre Tracht auch einfach Öömrang, also Amrumer. Wir hatten das Bild für ein paar Tage hier. Das ist mit nach Norddorf gegangen.«

»Nach Norddorf?«, fragt Harry beunruhigt.

»Hat Sie das Bild wirklich interessiert? Sind Sie sicher? Ich meine, es war, wie soll ich sagen, schon ein bisschen kitschig. Oder?« Sie guckt die beiden prüfend an. »Diese alten Bilder, die hier früher in den Wohnzimmern hingen, verkaufen sich nicht mehr. Die Kunden wollen jetzt was anderes.«

»Es hat persönliche Gründe«, nuschelt Harry enttäuscht.

»Wie wär's denn mit dem alten Schoner, den wir hier haben. Wenn es schon etwas in der Art sein soll, finde ich so ein richtiges Kapitänsbild ja schöner.« Sie zeigt auf ein Ölbild eines alten Seglers in stürmischer See, gemalt im romantischen Stil in dunklen Brauntönen.

»Mir geht es speziell um die Amrumerinnen. Was heißt das denn: Sie sind nach Norddorf gegangen?«

»In Norddorf ist morgen Flohmarkt. Da kann jeder seinen Kram loswerden. Wir haben da auch immer einen Stand, wo wir dann die Sachen verkaufen, die hier im Laden nicht so gehen.«

»Kann man das Bild vielleicht vorher schon sehen? Eventuell?«, versucht es Harry.

»Können Sie nicht bis morgen warten?« Die Frau wird jetzt etwas ungeduldig. »Was wollen nur alle auf einmal mit diesen Amrumerinnen? Eben war schon einer da.«

Harry zuckt zusammen. Hat er gerade richtig gehört?

»Wie bitte? Außer uns hat noch jemand nach dem Bild gefragt?«

»Ja, eben gerade. Zehn Minuten, bevor Sie gekommen sind.«

Harry ist alarmiert. Aber er sagt nur: »Das ist ja wirklich merkwürdig.«

Zoe sucht in dem Laden noch zwei alte Sherrygläser aus, die sie als Souvenir mitnehmen möchte. Aber dadurch lässt sich die

Antiquitätenhändlerin auch nicht erweichen, ihnen die ›Öömrangen‹ vorher zu zeigen. Nachdem Zoe bezahlt hat, nimmt sie bereits wieder ihr Buch zur Hand, um sich nach draußen zu setzen.

»Noch eine Frage«, sagt Harry, als sie alle drei wieder vor der Tür des weiß getünchten Hauses auf dem alten Kopfsteinpflaster stehen. »Wer war das, der nach dem Bild gefragt hat?«

»Weiß ich nicht. Kannte ich nicht, den Mann.«

»Ich meine: Wie sah er aus?«

»So genau hab ich ihn mir auch nicht angeguckt. Wie soll ich sagen? Er war auch schlecht zu erkennen.«

»Schlecht zu erkennen?« Harry versteht nicht ganz.

»Er trug eine große gelbe Brille. Und dann hatte er so einen Fahrradhelm auf. Die ganze Zeit. Auch hier im Laden. Bisschen seltsam.«

22

Harry musste sich beeilen, wenn er seine ›Feriengäste‹ noch aus der Pension holen wollte. Um niemandem zu begegnen, lief er das erste Stück zurück an den Dünen entlang. In einiger Entfernung kreuzte ein Trecker seinen Weg, der die letzten Strandkörbe abtransportierte. Von Weitem erkannte Harry Strandkorb-Peter aus dem »Klabautermann«. Der Strandkorbwärter nickte ihm aus der Entfernung missmutig zu. Dann tuckerte der Traktor den Strandaufgang hinauf.

Als Harry sich noch einmal kurz umdrehte, sah er ihn auf dem Übergang zwischen den Dünen stehen und neben ihm: Hark Tadsen. Er konnte beobachten, dass die beiden Männer miteinander redeten. Dann zeigte Strandkorb-Peter in Harrys Richtung. Der Trecker wendete und fuhr wieder Richtung Strand. Auf der kleinen Ladefläche neben dem Strandkorb stand leicht schräg, aber hochaufgeschossen Hark Tadsen. Sie fuhren eindeutig in seine Richtung und sie hatten ein Höllentempo drauf, wie Harry es bei einem Traktor nicht für möglich gehalten hätte. Schon gar nicht im Sand.

In kürzester Zeit kamen sie merklich näher. Über den Strand hatte er keine Chance, ihnen zu entkommen. Harry lief sofort in Richtung Dünen. Er stieg in eine Senke zwischen zwei Hügeln. Im tiefen Sand kam er kaum voran. Aber zumindest mit dem Trecker konnte der Nebeler Polizist ihm hierhin nicht folgen.

Er stapfte weiter durch den tiefen sandigen Grund zwischen mehreren Dünen hindurch. Er war völlig außer Atem, und seine Sportschuhe hatten sich mit Sand gefüllt, dass die Füße kaum mehr Platz darin fanden. In einer geschützten kleinen Kuhle, die von mehreren Dünen gebildet wurde, setzte er sich einen Moment, um sich den Sand aus den Schuhen zu kippen. Harry bemerkte Blut an seinen Händen, getrocknetes Blut. Ihn schauderte. Silva Scheuermann hatte anscheinend doch eine offene Wunde gehabt. Doch dann sah er, dass es sein eigenes Blut war. Ohne es in der Aufregung zu merken, musste er sich an der Hand geschnitten haben. Im Leuchtturm oder vielleicht auch bei seiner Kletterpartie über das Dach der Pension.

Nach einer Weile stand er wieder vor dem Leuchtturm. Er war im Kreis durch die Dünen gelaufen. Silva Scheuermann lag unverändert da. Von Hark Tadsen war glücklicherweise nichts zu sehen. Er entschloss sich, ihr Rad zu nehmen, das einsam an dem Fahrradständer lehnte und nicht angeschlossen war.

An den Hünengräbern vorbei radelte er über Süddorf nach Nebel. Es hatte aufgehört zu regnen. Der Himmel war mit Wolken marmoriert. Nervös drehte Harry sich immer wieder um. Tadsen war nicht mehr in Sicht. Dafür war es zur Abwechslung mal wieder der rote Ford, der in gemächlichem Tempo die Inselstraße nach Norden entlangpatrouillierte. Aber er war zu weit entfernt, als dass der Kommissar ihn erkennen konnte, glaubte er.

Als er in den kleinen Sandweg einbog, sah er vor der »Nordseeperle« ein Auto stehen. Es war nicht der Polizeiwagen und auch nicht der »Scorpio«, sondern ein anderer Wagen mit NF-Kennzeichen. Harry kam das komisch vor. Die Gäste waren alle ohne Auto da, und Meret Boysen hatte auch keines. Er fuhr zügig am Haus vorbei. Anzuhalten und hineinzugehen mochte er nicht riskieren. Vielleicht hatte Frau Boysen völlig harmlosen Besuch. Aber wer weiß, ob ihn drinnen nicht doch irgendein Hilfssheriff von der Insel erwartete. Langsam wurde die Sache eng für ihn. Ob er seine Fähre überhaupt noch bekommen würde? Und war es überhaupt schlau, die Fähre zu nehmen? Wenn sie nach ihm suchten, und das war nach der Verfolgung mit dem Trecker ganz offensichtlich, dann würden sie ganz sicher auch jemanden am Fähranleger postieren.

Harry fühlte Panik aufsteigen. Er sah seine Chancen schwinden, noch an die ›Feriengäste‹ heranzukommen. Und auch die ›Ungemalten Bilder‹ in seiner Neckermann-Tüte wollte er lieber loswerden. Das Kuvert hatte er vorsichtshalber ja bereits adressiert. Er fuhr zu dem Briefkasten vor dem Haus von Peer Schmidt, der deutschen Stimme von Belmondo in ›Außer Atem‹. Das passte doch irgendwie. Der von Belmondo gespielte Michel in dem alten Godard-Film wurde schließlich auch von der Polizei gejagt. Harrys Blick fiel auf die geschwungenen Buchstaben »P« und »S« über dem Eingang. Richtig, das hatte er vergessen. Er riss ein Stück unbedruckten Zeitungsrand aus dem ›Inselboten‹ aus, in den die Aquarelle noch einmal eingeschlagen waren.

Harry wusste nicht recht, was er schreiben sollte. So schrieb er nur: »P. S.: Call you soon. Harry Oldenburg.«

Er schob die Bilder in eine geknickte Doppelseite des ›Inselboten‹ und steckte das Ganze in den bereits frankierten Umschlag. Als er gerade die Gummierung anleckte, sah er ein Stück weiter, in Höhe der Bäckerei Tadsens Polizeiwagen in den Waasterstigh einbiegen. Der Nebeler Polizist hatte ihn augenblicklich gesichtet. Der Auspuff des »Jetta« röhrte auf. Hark Tadsen trat aufs Gas. Harry warf blitzschnell, ohne dass der Polizist es sah, den Brief in den Kasten. Er schwang sich auf das Fahrrad und nahm den ersten Sandweg zum Watt. So kräftig er konnte trat er in die Pedale. Inzwischen hatte Tadsen Blaulicht und Martinshorn eingeschaltet. Dazu hat er wahrscheinlich nicht oft Gelegenheit, dachte Harry, während er panisch strampelte. Irgendwie fand er es reichlich übertrieben, dass er jetzt mit Blaulicht über die Insel gejagt wurde.

Als er sich umdrehte, sah er Tadsen gerade in den Sandweg einbiegen. Hier konnte er mit dem Auto noch fahren. Aber die Salzwiesen dahinter waren, wenn überhaupt, nur mit dem Rad befahrbar. Harry konnte schwer einschätzen, ob er es bis dorthin schaffen oder der Polizeiwagen ihn vorher einholen würde. Der »Jetta« röhrte mit hoher Drehzahl. Die Reifen knirschten auf dem Sand und spritzten durch die Pfützen.

Der Wagen kam immer näher. Jetzt konnte er den Polizisten gut erkennen, der massig hinter dem Steuer des Volkswagens saß. Er musste den Kopf etwas zur Seite neigen, um überhaupt durch die Frontscheibe gucken zu können. Er war keine dreißig Meter hinter ihm. Doch jetzt hatte Harry den rettenden Feldweg erreicht. Er raste mit dem Rad auf einer der beiden erdigen Spuren, die unregelmäßig durch höheres Gras führten, in die Wiese hinein. Der matschige Boden und mehrere Pfützen bremsten seine Fahrt. Als Harry sich umdrehte, sah er zu seinem Entsetzen, dass auch Tadsen im Auto den Wiesenweg hinterherkam. Harry strampelte weiter und kam dabei ins Straucheln. Fast fiel er hin. Aber jetzt hatte sich auch der »Jetta« festgefahren. Hinter sich hörte er das Heulen des Motors und das Summen durchdrehender Reifen. Als er den Fußweg am Watt erreicht hatte, sah er Hark Tadsen neben seinem Wagen stehen. Erst guckte er Harry hinterher und dann schlug er ärgerlich mit seiner großen flachen Hand auf das Wagendach.

»Wart man ab!«, schrie der Dorfbulle ihm

hinterher. »Mit euch vom Festland werden wir hier noch lange fertig!« So munter hatte Harry ihn noch gar nicht erlebt. Und für seine Verhältnisse sprach er auf einmal auch erstaunlich schnell.

Im Gegensatz zu seinem Rad funktionierten an Silvas Hollandrad alle drei Gänge. Das war ganz nützlich, wenn er auf dem durchgeweichten Weg im Schlamm und in Pfützen hängen zu bleiben drohte. Allerdings war der Sattel für ihn viel zu niedrig eingestellt, sodass er immer wieder stehend in die Pedale treten musste. Der Verfolgungssprint hatte Harry zugesetzt. Seine Nase war jetzt zwar frei, aber er musste dauernd husten. Der Hals kratzte, und außerdem hatte er noch den unangenehm süßlichen Geschmack der Gummierung von dem Briefumschlag im Mund.

Er guckte sich ständig um. Und da sah er ihn auf der parallel zum Wanderweg verlaufenden kleinen Fahrstraße. Der Ford des Kieler Kommissars fuhr auf seiner Höhe. Auf einmal hörte er Schüsse. Über die Weide zwischen den beiden Wegen verteilt ging eine Gruppe von Jägern in grünen Jacken und mit Flinten im Anschlag. Jeweils fünfzig Meter voneinander entfernt durchkämmten sie in einer langen Reihe mit ihren Hunden die Wiese. Das Gebell hallte zu ihm herüber. Harry hoffte, dass die Jagdgesellschaft die Polizei vielleicht etwas ablenken würde.

Während er sich mit dem Rad unablässig durch Wasserlöcher und rutschigen Sand arbeitete, machten seine Gedanken die wildesten Sprünge. Er musste seinen Fluchtplan ändern. Die ›Feriengäste‹ konnte er erst mal abschreiben. In der »Nordseeperle« brauchte er sich vor allem schon wegen des eingetretenen Daches nicht mehr blicken zu lassen. Und die heutige Fähre konnte er auch vergessen. Sie lief in einer Viertelstunde in Wittdün aus. Und die nächste ging erst morgen früh. Aber irgendwie musste er von der dämlichen Insel wegkommen. Und zwar möglichst heute noch. Wenn die tote Silva Scheuermann schon entdeckt worden war, dann würde es langsam richtig ungemütlich für ihn.

»Verdammte Scheiße«, schrie er laut gegen den Fahrtwind. »Warum bin ich nur auf dieser verfluchten Insel? Wie komme ich bloß von dem versifften Matschweg schnell auf einen internationalen Flughafen?«

Er musste umgehend aus Deutschland verschwinden. Mit fünfzehnhundert Mark kam er auch nicht lange über die Runden. Die Hälfte ging bestimmt für den Flug drauf. Vielleicht würde er einfach erst mal in den USA bleiben. Könnte er von New York aus sein Zimmer in St. Pauli auflösen? Zwei Mieten war er bei Ingo im Rückstand und bald eine dritte. Alles Mögliche schoss ihm durch den Kopf, während er wie ein Irrer weiterstrampelte.

Als er sich dem direkt am Watt gelegenen Teehaus Burg näherte, sah er dort zwei Autos stehen. Den einen Wagen erkannte er sofort. Es war der rostige Renault von Wilma Feuerstein. Und Anke kam gerade aus dem Haus mit einem Paket in der Hand. Das könnte meine Rettung sein, dachte Harry. Er trat kräftiger in die Pedale, um sie noch zu erwischen.

»Anke, du musst mich mitnehmen. Du bist meine einzige Chance«, hechelte er völlig außer Atem.

»Das hab ich doch gleich gewusst.« Sie grinste breit, stellte ihren Karton auf die Kühlerhaube und gab ihm einen Kuss auf die Wange. »Nun komm erst mal wieder zu Atem.«

»Nein, ich muss schnell weg. Ich kann dir das jetzt nicht länger erklären …«

Wenn Anke mit ihrem R4 hierhergefahren war, konnten auch Seehase und Tadsen jederzeit aufkreuzen.

»Nee, das glaub ich jetzt nicht.« Sie strich sich die blonde Haarpracht aus dem Gesicht.

»Die Bullen mit dem Blaulicht sind doch nicht etwa hinter *dir* her?« Anke war beeindruckt. Die Vorstellung, das Fluchtauto zu fahren, gefiel ihr offenbar.

»Ja, worauf wartest du noch, steig ein.«

Harry stellte das Fahrrad eilig hinter die Hecke des Teehausgartens. Dass er hier das Fluchtfahrzeug gewechselt hatte, musste die Polizei ja nicht unbedingt gleich sehen.

»Pass ich überhaupt in den Kofferraum?«, fragte er.

»Versuchen wir es.« Sie öffnete die Haube und räumte hastig einen Werkzeugkasten und eine bis zum Rand mit Krabben gefüllte Plastikschale auf die Rückbank. Harry kauerte sich auf die Ladefläche.

»Wahnsinn!« Anke schüttelte lachend den Kopf. »Das glaubt mir keiner.«

»Erzähl es bitte auch keinem.«

»Ist schon klar.«

Mit einem Schwung schlug sie die Heckklappe zu. Eine Art Hutablage fiel Harry auf den Kopf. Sie stieg ins Auto und fuhr los. Allzu viel Platz hatte er nicht. Bei jeder Bodenwelle schlug ihm der Radkasten in den Rücken. Das Heck des R4 wippte bei jeder Unebenheit auf und ab. Nach ein paar hundert Metern hielten sie an. Er hörte den Motor eines anderen Wagens neben sich, eindeutig der »Jetta« mit dem defekten Auspuff. Anke schob das Seitenfenster zurück.

»Moin, Hark.«

»Hast' hier jemand' gesehen?« Harry fühlte sein Blut pulsieren und wagte kaum zu atmen in seinem Kofferraum.

»Wie, jetzt?«

»Na, is hier jemand langgefahr'n. Auf 'm Fahrrad.«

»Auf 'm Fahrrad? Nee. Nur Nis und seine Jäger.« Anke spielte die begriffsstutzige Unschuld erstaunlich echt, fand Harry.

»Dat gibt's doch gar nicht. Wo soll der denn hin sein?«

»Wer denn, Hark?«

»Ach nix.«

»Denn will ich mal weiter.« Während sie das Seitenfenster schloss, fuhren sie schon wieder.

»Alles klar bei dir im Heck?«, rief Anke nach hinten.

»Echt gemütlich hier.«

»Wo willst du überhaupt hin?«

»Gute Frage.«

Er wusste es ja wirklich nicht. Und er war auch ganz und gar nicht in der Lage, irgendeinen vernünftigen Gedanken zu fassen. Die Räder unter ihm rumpelten, und der harte Kunststoff der Hutablage schlug ihm bei jedem Holpern und Wippen der altersschwachen Stoßdämpfer auf den Kopf. In dem engen Kofferraum roch es nach Krabben. Ganz intensiv. Nicht unangenehm fischig, sondern nach frischen Krabben vom Kutter, nach Sommerferien an der See, als Kind mit seiner Großmutter. Und plötzlich hatte Harry eine verwegene Idee. Es mochte verrückt sein, aber es war seine vermutlich einzige Chance.

Das Watt sah gerade nach Niedrigwasser aus. Er hatte das während seiner Fahrradflucht gar nicht richtig realisiert. Doch jetzt im dunklen Kofferraum fiel es ihm wieder ein. Und bei Niedrigwasser war es möglich, zu Fuß über das Watt von Amrum nach Föhr zu laufen. Vielleicht war es lebensgefährlich. Aber es konnte seine Rettung sein.

Als Kind in den Sommerferien war er diesen Weg mit seiner Großmutter mehrfach gegangen. Immer mit einem Führer und immer bei Tageslicht. Es wurde jedes Mal davor gewarnt, auf eigene Faust und vor allem auch allein über das Watt nach Föhr zu gehen. Aber er hatte ja keine Wahl!

Er meinte, sich eigentlich gut an diese Wattwanderungen erinnern zu können. Man musste möglichst einige Zeit vor dem Niedrigwasser losgehen, um die tieferen Priele auf halber Strecke auch wirklich bei niedrigstem Wasserstand zu erreichen. Das Wasser ging einem dann immer noch bis zur Hüfte.

Hatte er die Zeiten von Hoch- und Niedrigwasser nicht gestern noch am Strandaufgang in Norddorf gesehen: Siebzehn Uhr vierzig. Wenn er sich richtig erinnerte. Das passte doch perfekt. Heute war das Niedrigwasser eine Dreiviertelstunde später, also gegen halb sieben. Und jetzt war es kurz vor fünf. Harry war wild entschlossen. Er musste es versuchen.

»Setz mich in Norddorf ab. Irgendwo in der Nähe des Strandes. Vielleicht nicht gerade an der Hauptstraße.«

»Wo willst du denn bleiben? Es wird gleich dunkel.«

»Genau. Ich hab da so eine Idee.« Er verriet

Anke nicht, was er vorhatte. Er konnte ihr vertrauen, da war er sich eigentlich sicher. Aber wer weiß, ob sie am Tresen der »Blauen Maus« oder im Schein ihrer psychedelischen Nachttischlampe nicht versehentlich doch etwas erzählte.

Auf einem kleinen unbelebten Parkplatz am Rande der Dünen hielt sie an und befreite ihn aus seinem Kofferraum. Anke sah gut aus in ihrer kurzen speckigen Lederjacke und mit der wilden blonden Mähne.

»Wenn du doch noch ein Versteck brauchst heute Nacht, du weißt ja, wo du mich findest.«

Als er ihr zum Abschied einen flüchtigen Kuss gab, kam Harry sich richtig verwegen vor.

Es dämmerte. Das war schon mal beruhigend. Und auch der Regen hatte aufgehört. Für einen Moment meinte Harry die Dinge wieder im Griff zu haben. Für einen recht kurzen Moment. Denn als er über den versandeten Platz ging, auf dem verloren zwei Glascontainer standen, sah er schon wieder den roten »Scorpio« auf den Parkplatz einbiegen, hinter dem Steuer, der kleinste Kommissar Norddeutschlands. Die Schiffermütze mit dem Brokatband war leicht zur Seite gerutscht. Er sah so harmlos aus. Aber das täuschte. Seehase bewegte seinen Schlitten ganz langsam über den verwehten Sand auf dem Asphalt. Bedrohlich langsam. Es war, als hätte er keine Eile, Harry zu stellen. Als wollte er sagen: Wir haben dich sowieso gleich! Du hast keine Chance, wir lassen dich nur noch etwas zappeln!

Da stürmte Harry los – Richtung Norddorf. Die kleinen Wege im Ortskern waren nicht alle mit dem Auto befahrbar. Dort hatte er vielleicht eine Chance. Als er den Kommissar mit einem Schlenker in den »Postwai« gerade abgehängt hatte, tauchte Hark Tadsen wieder auf. Jetzt waren sie zu zweit hinter ihm her. Harry rannte durch die Norddorfer Einkaufsstraße. Der röhrende »Jetta«, inzwischen wieder mit Blaulicht und Martinshorn, verfolgte ihn auch durch die menschenleere Fußgängerzone. Nur vor den Schaukästen des kleinen Inselkinos standen ein paar Leute.

Zwei Paare in Öljacken mit kleinen Kindern drehten sich sofort interessiert um. Hans-Peter Wiese und seine Mutter, einen Schaukasten weiter, waren so sehr in das Plakat von ›Indiana Jones und der letzte Kreuzzug‹ vertieft, dass sie die reale Verfolgungsjagd fast verpasst hätten. Aus den Augenwinkeln sah Harry gerade noch, wie ihm Mutter Wiese durch ihre »verkehrte« Brille und der dicke Hans-Peter mit offenem Mund und einem Kuchenstück in der Hand fassungslos hinterherstarrten.

Kopflos hetzte Harry durch die kleinen Nebengassen. Tadsen war ihm jetzt dicht auf den Fersen. Bevor der »Jetta« ihn erreichte, lief er auf das Kinderheim zu, das zwischen den Norddorfer Backsteinhäusern mit seinem gewaltigen Dach hoch aufragte. Hinter sich hörte er den Polizeiwagen mit quietschenden Reifen bremsen.

Vor einem Nebeneingang stand ein Transporter, der offenbar gerade etwas anlieferte. Eine Tür zu den Wirtschaftsräumen stand offen. Harry lief hinein und befand sich mitten in einer Küche mit riesigen Töpfen. Vor denen stand ein Mann in Kochkleidung, der sich erst umdrehte, als Harry den Raum durch eine andere Tür schon fast wieder verlassen hatte. Er guckte nicht weiter erstaunt, sondern nickte ihm nur kurz zu. Aus einem entfernten Raum des Hauses war Musik zu hören, kunterbunt durcheinandersingende Kinderstimmen. Von der Küche kam Harry durch mehrere Gänge, an deren Decken Rohre entlangliefen, an Vorratsräumen vorbei zu einer Treppe, die nach oben führte. Jetzt hörte er die Kinderstimmen deutlich lauter. Harry kannte das Lied aus seiner Kindheit:

Alle, die mit uns auf Kaperfahrt fahren,
müssen Männer mit Bärten sein.
Jan und Hein und Klaas und Pit,
die haben Bärte, die fahren mit.

Der Kinderchor klang ziemlich chaotisch. Er wurde von geklampfter Gitarre und einer klaren männlichen Stimme begleitet.

»Alle, die öligen Zwieback lieben, müssen Männer mit Bärten sein …«

»Igitt, öliger Zwieback«, rief ein Kind dazwischen.

Harry lief durch das Gebäude. Es war wie ausgestorben. Außer dem Koch im Keller waren offensichtlich alle anderen mit »Klaas und Pit auf Kaperfahrt«. Aber er musste natürlich damit rechnen, dass hinter jeder Ecke plötzlich Hark Tadsen auftauchen könnte. Fieberhaft suchte er nach einem Versteck, wo er sich verkriechen konnte. Der Gesang hatte aufgehört. Jetzt war eine Männerstimme zu hören.

Dazwischen riefen die Kinder im Chor »Jaa!« oder »Hier!«. Es klang so ähnlich wie im Kasperletheater.

Er betrat einen fensterlosen Raum, in dem Dutzende kleiner Gummistiefel, Plastikkörbe mit Tischtennisschlägern und anderes Sportgerät in Regalen standen und Öljacken an den Haken hingen. Harry lauschte. Jetzt konnte er die Stimme des Mannes verstehen. Er erzählte offenbar eine zu dem Kaperfahrtlied passende Piratengeschichte.

». . . als er klein war, wurde Pidder von allen gehänselt. Später wurde Pidder Lyng ein berühmter Pirat, der mit seiner Freibeuterflotte in der Nordsee sein Unwesen trieb. Aber Pidder Lyng kämpfte auch für die Freiheit der Leute auf den Inseln ...«

Der Öljackenraum bot kein Versteck. Aber es gab noch eine weitere kleinere Tür. Es sah aus wie eine kleine Nebenkammer, dachte Harry. Er öffnete die Tür – und stand vor einem Mann, der mit einer Gitarre auf einem Stuhl saß.

». . . seine erbeuteten Schätze hatte er in einem sagenhaften Seeräubernest in Hörnum auf Sylt versteckt.«

Der Typ, der nicht älter war als er, trug eine

schwarze Augenklappe und ein rotes Piratentuch um den Kopf. Harry stand direkt neben ihm auf einer kleinen Bühne. Die Kinder vor ihm in dem Saal begannen sofort lauthals zu johlen.

»Ja! Pidder Lyng, da ist er.«

»Ach Quatsch«, rief ein anderer. »Guck doch hin. Der sieht überhaupt nicht aus wie ein Pirat!«

»Sieht er doch! Ganz schwarze Sachen hat er an.«

Harry stand wie erstarrt da.

»Ob uns Pidder Lyng wohl verrät, wo er seinen Schatz versteckt hat? Was meint ihr, Kinder?«, fragte der Pirat mit der Gitarre. Er sah Harry dabei ganz selbstverständlich an, als wäre sein Auftritt vorher abgesprochen. »Sollen wir ihn mal fragen?«

»Jaa, jaa!« Sofort brach wieder ein Gejohle aus.

In diesem Moment öffnete sich eine Tür der Bühne gegenüber. Polternd stürmte Hark Tadsen in seiner zu kleinen Polizeiuniform in den Saal.

»Da ist er. Haltet ihn«, rief der Polizist.

»Vorsicht, Pidder!«, rief ein Kind. »Lauf! Schnell!«

Harry kam sich tatsächlich wie in einem Kasperlestück vor. Blitzschnell rannte er von der Bühne zurück in den Raum mit den Öljacken.

»Pidder, rette den Piratenschatz«, schrien einige Kinder hinter ihm her.

In leisen, aber großen Schritten, indem er zwei oder drei Stufen auf einmal nahm, hastete er die nächste Treppe nach oben, wo sich die Schlafräume befanden. Gleich im ersten Raum, den er betrat, fand er einen offenen, leeren Metallspind. Harry stellte sich hinein und zog leise die blecherne Tür hinter sich zu. Sein Herz schlug ihm bis zum Hals. Er lauschte. Es war nichts zu hören. Nur von Weitem das gedämpfte Gejohle der Kinder. Er zwang sich, ruhig zu atmen. Es war eng, aber immerhin geräumiger als im Kofferraum des R4.

Er hörte, wie im Haus nach ihm gesucht wurde.

»Dat gibt's doch gar nicht«, sagte Hark Tadsen immer wieder. »Der muss hier irgendwo sein.«

Auch den hessischen Akzent von Seehase meinte er ein paarmal herauszuhören und die Namen »Heide« und »Pidder Lyng«. Irgendjemand öffnete auch kurz die Tür zu dem Schlafraum, in dem er sich versteckt hielt. Aber auf die Idee, die einzelnen Schränke zu untersuchen, kam glücklicherweise niemand.

Nach etwa einer halben Stunde schienen die beiden Polizisten abzuziehen. Harry hörte den röhrenden Auspuff des »Jetta«. Sie gingen offensichtlich davon aus, dass er das Kinderheim verlassen hatte. Vorsichtig stieg Harry aus dem Metallspind. Er hatte schon ganz steife Glieder. Leise stieg er die Treppe hinunter. Die Kinder waren inzwischen alle im Speisesaal, sodass er unbeobachtet das Haus verlassen konnte. Nur einem kleinen Mädchen mit einem großen Leuchtturm auf dem Shirt begegnete er auf dem Eingangsflur.

»Psst.« Er hielt sich den Zeigefinger vor den Mund. Sie guckte ernst mit großen Augen zu ihm hoch: »Großes Piratenehrenwort. Ich verrat' dich nicht, Pidder Lyng.«

23

Inzwischen war es fast dunkel. Harry musste sich beeilen. Er war etwas spät dran. Der Wind hatte sich gelegt. Es regnete nicht, dafür zog

Nebel auf. Der bot ihm einen gewissen Schutz, aber andererseits brauchte er auch eine gute Sicht. Von früher hatte er noch die Warnungen des Wattführers im Ohr: »Niemals bei schlechten Sichtverhältnissen gehen! Auf keinen Fall bei Dunkelheit! Und nie allein gehen!« Er verstieß gleich gegen alle Wattwanderregeln gleichzeitig.

Trotz der Nebelschwaden, die über das Watt zogen, war die Silhouette von Föhr zwischendurch immer wieder zu erkennen. Auf dem Sandweg Richtung Seevogelwarte versuchte er sich zu erinnern, wo genau der richtige Weg durch das Watt begann. Dabei hätte er fast nicht bemerkt, dass er schon wieder verfolgt wurde. Vielleicht zwei- oder dreihundert Meter hinter ihm lief ein Mann. Aber es war keiner der Polizisten. Das konnte er trotz des aufkommenden Nebels erkennen. Was machte der Typ hier? War das einfach nur ein Spaziergänger? Eher unwahrscheinlich, dachte Harry, zu dieser Tageszeit und bei dem Nebel.

Er zog seine Sportschuhe und Socken aus und krempelte sich die Hosenbeine hoch. Auf den Wattwanderungen in seiner Kindheit hatte er eine Badehose angehabt, erinnerte er sich. Beim Durchqueren des tieferen Priels auf halber Strecke zwischen den Inseln war ihm das Wasser bis zum Bauch gegangen. Aber als Kind war er natürlich auch wesentlich kleiner gewesen. Tiefere Priele waren im Augenblick gar nicht zu sehen. Rundherum nur das schlickige Watt mit diesen kleinen Haufen, den Ausscheidungen der Wattwürmer, die selbst aussahen wie Würmer. Und dazwischen Muscheln und grüne Algenschlingen.

Harry drehte sich um. Der Mann war ihm ins Watt gefolgt. Das war ganz sicher kein Zufall mehr. Wer war der Typ, der ihn hier durch die Nacht verfolgte? Harry beschleunigte sein Tempo. Seine Füße versanken immer mehr im Schlick. Der schwarze Schlamm quetschte sich bei jedem Schritt zwischen seine Zehen hindurch. Über ihn zog schrill piepend eine kleine Gruppe Austernfischer hinweg. Von Utersum auf Föhr leuchteten jetzt einige Lichter herüber. Das Ufer sah erstaunlich nah aus.

Er versuchte sich zu orientieren. Man durfte nicht den nahe liegenden Weg, die Luftlinie zwischen den Inseln, nehmen. Dort war die Fahrrinne in der Mitte zu tief. Jetzt war er sich auf einmal ganz sicher, wie er gehen musste. Und selbst wenn er noch einmal nass würde, was machte das schon. Das Wetter war wenigstens ruhig. So dramatisch wie bei seinem Sprung von der »Elsa« konnte es kaum werden. Er war nur froh, dass er die ›Ungemalten Bilder‹ im Briefkasten vor Peer Schmidts Haus losgeworden war.

Eine dichte Nebelschwade zog direkt über dem Boden wie durch ihn hindurch. Dann kamen über dem Dunst auf einmal Sterne heraus. Für einen Moment war ein kleiner, aber ganz klarer Ausschnitt des leuchtenden Sternenhimmels zu sehen. Im fahlen Gegenlicht des Mondes wirkte die riesige Fläche mit den Abertausenden gekräuselten Haufen der Wattwürmer wie ein fremder Planet.

Harry drehte sich noch einmal um. Sein Verfolger war im gleichen Abstand immer noch hinter ihm. Im Mondlicht erkannte er ihn plötzlich. Es war der Mann vom Fischstand. Der Oberlehrer mit dem rotblonden Bart und den Rattenzähnen. Was wollte *der* Typ denn hier? Harry hatte ja gleich das Gefühl gehabt, dass der ihn im Visier hatte. Als hätte er ihn von Anfang an mit dem Kunstraub in Verbindung gebracht. Er musste dieses verdammte Arschloch loswerden. Er ging so schnell, wie der weiche Untergrund es zuließ. Hektisch stapfte er durch den dunklen Schlick und trat dabei immer wieder in scharfkantige Muscheln.

Die Dünen der Amrumer Nordspitze waren jetzt ein ganzes Stück entfernt. In den Schwaden tauchten lang aus dem Wasser herausragende Holzstangen auf mit einem Reisigbesen an ihrer Spitze. Diese Pricken, meinte er sich zu erinnern, zeigten die Fahrrinne an. Da musste er rüber. Von einem Augenblick zum nächsten verwandelte sich die Mondlandschaft in eine Waschküche.

Harry wurde jetzt doch etwas mulmig. Er hatte auf einmal jede Orientierung verloren. Sein Verfolger war auch nicht mehr zu sehen. Doch Harry meinte, ihn zu hören. Er lauschte. Neben weit entfernten Vogelschreien war da doch das schmatzende Geräusch von Schritten im Schlick, im Nebel, wenige Meter entfernt. Eigentlich war das gar nicht möglich. So schnell konnte der Typ ihn gar nicht eingeholt haben. Nachdem er kurz stehen geblieben war, beschleunigte Harry sein Tempo noch mal.

Nach einigen Minuten kam er an einen tieferen Priel. Kurzerhand entschloss er sich, seine Jeans und auch seine Boxershorts auszuziehen, um trockene Klamotten zu behalten.

Er rollte beides zu einem Bündel zusammen und stieg in den tiefer werdenden Strom. Von dem Oberlehrer war nichts zu sehen. Endlich einmal war er der Erste, dachte Harry.

Das Wasser war eiskalt. Es wurde mit jedem Schritt deutlich tiefer. Es ging ihm jetzt bis zu den Oberschenkeln. Aus der Ferne Richtung Föhr blitzte ein Licht auf und verschwand sofort wieder im Dunst. Die Strömung der Tide drückte ihn zur Seite. Es war schon wieder auflaufendes Wasser, wenn er sich nicht täuschte. Für einige Schritte tauchte sein Schwanz in das kalte Wasser ein. Die Kälte ging durch und durch.

Die Tide hatte eine Kraft, mit der er nicht gerechnet hatte. Es war, als stünde er in einem reißenden Fluss. Das tiefschwarze Wasser gurgelte ihm um die Oberschenkel. Die Strömung zerrte an ihm, dass er sich kaum halten konnte, obwohl er festen Boden unter den Füßen hatte. Um ihn herum bildeten sich glucksende Strudel. Der Nebel war jetzt so dicht, dass nicht einmal die andere Seite der Fahrrinne zu sehen war.

Nachdem er ein Stück aus dem Priel herausgekommen war, wurde es gleich wieder tiefer. Das Wasser ging ihm jetzt bis zur Hüfte. In der einen Hand hielt er Hose und Schuhe. Mit der anderen versuchte er, sich die Klamotten, die er am Oberkörper trug, Anorak und Troyer, ein Stück nach oben zu ziehen, damit sie nicht nass wurden. Jetzt hatte er die Orientierung vollkommen verloren. Lief er womöglich die Fahrrinne entlang? Harry wusste nicht mehr, wohin er laufen sollte. Eigentlich musste er nur darauf achten, dass die Strömung von der Seite kam. Wo war nur der Typ mit den Rattenzähnen geblieben?

Plötzlich war ihm, als schlang sich etwas um seine Beine. Ein Strudel in der unregelmäßigen Strömung? Nein, da war etwas Festes. Mit seinem linken Fuß verfing er sich in einem Tau oder einer Kette. Aber da war auch noch etwas Weiches. Harry bekam es mit der Angst zu tun. Er starrte auf das Wasser. Aber durch die schwarze Oberfläche war nichts zu erkennen.

Er hatte das Gefühl, mit seinem Fuß festzuhängen. Es war eine Kette, vielleicht von einer untergegangenen Boje oder einem verlorenen Anker. Aber was war das andere? Ein Tier? Eine tote Robbe?

Er fasste ins Wasser und fühlte einen nassen Stofflappen, den die Strömung jetzt an ihn randrückte. Auf seinen nackten Oberschenkeln spürte er nasses Textil. Er musste mit der Hand danach greifen. Es fühlte sich an wie ein Kleidungsstück, eine Jacke mit einem Arm darin. Ein menschlicher Arm, der in diesem Moment nach oben schwappte. Harry erkannte sofort den derben Stoff der Seemannsjacke. Er hielt einen Arm des Fährmanns in seiner linken Hand.

Nur mit größter Mühe konnte Harry einen Schrei unterdrücken. Da wurde der dazugehörige Körper wie von unsichtbarer Hand gurgelnd an die Wasseroberfläche gedrückt. Für einen kurzen Moment erschien eine schreckliche Fratze in dem dunklen reißenden Strom. Die aufgerissenen Glupschaugen stierten an ihm vorbei ins Leere. Das Gesicht des Fährmanns war noch aufgedunsener als in lebendigem Zustand, kalkweiß mit deutlichem Stich ins Bläuliche. Nur die Haare leuchteten orange, fast so wie bei dem Jesus in dem Nolde-Triptychon in Seebüll.

Der Körper tauchte kurz auf, drängte sich drehend an Harry vorbei und schoss dann, von der Strömung des Priels mitgerissen, in die Dunkelheit Richtung Hallig Langeneß. Im selben Augenblick war auch Harrys Bein wieder frei. Es waren nur ein paar Sekunden gewesen, aber sie waren ihm wie eine Ewigkeit vorgekommen. Sein Herz schlug ihm bis zum Hals.

Hektisch watete er durch das hüfttiefe Fahrwasser. Mit der Linken zog er sich die Klamotten wieder nach oben. Pullover und Anorak hatten unten einen nassen Rand bekommen. Nach wenigen Schritten wurde es wieder flacher. Aber Föhr war immer noch nicht in Sicht. Um ihn herum waberte eine dicke Nebelsuppe. Harry sah absolut nichts mehr. Auch sein Verfolger war verschwunden. Nur die Austernfischer zogen noch einmal krakeelend über ihn hinweg.

24

So unglücklich vieles damals gelaufen war, danach war Harry das Schicksal hold gewesen. In dieser Nacht vor achtzehn Jahren war er wohlbehalten nach Föhr gekommen. Nicht einmal seine Klamotten waren richtig nass geworden. In einem Schuppen in der Nähe der Borgsumer Mühle hatte er sich einige Zeit verkrochen und sogar eine Weile gedöst. In der ersten Morgendämmerung war er über die ganze Insel gelaufen, Richtung Wyk, um von dort mit der ersten Fähre aufs Festland zu kommen. Das wollte er riskieren.

Aber dann traf er Jackie vor dem kleinen Flugplatz zwischen Nieblum und Wyk, den Typ im weißen Anzug von der Party auf Sylt. Er hatte mit einer kleinen Maschine einen Freund auf Föhr abgesetzt und wollte gleich weiter nach Frankfurt. Er bot Harry an, ihn mitzunehmen, und der nahm das natürlich bereitwillig an. Das war ein glücklicher Zufall.

Auf dem Frankfurter Flughafen bekam er einen günstigen Flug nach New York: oneway. Es war ein erhebendes Gefühl für ihn, als er diese beiden Worte sagte: »one-way«. Er putzte sich in der Flughafentoilette neben einem indisch aussehenden Mann mit einem Turban die Zähne. Die Zahnbürste hatte er schließlich dabei. Es war sein einziges Gepäckstück, außer dem Zimmerschlüssel der »Nordseeperle«, knapp tausend Mark, die nach dem Kauf des Flugtickets übrig geblieben waren, und dem schon reichlich zerfledderten Zettel mit der New Yorker Adresse. Außerdem hatte er noch die zusammengefaltete Neckermann-Tüte in seinem Anorak. Er warf sie in der Flughafenhalle in einen der metallenen Papierkörbe.

Er kaufte sich eine Schachtel Chesterfields und vertrieb sich die Wartezeit mit Zeitunglesen. Die ›Bild‹-Zeitung brachte auf den hinteren Seiten einen Zweispalter über die Todesfälle auf den Nordseeinseln. Mit Bildern von Kieseritzky und dem vermissten Fährmann. In Panik konnte Harry das nicht mehr versetzen. Er hatte den Zoll bereits passiert. Er saß vor der Glasfront mit Blick auf das Gate inmitten einer bunten Reisegesellschaft, die tatsächlich so aussah, als gehörte sie nach New York, und trank gegen die ihn überfallende Müdigkeit literweise Kaffee auf Kosten von »Delta Airlines«.

Als er im Flugzeug saß, schlief er sofort ein. Er träumte wild. Aber es war nicht mehr der Shantychor, der ihm erschien. Er träumte vielmehr, dass er in New York eine Andy-Warhol-Ausstellung besuchte. Es waren neue Siebdrucke im typischen Warhol-Stil: acht grelle Porträts dicht nebeneinandergehängt. Immer dieselbe Person in verschiedenen Bonbonfarben. Trotz der Verfremdung erkannte er das Gesicht sofort. Es war nicht Marilyn Monroe, nicht Jackie Kennedy. Es war Imke Quarg, die Putzfrau aus dem Nolde-Museum. Achtmal nebeneinander in verschiedenen Farbvariationen stierte die Putzkraft ihn an. Die gekrisselte Dauerwelle hatte auf jedem Bild eine andere Farbe: sattes Kornblumenblau, schrilles Pink, grelles Giftgrün und natürlich leuchtendes Rotviolett. Dann wurde Harry von der Stewardess mit dem Lunchtablett geweckt.

Ein paar Stunden später fuhr er in einem Yellow Cab mit einem Taxifahrer, der Larry Feuerman hieß und tatsächlich eine Haarfarbe wie ein Feuermelder hatte, über die Williamsburg Bridge auf die Skyline von Manhattan zu. Damit begann Harrys neues Leben.

Unter der Telefonnummer, die er vom Flughafen aus angerufen hatte, meldete sich eine Frauenstimme. Nicht besonders freundlich. Aber sie meinte, er solle einfach vorbeikommen. Wenigstens hatte er das so verstanden. 127 East 10th Street war ein altes Brownstone Haus, und Sam Lieberman war ein wortkarger älterer Herr mit einem kurz geschnittenen grauen Vollbart und wachen Augen. Er sprach offenbar sehr gut Deutsch mit amerikanischem Akzent. Harry erzählte ihm die Geschichte, und Lieberman sagte ohne Unschweife, er solle erst mal ein paar Tage bleiben.

Seine Tochter Zoe, die allein mit dem Vater in der großen dunklen Wohnung lebte, nahm Harry abends mit zu einer Tanzperformance in einer ehemaligen Kirche in East Village. Danach aßen sie in Chinatown Dim Sums. Er fühlte sich wie im Rausch. Er war benebelt von der Stadt und er hatte sich sofort in Zoe Lieberman verliebt. Ständig musste er in ihre dunkelbraunen, Kajal umränderten Augen sehen. Sie hatte tiefschwarze lange Haare und trug ein schwarzgrau gestreiftes unterhemdartiges Shirt. Ihre Haut sah dagegen kalkweiß aus. Ganz anders als jetzt. Sie lachte damals auch seltener. Aber wenn, dann zeigte sie ihre etwas zu weit vorstehenden Schneidezähne.

Vier Tage später kam der Briefumschlag aus Deutschland mit den ›Ungemalten Bildern‹. Sam war von den gelb-orange-roten Wolken im ›Meer im Abendlicht‹ und auch von dem ›Seltsamen Paar‹ begeistert. Harry bekam gleich einen beachtlichen Vorschuss, von dem er sich eine Nikon kaufte und Zoe vor dem »Flatiron Building« in Schwarz-Weiß fotografierte. Bleiben durfte er sowieso, in einem kleinen Gästezimmer mit Blick auf eine verwitterte Mauer. In der dritten Nacht bekam er dort Besuch von Zoe. Deutsche Maler waren Ende der Achtziger in New York ziemlich angesagt.

Allmählich hat Zoe genug von der Suche nach den ›Feriengästen‹.

»Come on, Harry. Muss es denn ausgerechnet dieser Nolde sein? Lass uns einfach einen anderen mitnehmen. So schwierig sah dieses Museum doch gar nicht aus in … wie hieß der Ort noch?«

»Seebüll.«

»In Seebüll.«

»Ich will aber meine ›Feriengäste‹.« Harry ist jetzt bockig.

»Schon gut. Wir sind ja nun auf deinem Trödelmarkt.« Sie streicht ihm durch seine Haartolle wie einem Jungen, der das versprochene Eis gleich bekommen soll. Aber eigentlich würde sie lieber an den Strand gehen, statt in einer stickigen ehemaligen Tennishalle zwischen Pappkartons herumzuirren, aus denen Kinder ihre zerfledderten Comichefte verhökern.

Die beiden sind erstaunt, wie viel Krempel auf so einer kleinen Insel anfällt. Halb verrostete Fahrräder, vergilbte Bücher, ausrangierte Barbiepuppen und die scheußlichsten Kristallvasen, ganze Kleiderstangen voll geblümter Blusen und Plattensammlungen quer durch das Schaffen von James Last.

Der grau melierte Banker aus ihrem Hotel hat sich lachend einen alten Rettungsring um den Hals gelegt, den er offenbar grade erstanden hat.

»Isn't it funny«, ruft er Zoe zu.

Harry glaubt seinen Augen nicht zu trauen: Auf dem rot-weißen Ring stehen groß die Buchstaben E L S A. Unglaublich, ein Rettungsring von Kieseritzkys »Elsa«. Das »S« ist fast nicht mehr zu erkennen. Der ganze Ring wirkt ziemlich ramponiert. Aber es müsste der Rettungsring sein, mit dem er damals im Sturm vor Amrum über Bord gesprungen ist.

Der Banker lacht feist und winkt ihnen zu, das heißt, vor allem Zoe. Er hat schon an einem der Abende an der Bar bei »Hüttmann« recht unverhohlen mit ihr geflirtet und einen Wein spendiert. »Ein Riesling von der Mittelmosel. Ganz einfach und schlank, aber super. What do you think?«

Heute trägt er ein Lacoste-Hemd in Giftgrün, das zu dem penetranten Geruch seines

Rasierwassers passt und seinen Bauchansatz noch etwas mehr zur Geltung bringt. Seine Frau mit den dünnen blondierten Haaren hat schon wieder den Telefonhörer am Ohr und berichtet über die aktuellen Amrumer Temperaturen in Wasser und Luft.

Harry sucht fieberhaft nach den ›Öömrangen‹. Er kann das Bild nirgends entdecken. Von überall kommen ihnen Leute mit neu erworbenem Krempel entgegen.

»Dieser bescheuerte Flohmarkt hat scheinbar früher begonnen, als auf den Plakaten ausgedruckt.«

Plötzlich sieht er hinter einem der Tapeziertische den Mann aus der »Nordseeperle«, der dort mit der Flex aus dem Hinterzimmer gekommen war. Ohne Staubschicht sieht er vollkommen anders aus. Auf einem Tisch entdeckt Harry jetzt große Teile der Pensionseinrichtung: Das Frühstücksgeschirr und Nachttischlampen, die er wiederzuerkennen glaubt. Und das Reliefbild der »Kaiseryacht Hohenzollern«, vor blau gespachteltem Himmel. Vor dem Tapeziertisch steht ein älterer Mann mit Bauch, im Ringelhemd und Storchenbeinen in Shorts. Die braunen Socken in den Sandalen hat er stramm nach oben gezogen. Er begutachtet das Barometer mit der schmiedeeisernen Möwe.

»Funktioniert«, sagt der Mann hinter dem Tapeziertisch.

Der Rentner klopft misstrauisch auf das Barometer. Harry mischt sich sofort ein.

»Sagen Sie: Haben Sie dieses Bild hier, nach dem ich suche? Aus der Pension? Die Amrumerinnen? Sie wissen schon.«

»Nee, dat hat Heike, soviel ich weiß. Haben wir Ihnen doch schon gesagt. Sie waren neulich schon mal da? Oder?«

»Und wo ist Heike?«, herrscht Harry den Mann an. Er ist mit seiner Geduld gegenüber dieser nordfriesischen Gemütlichkeit so ziemlich am Ende.

»Ja wieso, Heike hat ihren Stand draußen, hinter der Halle.«

Harry rennt sofort nach draußen. Zoe kommt kaum hinterher. Vor der Halle wird er vom Sonnenlicht geblendet. Die Luft ist jetzt fast drückend. Das Licht ist gleißend. Aber im Osten steht eine dunkle Wolkenwand über Föhr. Als er um die Ecke biegt, stockt ihm fast das Blut in den Adern. Er ist für einen Moment wie gelähmt.

Sofort erkennt er die apathische Zicke aus

dem Trödelladen mit den unzähligen farbigen Kämmen im Haar, Heike. Sie reicht einem Mann ein Bild über ihren Verkaufstisch. Harry glaubt seinen Augen nicht zu trauen. Es sind tatsächlich die ›Öömrangen‹ aus der »Nordseeperle«. Es ist eindeutig das Gemälde, das über seinem Bett gehangen hatte. Die drei ziemlich freudlos dreinblickenden Frauen in Tracht beim Kirchgang. Der Mann, dem Heike das Bild übergibt, ist der Besserwisser mit der gelben Brille und dem Fahrradhelm, der schon damals hinter ihm her war. Und wahrscheinlich auch hinter dem Bild. Harry erkennt ihn jetzt ganz eindeutig. Ihm wird schwindelig, während er auf die beiden zugeht. Er muss aufpassen, dass er nicht stolpert.

Verdammte Scheiße, sagt er zu sich selbst. Ich habe es gewusst. Ich hatte recht. Die ganze Zeit. Er war auf der Fähre bei ihrer Hinfahrt. Er war auch der Fahrradfahrer im Ort und vor der Pension. Zoe hatte versucht, ihn zu beruhigen. Er sähe Gespenster und es sei alles nur ein Zufall. Aber er hatte sich die ganze Zeit nicht getäuscht. Es war tatsächlich dieser blöde Kerl aus dem Ruhrpott.

Als sie sich vor ein paar Tagen vor der Pension nach dem Bild erkundigt haben, fuhr er gerade den Sandweg entlang. Entweder hat er mitbekommen, dass sie nach dem Bild fragten. Oder er hat sich später bei dem blonden Besen erkundigt, was Zoe und er bei ihr wollten. So muss es gewesen sein. Da war sich Harry jetzt ganz sicher. Der Typ hatte ihn schließlich vor achtzehn Jahren schon verfolgt. Er weiß von den ›Feriengästen‹. Er wusste bereits damals davon. Schon am Fischstand hatte er diese Bemerkungen über Nolde gemacht. Und dann hat er ihn auf Schritt und Tritt verfolgt. All die Jahre hatte Harry gedacht, dieser unerträgliche Besserwisser, der ihm immer zuvorkam, sei danach in der nebligen Nacht im Watt ertrunken.

»Ist das Bild noch zu kaufen?«, fragt Harry die Trödelhändlerin. Er bemüht sich, dabei möglichst unverdächtig zu wirken. Doch er hat das Gefühl, genau das Gegenteil zu tun.

»Is grad verkauft«, sagt Heike knapp und guckt ihn dabei triumphierend an.

Der Mann mit der gelben Brille in der blassblauen Regenjacke tut völlig unbeteiligt. Er würdigt Harry keines Blickes. Als hätte er dessen Frage gar nicht mitbekommen. Harry sieht ihn kurz an. Aber der Typ reagiert überhaupt nicht.

Harry starrt wie paralysiert auf das Bild. Eine der drei Frauen in Friesentracht erinnert ihn mit ihrem Haarkranz und dem strengen Blick an die Pensionswirtin Meret Boysen. Auf der Rückseite des Bildes klebt die vergilbte Zeitung: der ›Inselbote‹ mit dem Artikel »Führungswechsel bei den Föhrer Jägern« und dahinter, da ist er sich sicher, Emil Noldes ›Feriengäste‹ von 1911, das Original.

So nahe ist er dem Bild gekommen. Ein paar Minuten früher und er würde es jetzt in seinen Händen halten. Warum ist er nicht schneller gewesen? Es darf wirklich nicht wahr sein. Alles war umsonst. Er kann diesen Verkauf nicht mehr verhindern. Das weiß er. Aber das muss doch irgendwie rückgängig zu machen sein. Harry fühlt eine rasende Wut in sich aufsteigen. Sein Puls hämmert in seinem Kopf. Er ist wütend auf sich selbst, auf die unfreundliche Alte mit ihren beknackten Kämmen und ein bisschen auch auf Zoe, die ihn davon abgehalten hat, sich rechtzeitig um das Bild zu kümmern. Vor allem aber hat er einen mordsmäßigen Hass auf diesen Typ mit dem Fahrradhelm. Für einen Moment nimmt Harry sich noch zusammen.

»Kann ich Ihnen das Bild nicht abkaufen?«,

fragt er den Oberlehrer. »Wenn ich Ihnen, sagen wir … das Doppelte biete? Wissen Sie, es ist bei mir etwas Persönliches mit dem Bild.«

»Wir finden bestimmt etwas Ähnliches für Sie«, schaltet sich Zoe ein, die jetzt auch wieder dazukommt. »Kommen Sie. Es ist für meinen Mann mit einer persönlichen Erinnerung verbunden.«

Aber der Mann steht einfach nur da in seinem lächerlich glitzernden Fahrradhelm und guckt durch seine zu große gelbe Pilotenbrille knapp an ihnen vorbei. Harry glaubt ein Triumphgefühl in seinen Augen aufblitzen zu sehen. Am liebsten würde er ihm das Bild aus der Hand reißen. Warum kann der Kerl nicht einfach in die stürmische See fallen wie Kieseritzky und der Fährmann? Oder vom Leuchtturm stürzen wie Silva Scheuermann? Diesmal wäre er auch bereit, etwas nachzuhelfen.

Eine unbändige Wut erfasst Harry. Er muss das Bild einfach haben. Das ist sein Nolde. Er war damals in das Museum eingestiegen. Er hatte alle Risiken getragen. Er ist jetzt nach Deutschland zurückgekehrt, um das Bild zu holen. Der Typ mit seiner blöden Brille hatte kein Recht auf das Bild – dieser Schmarotzer.

»Wir können über den Preis reden«, versucht Harry es weiter. Er muss sich beherrschen, ihn nicht anzuschreien. »Was haben Sie überhaupt bezahlt? Ich biete Ihnen ... das Dreifache.«

Heike hinter ihrem Verkaufstisch guckt etwas betreten angesichts des entgangenen Geschäfts. Aber der Fahrradhelm reagiert einfach nicht. Im Gegenteil – er macht sogar Anstalten zu gehen.

»Moment mal!« Harry wird jetzt lauter. »Ich hab Sie was gefragt!« Er merkt, dass er zu schreien beginnt. Zoe guckt schon besorgt. Und auch die anderen Leute von den umliegenden Ständen sehen zu ihnen herüber.

In seinen Halsschlagadern hämmert der Puls, und er spürt ein Brennen in seinen Aknenarben. Harry kennt sich selbst nicht wieder. Seine ganzen illegalen Transaktionen der letzten Jahre, die Verkäufe von Fälschungen, aber auch die Diebstähle hat er mit konzentrierter Routine abgewickelt. Sicher, es gab immer wieder Situationen, in denen er angespannt und nervös war. Doch er hatte niemals die Fassung verloren. Aber diese kleine Ratte hier bringt ihn wirklich zur Weißglut.

Harry fasst den Mann jetzt an seiner Windjacke. Der Stoff fühlt sich glatt und weich an.

Er ist schlecht zu fassen. Aber Harry krallt sich in der blauen Jacke fest.

»Was bilden Sie sich ein?«, sagt die Ratte etwas gestelzt. Sieh an, er kann also doch sprechen. Er sagt »bilden« mit einem langen »i«: »biiilden«. Harry hat ganz vergessen, dass er diesen Ruhrpottdialekt spricht.

»Sie sind mir doch gleich bekannt vorgekommen«, nuschelt der Mann. Er öffnet seinen Mund dabei kaum, sodass seine spitzen Rattenzähne nicht zu sehen sind.

Harry hat ihn jetzt ganz dicht vor sich. Seine kleinen Augen sind unter dem schirmartig vorstehenden Fahrradhelm und hinter der gelben Brille kaum zu sehen. Aber er kann die einzelnen Haare des penibel gestutzten Bartes erkennen. Sein Mund, der ein paarmal kurz zuckt, wirkt klein und weich, fast jugendlich. Harry hat seinen lehrerhaften Tonfall im Ohr, mit dem er damals vor dem Steuerhaus über Steinbutt und Knurrhahn dozierte. Aber diesmal ist es kein Fisch, den er ihm vor der Nase wegschnappt. Es sind seine ›Feriengäste‹. Er könnte reinschlagen in diese Visage.

»Es ist mein Bild. Das weißt du ganz genau!«, zischt er ihn an.

»Was heißt Ihr Biiild? Das hab ich grad gekauft.« Er versucht Harrys Hand von sich wegzudrücken. Doch der greift jetzt umso fester zu.

»Sie w-wissen ganz genau, was ich meine.«

Zoe fasst ihn am Arm und zieht ihn zurück. »Darling, calm down!«

Harry lässt ihn los. Und im Loslassen schubst er ihn ein Stück von sich weg. Der Oberlehrer aus dem Ruhrpott guckt an sich herunter und streicht seine Jacke glatt, dort, wo Harry zugegriffen hat. Durch den Helm wirkt jede seiner Kopfbewegungen überdeutlich wie bei einem Vogel. Trödelhändlerin Heike hat es die Sprache verschlagen. Und auch an den benachbarten Ständen ruht der Verkauf.

Die Ratte nimmt das Bild, blickt Harry noch einmal kurz an und scheint ihm durch seine getönte Brille höhnisch zuzublinzeln. Kurz verzieht sich der kleine Mund zu einem vorsichtigen Grinsen, sodass für einen Moment dann doch die spitzen, schlechten Zähne zu sehen sind. Dann geht er wortlos, die ›Öömrang wüfen‹ unter dem Arm, zu seinem Fahrrad. Harry bleibt hilflos und wütend zurück – wie gelähmt in seinem unbändigen Zorn. Zoe guckt ihn prüfend an. Sie weiß, dass sie jetzt nichts sagen darf. Von den Halligen kommt ein Donnern herüber.

25

Zwei Monate später sind Harry und Zoe von ihrer Deutschlandreise zurück in ihrem Leuchtturm an der Chesapeake Bay. Sie haben ihre Galerie wieder eröffnet und waren schon mehrmals Krebse essen in ihrem Lokal auf dem Steg. Tippi ist wieder da aus ihrem Feriencamp in den Blue Ridge Mountains und hat seit Neuestem einen Freund, dem Harry höchst skeptisch gegenübersteht. Er ist an diesem Tag in New York gewesen. Aus früheren Zeiten hat er dort immer noch ein Postfach unter einem falschen Namen. Heikle Paketsendungen mit gefälschter Kunst lässt er sich lieber dorthin schicken.

Es ist ein spätsommerlich warmer Tag. In New York war es noch richtig stickig. Als er am frühen Abend die Stufen zu ihrer Wohnküche mit Blick auf die Bay hinaufsteigt, hat er zwei große, wattierte Umschläge dabei. Der eine kommt von einem alten Bekannten, einem Malerfreund aus Studienzeiten, der jetzt in Südfrankreich lebt. Er enthält drei sehr hübsche kleine Picassozeichnungen und ein Schreiben mit dem Hinweis, dass er durchaus Gelegenheit hätte, noch weitere Picassos aufzutreiben. Der andere Brief ist von Maja aus Rantum. Harry hat das gleich an der Briefmarke der Deutschen Post mit einem Leuchtturm erkannt. Maja schickt ihm ein Bild, das er bei ihrem Treffen auf Sylt in Auftrag gegeben hatte: Einen wunderschönen Matisse. Eine halb abstrakte rote Tänzerin.

In ein paar Zeilen in ihrer Mädchenhandschrift erinnert sie noch einmal an ihr Treffen auf Sylt und kündigt ihren Amerikabesuch für das nächste Frühjahr an. Das beiliegende Kuvert enthält außerdem einen Zeitungsausschnitt aus dem ›Inselboten‹. Harry hat ihn unterwegs schon überflogen. Aber jetzt liest er Zoe und Tippi den Text noch einmal genüsslich vor.

»Rätsel um Toten im Strandkorb«, lautet die Überschrift, und darunter steht folgender Text:

»In einem in der Kniepsandhalle in Nebel eingelagerten Strandkorb wurde die Leiche eines Mannes gefunden. Bei dem Toten handelt es sich um den seit mehreren Wochen vermissten Hans-Georg Razcinsky, Besitzer einer Ferienwohnung an der Wittdüner Südspitze. Der Tote trug einen Fahrradhelm und hielt eine Tüte mit zwei Litern ungepulten Krabben sowie ein großes Paket übel riechender Sandschollen fest umklammert. Neben ihm im Strandkorb lag ein Ölgemälde mit der Darstellung dreier Friesinnen in Tracht. Die Todesumstände sind ungeklärt. Ein Gewaltverbrechen schließt die Polizei nicht aus. Über den Stand der Ermittlungsergebnisse ließen die zuständigen Behörden bisher nichts verlauten.«

»Das ist alles«, sagt Harry. Während er die Jakobsmuscheln, die er auf dem Weg frisch aus Annapolis mitgebracht hat, in der Küche zubereitet, öffnet Zoe einen Weißwein.

»Wirklich rätselhaft, diese Geschichte mit dem Toten«, sagt Zoe und zieht die Augenbrauen nach oben. Sie reicht Harry ein Glas. Er hat sich ein gestreiftes Geschirrhandtuch in den Hosenbund gesteckt und richtet die Jakobsmuscheln auf einer Pasta mit Ingwer, Knoblauch und Porree an.

»Darf ich auch ein Glas, Dad?«

»Darf sie auch ein Glas?«

»Ein kleines, Tippi. Eins!« Zoe steht mit dem beschlagenen Weinglas vor dem neuen Bild über dem Esstisch. Durch das große Fenster mit Blick über das Wasser fällt das Abendlicht auf die dick aufgetragene Ölfarbe. Der Holzzaun im Hintergrund leuchtet blauviolett. Die Frau in der Mitte des Bildes lächelt Zoe zu. Die beiden anderen Frauen sehen zu dem Mann mit der Schirmmütze. Die kleine Delle fällt kaum mehr auf.

»Es hängt hier wirklich gut«, sagt Zoe und prostet den beiden zu.

Tippi fragt: »Dad, what actually means ›Feriengäste‹?«